BASTEI
LÜBBE

Von Philipp Vandenberg sind bei Bastei Lübbe Taschenbücher lieferbar:

11 686 Sixtinische Verschwörung
11 883 Das Pharao-Komplott
12 276 Das fünfte Evangelium
12 594 Der grüne Skarabäus
14 771 Purpurschatten
14 956 Der König von Luxor
15 381 Die Akte Golgatha
15 778 Das vergessene Pergament
11 366 Der Pompejaner
12 839 Der Fluch des Kopernikus
14 277 Der Spiegelmacher
15 050 Die Tochter der Aphrodite
15 209 Der Gladiator

Über den Autor:

Philipp Vandenberg, geboren 1941 in Breslau, landete gleich mit seinem ersten Buch einen Welterfolg: DER FLUCH DER PHARAONEN war der phänomenale Auftakt zu vielen spannenden Thrillern und Sachbüchern, die oft einen archäologischen Hintergrund haben. Vandenberg zählt zu den erfolgreichsten Schriftstellern Deutschlands. Seine Bücher wurden in 33 Sprachen übersetzt. Der Autor lebt mit seiner Frau in einem tausend Jahre alten Dorf zwischen Starnberger See und Tegernsee oder im Folterturm von Deutschlands längster Burganlage in Burghausen.

Philipp Vandenberg

Die PHARAONIN

Historischer Roman

BASTEI LÜBBE

BASTEI LÜBBE TASCHENBUCH
Band 15 928

1. Auflage: November 2008
2. Auflage: Februar 2009

Bastei Lübbe Taschenbücher in der Verlagsgruppe Lübbe

Titelillustration: Christine Osborn/Corbis,
Gregor Schuster/Zefa/Corbis, akg-images
Satz: Urban SatzKonzept, Düsseldorf
Gesetzt aus der Adobe Garamond
Druck und Verarbeitung: GGP Media GmbH, Pößneck
Printed in Germany
ISBN 978-3-404-15928-4

I

Nehsi, der schwarze Sklave, stakte das hochgeschnäbelte Papyrusboot durch das lispelnde Schilf. Sein Körper, nur mit einem leuchtendgelben Lendenschurz bekleidet, glänzte in der Sonne wie die dunklen Steine in den Stromschnellen des Nils. Er strahlte Kraft aus. Hatschepsut, zu seinen Füßen, lag ausgestreckt auf dem Rücken, ließ einen Arm ins Wasser gleiten und versuchte, die auf dem türkisfarbenen Spiegel liegenden Lotosblüten zu greifen. Hin und wieder zog sie die leuchtenden Pflanzen ein paar Handbreit heraus, sodass sie klatschend ins Wasser zurückglitten. Vor ihr kniete eine Dienerin, wie die Prinzessin fast noch ein Kind, mit knospenden Brüsten und nackt bis auf ein blaurotes Stirnband im Haar, bemüht, mit einem Wedel aus Straußenfedern die Herrin vor den Sonnenstrahlen zu schützen.

»Lasst uns Amun-Re preisen«, sagte Hatschepsut und verschränkte die Arme im Nacken. »Lasst uns diesen Tag feiern wie das heilige Fest von Opet. Gib Balsam und Wohlgeruch an meine Nase, winde Kränze von Lotos und Liebesäpfeln um meinen Hals!«

Die kleine Dienerin lächelte, legte den flauschigen Federbusch beiseite und wandte sich einem mit Goldnägeln beschlagenen Kästchen aus schwarzem Ebenholz zu, das die Prinzessin immer mit sich führte. Hatschepsut war eitel wie alle Mädchen in ihrem Alter, und doch unterschied sie sich von ihnen: Als Tochter des Pharaos Thutmes konnte sie dieser Eitelkeit freien Lauf lassen. Sie konnte die Augen mit duftender Paste aus schwarzem Schiefer einrahmen, lange waagrechte Striche über die Augenwinkel ziehen und das Gesicht mit weißer Mennige aufhellen, was beinahe als frivol galt, da es das Aussehen des Gottes Osiris nachahmte.

Ein Schwarm Wildgänse flatterte aufgeregt aus dem Uferdickicht hervor, ordnete sich in der Luft zu einer spitzen Formation und schlug die Richtung nach Westen ein, über den Nil zu den glühenden Felsen des Totengebirges. Hatschepsut blickte ihnen nach. Das grelle Morgenlicht schmerzte in den Augen. Als sie den Blick senkte, erfasste sie ein Schauder. Furchtsam griff sie nach den sehnigen Beinen Nehsis, umklammerte seine Knie und starrte erschrocken auf die kleine Dienerin, die mit leblos offenen Augen vor ihr im Boot lag. In ihrer linken Brust steckte ein Pfeil, so tief, dass der Federschaft gerade noch herausragte. Helles Blut quoll aus der Wunde und färbte die Schilfstränge des Bootes trübe.

Einen Augenblick schien auch Nehsi wie vom Blitzstrahl des Amun getroffen, doch dann lenkte der Nubier die Barke mit ein paar kraftvollen Stößen seiner Ruderstange durch das Schilf ans Ufer, zog den hohen Schnabel aus dem Wasser, sodass das Fahrzeug festgemacht war, und sprang mit riesigen Schritten die Böschung des Ufers empor.

Der Anblick des toten Mädchens wurde Hatschepsut unerträglich, und sie verließ hastig das Boot, um dem Schwarzen zu folgen. Und erst jetzt kam der Prinzessin zu Bewusstsein, dass der tödliche Pfeil wohl eher ihr gegolten habe als der unbescholtenen Dienerin. Schließlich gab es genug Intrigen am Hofe des Pharaos um die Thronfolge. Pharao Thutmes konnte keinen männlichen Erben vorweisen. Ein Fluch, so schien es, lag über dem Geschlecht der Ahmessiden.

Hatschepsut hielt inne. Es schien ratsamer, sich im Uferdickicht zu verstecken. Mit pochendem Herzen lauschte sie in das tausendfache Rascheln des Schilfs, blickte ängstlich um sich und kauerte sich schließlich auf den Boden, wo sie das Gesicht zwischen den Knien verbarg.

Es war Nehsis mächtige Stimme, die sie aufhorchen ließ. Mit rüden Beschimpfungen trieb er einen Jungen vor sich her, hochaufgeschossen und drahtig und katzenhaft in seinen Bewegungen wie eine Gazelle. Er hielt einen wuchtigen Bogen, und an seinen Lenden baumelte ein Köcher mit Pfeilen. Der Schwarze schubste und trat den Jüngling und zerrte ihn schließlich zu der Stelle am Ufer, wo das Boot der Prinzessin lag.

Hatschepsut erhob sich.

»Er sagt, er wollte nichts weiter als Wildgänse jagen!«, rief Nehsi von weitem und trat dem Jungen von hinten in die Waden, dass er einknickte und zu Boden stürzte. Und als er nach seinem Bogen greifen wollte, der ihm beim Fallen entglitten war, da sprang der Nubier auf seine Hand, dass der Junge vor Schmerz aufschrie und sich krümmte.

»Du Hundesohn wolltest Hatschepsut töten, die Erbin des Thrones, die Tochter des Pharaos!« Dabei fasste er den Bogenschützen an den Haaren, riss seinen Kopf hoch und trat ganz nahe vor sein Gesicht: »Wer sind deine Auftraggeber, du Hyäne der Wüste? Was haben sie dir zum Lohn versprochen?«

Doch der Junge gab keine Antwort, er schrie nur vor Schmerz, und Nehsi ließ erst ab von ihm, als Hatschepsut hinzukam und dem Schwarzen mit einer Handbewegung Einhalt gebot. Der Junge erhob sich.

Jetzt erblickte jener das tote Mädchen im Papyrusboot, sah das Blut, das aus seiner Brust hervortrat, und stammelte ein um das andere Mal: »Das wollte ich nicht, glaubt mir, ich wollte es nicht!«

»Wie heißt du?«, erkundigte sich Hatschepsut.

Der Junge wagte kaum, die Prinzessin anzusehen. Seine nackten Füße scharrten unruhig im Ufersand. »Ich bin Senenmut«, sagte er zögernd, »der Sohn des Ramose, der vom Pharao mit dem Gold der Tapferkeit belohnt wurde, weil er im Kampf gegen die Asiaten ein Dutzend Hände als Kriegsbeute machte.«

»Ein Taugenichts bist du, den sein rechtschaffener Vater beweinen wird, wenn man deinen geschundenen Leichnam im Sand der westlichen Wüste verscharrt hat, wo ihn die Geier und Schakale freikratzen!« Nehsi wollte erneut auf den Jungen einschlagen, doch Hatschepsut hielt ihn zurück: »Lass ihn sprechen! Noch ist das Urteil nicht verkündet!«

Senenmut schlug die Hände vors Gesicht. Durch die gespreizten Finger blickte er auf das tote Mädchen in der Barke und schüttelte sich, als wollte er einen bösen Traum loswerden. »So glaubt mir doch«, stammelte er hilflos, »ich habe das nicht gewollt. Ich jagte Wildgänse, wie ich es nicht selten tue, und für gewöhnlich ist mir das Jagdglück hold; doch dieser Pfeil hat sich verirrt – beim Leben meines Vaters Ramose und meiner Mutter Hatnefer . . .«

»Schweig mit deinen Schwüren!«, unterbrach Nehsi den Jungen. »Gewiss galt dein Pfeil nicht der Dienerin, sondern die Prinzessin war das Ziel deines frevelhaften Geschosses!«

Da fiel Senenmut vor Hatschepsut auf die Knie, schlug seinen Kopf auf den rotsandigen Boden und winselte unter Tränen: »O Herrin der ewigen Schönheit, goldene Knospe, groß an Macht. Wenn es der Wille von Seth, dem Gott alles Bösen, ist, so will ich sterben, weil dieses Mädchen durch meine Schuld umgekommen ist; doch Horus ist mein Zeuge, dass der Pfeil, der aus meinem Bogen schnellte, einer graugefiederten Wildgans galt.«

Hatschepsut forderte den Jungen auf, sich zu erheben, und sah ihn lange wortlos an. Sie sah die Tränen in seinen Augen, die flehentlich auf sie herabblickten. »Du rufst Horus zu deinem Zeugen an«, begann die Prinzessin, »nun gut, dann soll der Himmelsgott entscheiden, ob du die Wahrheit sprichst. Wir wollen ein Gottesurteil herbeiführen. Horus soll sprechen!«

Noch bevor die Prinzessin geendet hatte, fasste Nehsi den Jungen am Arm und führte ihn weg.

Eine rote Staubwolke von Süden her kündigte die Ankunft eines reitenden Boten an, und noch ehe dieser das prustende Pferd mit lautem Ruf zum Stehen gebracht hatte, sprang er aus dem Sattel, warf sich vor dem erwartungsvoll blickenden Mädchen in den Sand und sprach: »Goldene Knospe des Himmels, Liebling der Götter, Schönste unter den Lieblichen Ägyptens, Tochter des Königs, Hatschepsut, höre, was Pennechebet, der erste und schnellste unter den Boten des Pharaos, zu berichten hat!«

»Sprich!«, antwortete Hatschepsut huldvoll, und der Bote des Königs erhob sich: »Der Herr der beiden Länder, der siegreiche Stier, der Auserwählte des Re, Seine Majestät Pharao Thutmes, geliebt von Amun, hat die Völker im Sand des Südens niedergestreckt wie furchtsame Hasen am Rande der Wüste. Der Pharao, dessen Königtum dauern möge wie das Reich des Atum, befindet sich mit seiner Flotte auf dem Weg nach Theben, und er, der Großmächtige Sohn der Göttin Nut, die die Sonne am Abend verschlingt und am Morgen aufs Neue gebiert, wird Beute dir bringen, dass dein Herz lacht und deine Brust bebt vor Freude.«

Hatschepsut klatschte begeistert in die Hände und hüpfte übermütig wie ein kleines Mädchen von einem Bein auf das andere und rief: »Mein Vater Thutmes, der Starke Stier, wird dir die Nachricht lohnen!«

Am dritten Tag des vierten Sommermonats Mesore tauchten im südlichen Fluss die Schiffsmasten der Flotte des Pharaos auf. Lauer Wind blähte die schwarzen Fahnen des Sieges, die vom

Netzwerk der Takelage hingen. Wie ein Lauffeuer verbreitete sich in Theben die Nachricht vom erfolgreichen Abschluss des Kriegszuges. Händler und Handwerker ließen ihre Läden und Werkstätten im Stich, Frauen und Mütter kletterten von den Dächern der flachen Häuser, ordneten hastig das Haar und rannten, die kleinen Kinder mit sich schleifend, in Richtung Nil, um ihre Männer, die tapferen Krieger von Theben, willkommen zu heißen.

»Heil dem Sohn des Re!«, riefen sie aufgeregt, und: »Das Auge des Re liegt über dem Pharao!«

Die Anlegestelle am östlichen Ufer war übersät von lärmenden, drängenden Menschen. Ganz Theben schien auf den Beinen. In den riesigen dunklen Schalen, die das Ufer säumten, qualmten rotleuchtende Feuer. Spiegelnde Treppen aus dunkelgrünem Marmor führten im Abstand von zwei Wagenlängen zu dem türkisfarbenen Wasser des Nils hinab.

Durchdringende Paukenschläge und schrille Fanfarenstöße verkündeten die Ankunft der hundertköpfigen Palastwache, jener gefürchteten Elitetruppe des Pharaos, der Pfeil und Bogen, Lanzen und Schwerter locker saßen, wenn es darum ging, Leben und Besitz des Pharaos zu schützen. Mit wilden, drohenden Gebärden bahnten sie Ahmose, der schönen Königin, Prinzessin Hatschepsut und deren Amme Satre den Weg zum Kai, gefolgt von Mutnofret, einer Nebenfrau, und Thutmes, ihrem Sohn, und für Augenblicke erstickte das wilde Geschrei. Die Thebaner knieten nieder und grüßten mit gesenkten Häuptern die Frauen: »Ein Leben von Millionen Jahren der großen königlichen Gemahlin, ihrer anmutigen Königstochter und ihrer großen Amme, der Seligen! Windet Kränze und setzt sie auf ihr Haar!« Mutnofret und ihrem Sohn schenkte kaum jemand Beachtung.

Sklaven schleppten einen leuchtendweißen Baldachin herbei, um der königlichen Familie Schutz vor der Sonne zu bieten. Ein Tragethron mit Löwenfüßen aus goldbeschlagenem Holz wurde aufgestellt. Junge nackte Mädchen mit Lotosblüten im Haar, um die Taille ein Kettchen aus blauen Fayencen, streuten Blumen.

Der »Falke«, das Schiff des Pharaos, drehte bei. Im Nu herrschte atemlose Stille, unterbrochen nur vom Ächzen des schwerbeladenen Seglers und vom fernen Rauschen aus der Mitte des breiten Flusses.

An einem Querbalken über dem Bug des Schiffes hingen mit dem Kopf nach unten die Leichen der nubischen Rebellenanführer. Steuermann Amosis, der Sohn des Abana und der Baba, schwang eine Peitsche und malträtierte abwechselnd den leblosen Körper des einen und des anderen. Die tapferen Krieger aus Theben hatten an der Reling Aufstellung genommen, groß, schlank und breitschultrig, und ein jeder hielt einen Stock in den Fäusten zum Zeichen ihres Sieges. Ihre Oberkörper waren nackt, um die Hüften wand sich der lederne Soldatenschurz mit einem großen dreieckigen Vorderblatt. Ein lederner Stirnriemen bändigte das buschige Haupthaar. Der Stolz der Sieger sprach aus ihrer Haltung. Ein Jahrhundert hatten die Ägypter diesen Stolz vermisst, geknechtet von den Königen der Fremdvölker, mit fremden Sitten, fremden Gebräuchen, fremden Menschen. Seit König Ahmose Krummstab und Geißel in seine machtvollen Hände genommen und die Eindringlinge aus ihrer selbstgeschaffenen Hauptstadt im Nildelta vertrieben hatte, hatte sich viel geändert. Das Reich ging, so schien es, einer großen Zukunft entgegen.

Starr wie eine Götterstatue im Tempel des Amun stand Pharao Thutmes auf einem rotbemalten Podest in der Mitte des Schiffes. An seinem blauen aufgeblähten Lederhelm, den Thutmes bei Militärparaden zu tragen pflegte, ringelte sich die goldblitzende Uräusschlange, das Zeichen göttlicher Macht, vor dem die Thebaner die Augen senkten. Auch der lange geflochtene, nach vorne aufgebogene Bart, den der König um das Kinn gebunden hatte, sollte nichts anderes demonstrieren als Macht, Kraft und Stärke. Die Ägypter schätzten und achteten derlei Symbole.

Der nackte Oberkörper des Pharaos schien blass und hellhäutig; nur ein handbreites Halsband aus falkenförmigen Goldplättchen, das mit zwei blauen Schnüren im Nacken geknüpft wurde, schmückte ihn. Ein breiter Gürtel mit einer glänzenden Schnalle aus den Hieroglyphen seines Namensringes hielt den enggefalteten Lendenschurz. Im Gegensatz zu seinen Soldaten trug der König lederne Sandalen, deren Riemen in kunstvollem Muster um die Waden gewickelt waren. Auch Thutmes hielt einen Stab in Händen, freilich einen herrlich geschnitzten und mit Goldornamenten verzierten Zeremonialstab, eine Art Spazierstock, den er selten aus der Hand legte.

Als der »Falke« angelegt hatte und mit dicken Seilen vor dem Baldachin vertäut war, legten Schiffer einen kunstvoll bemalten Steg zu den Marmorstufen, und flankiert von vier Soldaten seiner Leibwache schritt der Pharao ans Ufer. Im selben Augenblick erhob sich ein unbeschreiblicher Jubel, Mütter warfen ihre kleinen Kinder in die Luft, von den Mädchen wurden bunte Tücher geschwenkt, und im vielstimmigen Chor riefen die Thebaner: »Heil dir, starker Stier, Pharao des Südens und des Nordens, Herrscher von Millionen Jahren!«

Pharao Thutmes schien der Jubel nicht zu beeindrucken. Regungslos ließ er das Geschrei über sich ergehen, blickte starr in die Ferne über den Fluss und schenkte weder Ahmose, seiner königlichen Gemahlin, noch Mutnofret, seiner Geliebten, noch der Kronprinzessin Hatschepsut einen Blick. Die hatten im Halbkreis um den Pharao Aufstellung genommen, gefolgt von dem kahlköpfigen Hapuseneb, dem Oberpriester des großen Amuntempels, Puemre, dem Baumeister und zweiten Propheten des Amun, dem alten Ineni, einem Berater und Baumeister des Königs, Teti, dem geheimnisvollen Arzt und Magier, und all den Großen des Reiches, die während der dreimonatigen Abwesenheit des Pharaos Thutmes die Geschicke des Nillandes gelenkt hatten.

Minhotep, der Hof- und Zeremonienmeister, ergriff schließlich das Wort und sprach: »Pharao, geliebter Sohn des Amun-Re, der Norden und der Süden des Nillandes liegen dir zu Füßen! Wir, dein Volk, haben über deine Tempel und Paläste gewacht, Mütter haben Kinder geboren, und von den Kaufleuten wurde der Reichtum des Landes vergrößert. Das Saatkorn spross schneller während deiner Abwesenheit, um reife Frucht zu zeigen bei deiner Ankunft, und die Fluten des Nils schwollen stärker, damit du schneller zurückkehrtest in dein Land. So verkünde uns denn die Botschaft deines Feldzuges gegen die ruchlosen Völker des Südens!«

Thutmes, klein von Gestalt, doch von strahlender Anmut, wandte sich mit einer steifen Drehung des Körpers der Menge zu und begann mit lauter Stimme, aber ohne jede Geste zu sprechen:

»Ich, Pharao Thutmes, habe mit dem Mut meines Vaters Amun die Rebellen im Sand des Südens erniedrigt. Vor meinem Schwert und den Keulen meiner Soldaten stürzten die treulosen Männer wie die Säulen unserer Ahnen vor den Toren der Stadt, und das, obwohl sie zahlreich waren wie die Sandkörner der Wüste.«

»Heil unserem Pharao Thutmes«, schallte es aus tausend Kehlen. »Du kommst zu uns wie Re. Der Süden und der Norden liegen dir zu Füßen und erflehen Feste für dich und deine Herrschaft!«

Nachdem der Jubel sich gelegt hatte, fuhr der Pharao fort: »Seht die vollbeladenen Schiffe! Gold und kostbare Gewänder, Salz und Bohnen bringe ich als Beute. Das Land hinter den Stromschnellen ist reich an Schätzen; aber es liegt abseits des Stromes, und es mangelt an Wasser. Das Wasser in unseren Ledersäcken reichte kaum für den Rückweg, und wir mussten die Hälfte der Gefangenen töten. Doch die Weiber der Sandbewohner waren zäher als ihre Männer, und jedes Haus soll eine Nubierin als Sklavin erhalten. Zum Beweis unserer Tapferkeit aber seht in diese Körbe.«

Ein Aufschrei ging durch die Menge, als die Soldaten begannen, die nubischen Frauen von den Schiffen zu treiben. Ebenholzfarbig, meist jung, geschmeidig und elegant in ihren Bewegungen wie Gazellen balancierten die dunkelhäutigen nackten Frauen und Mädchen über die schmalen Stege zum Ufer; aber nicht ihre Nacktheit erregte die Gemüter, nein, es war der Inhalt der Körbe, die sie auf ihren Köpfen trugen und auf Weisung des königlichen Schreibers Neferabet vor dem Pharao und den Großen des Reiches entleerten.

Hatschepsut verbarg ihr Gesicht angewidert zwischen den großen Brüsten der Amme Satre, um nicht mit ansehen zu müssen, wie die Nubierinnen Hunderte von abgeschnittenen Penissen ihrer Männer und Väter vor dem Pharao aufhäuften. Doch im Angesicht der vielen Geschlechtsteile stimmte die Palastwache, kraftvolle Gestalten mit eingeölten Muskeln, einen alles übertönenden Schlachtgesang an: »Thutmes, du Fürst aller Länder, die Rebellen sind unter deinen Sandalen zerquetscht. Jetzt gibt es im Süden keine Rebellen mehr und im Norden keine Feinde. Ihre Städte sind Hügel von Schutt, dank deiner Kraft und Stärke!«

Unter den schrillen Klängen springender Flöten- und Tamburinspieler begannen die Soldaten des Pharaos die Segler vor den neugierigen Augen der Gaffer zu entladen. Jedes Fell, jedes Geschirr, jedes Elfenbein, jede Kiste und jedes Kästchen wurde von Neferabet, dem königlichen Schreiber, notiert. Im Nu begann ein Feilschen und Balgen um die anmutigsten Nubierinnen; denn ein jeder wollte eine dieser stämmigen Frauen mittleren Alters mit strammen Schenkeln und prallen Brüsten, denen man nachts die Beine auseinanderziehen und tagsüber harte Arbeit auftragen konnte. Die zierlichen jungen Dinger, oft noch halbe Kinder, waren weniger gefragt – aus eben jenen Gründen.

Die Nubierinnen ließen diesen Handel ziemlich gelassen über sich ergehen. Es schien, als hätten sie nach den furchtbaren Erlebnissen der letzten Tage keine Tränen mehr, als seien sie dankbar, überlebt zu haben.

»He, Mann, du mich wollen?«

Teti, der Arzt und Magier, drehte sich um, wer ihn da von hinten stubste.

»Ngata«, sagte eine hochgewachsene Nubierin, »mein – Name – Ngata!« Sie schlug auf ihre breiten Brüste.

Der Wunderheiler blickte sich unauffällig um, ob sie nicht beobachtet würden, dann nahm er die Frau, deren Haut rein wie Ebenholz glänzte, beiseite und fragte erstaunt: »Wieso sprichst du unsere Sprache, Nubierin?«

Die sah ihn mit großen Augen an, und als Teti seine Frage langsam betonend wiederholte, sagte sie mit einem entschuldigenden Lächeln: »Nicht verstehen, Mann, nicht verstehen Ngata.« Dabei schüttelte sie sich, dass ihre Brüste wippten, und Teti rief dem Schreiber zu: »Neferabet, ich nehme diese, sie heißt Ngata.«

Noch immer sah der Pharao scheinbar teilnahmslos über das Verteilen und Registrieren der Beute hinweg, das sich gewiss noch bis zum Abend erstrecken würde. Da hob er den Stab, und in Windeseile formierte sich aus den drängenden Menschen, die um den Baldachin herumstanden, eine wohlgeordnete Prozession, angeführt vom Hof- und Zeremonienmeister Minhotep, den Höflingen und Beamten, gefolgt von den Frauen und Edelfrauen des Pharaos, den kahlköpfigen Priestern in ihren Pantherfellen und, umgeben vom Heer seiner Palastwache, König Thutmes. Dichtgedrängt, in Zehnerreihen, schlossen sich die Thebaner an, bedächtigen, schiebenden Schrittes – wie es der durchdringende Schlag der Kesselpauken vorschrieb.

Der Fährmann am Ufer des Nils grunzte, in seinem Boot zusammengesunken wie ein feister vollgefressener Eber. Ein Trinksack aus stinkendem Leder lag bis zum letzten Tropfen geleert neben ihm. Er hatte sich wohl etwas übernommen, und er war gewiss nicht der Einzige, dem der Wein, der überall in der Stadt, in den Gassenschenken und Kneipen, von Händlern und Beamten kostenlos ausgeschenkt wurde, die Sinne verwirrte.

Im fahlen Lichte des Mondes, der blinkende Schriftzeichen in den Fluss schrieb, näherte sich ein Mann mit einer leuchtenden Kugel aus Glas, die ihn als vornehmen, wohlhabenden Thebaner auswies. Derlei Öllampen konnte sich nicht jeder leisten.

»Fährmann, heda, gen Westen!« Der Bootsführer reagierte nicht.

»Ich werde dir Beine machen!«, rief der Edelmann, sprang in die Barke und trat den Schlafenden in die Seite: »Gen Westen, Alter, gen Westen.«

Der sprang auf, dass das Boot bedrohlich schwankte, griff nach seiner Ruderstange und antwortete, noch ehe er den Bug gegen die Strömung richtete: »Herr, kein Mensch geht freiwillig bei Nacht ins Tal der Schakale, wo die Toten ihre Ruhe finden.«

»Du kennst meinen Namen nicht?«, fragte der Angeredete.

»Nein, Herr.«

»Ich bin Ineni, der treue Ratgeber des Pharaos und der Herr seiner Bauten.«

»O Herr, habt Ihr nicht die großen Säulen von Karnak zu Ehren von Amun, Mut und Chons errichtet? Was wollt Ihr auf dem Totenufer des Flusses, wo Osiris herrscht – und noch dazu in einer Nacht, wo alle den Sieg unseres Pharaos feiern!«

»Seit wann forderst du Rechenschaft von deinen Fahrgästen, also los, gen Westen!«

Mit geschickten Ruderschlägen setzte der Fährmann sein Boot gegen die Strömung, dass es beinahe wie von selbst ans andere Ufer trieb. Ineni sprach kein Wort. In der Mitte des Stromes erhob er sich und beschrieb mit seiner Lampe einen Halbkreis, und kaum hatten sie das andere Ufer erreicht, da tauchten aus der Dunkelheit zwei Männer mit einem Esel auf, um den seltsamen Fahrgast in Empfang zu nehmen.

»Was ich noch sagen wollte«, meinte Ineni, bevor er aus dem Boot sprang, »ich erwarte, dass du niemandem von dieser Fahrt erzählst. Der Fluch des Osiris' wird dich treffen, wenn du dich meiner Weisung widersetzt!«

Der Fährmann nickte heftig.

Ineni schwang sich wortlos auf den Esel, und die drei Männer verschwanden in der Dunkelheit. An der Gabelung, wo sich der Weg nach Süden und Norden teilt, stießen sie auf eine kleine Gruppe zerlumpter Gestalten, Männer jeden Alters, mit Brechstangen, Schaufeln und Körben ausgerüstet. Keiner sagte ein Wort, und obwohl keiner das Ziel des nächtlichen Unternehmens kannte, trotteten sie willig hinter dem Mann auf dem Esel her.

Jener zügelte das Tier über den steinigen Saumpfad, der auf das schroffe Felsengebirge führte, von dem man sagte, hier hause Osiris, der Herrscher der Unterwelt, und vertrete des Nachts die Sonne – kein besonders einnehmender Ort.

In halber Höhe verließ Ineni den Saumpfad. Auf einem Geröllfeld, das übersät war von scharfkantigen Felsbrocken, die die Hitze des Tages und die Kühle der Nacht seit Urzeiten aus den steinernen Wänden sprengten, machte er halt. Mit weit ausholenden Schritten, die in der Stille des Tales widerhallten, umschrieb er ein Quadrat, das er an den Ecken mit dicken Steinbrocken markierte. Dann bedeutete er den Männern, sich auf dem Boden niederzulassen, und sprach mit gedämpfter Stimme: »Ihr Männer des Westens, von diesem Augenblick an, der uns hier bei den Schakalen zusammenführt, steht ihr im Dienste des Pharaos. Ich, Ineni, Berater und Baumeister des Herren aller Länder, des starken Stiers, strahlender Sohn des falkenköpfigen Sonnengottes Re, der in seiner Barke den Ozean des Himmels überquert, habe den geheimen Auftrag, hier, an dieser Stelle, einen Schacht zu graben, zehn Schritte im Geviert, zehn Mann tief. Von dort soll ein Gang zu einer Kammer führen, deren Länge, Höhe und Breite euch zu gegebener Zeit mitgeteilt wird.«

»Herr!«, warf einer der zerlumpten Männer, er hieß Hui, ein. »Warum rufst du uns zu dieser nächtlichen Stunde an diesen Ort?«

Inenis Stimme wurde eindringlich: »Weil ihr auch in Zukunft nur nachts hier arbeiten werdet! Unsichtbar und geräuschlos!«

Die Männer murmelten aufgeregt durcheinander, bis der Berater des Pharaos sie mit einem leisen Zischen zum Schweigen brachte. »Ihr werdet«, begann er von neuem, »jeden Tag Einkünfte für den Mund aus dem Speicher des königlichen Hauses erhalten, und es wird euch gutgehen. Ihr werdet nachts arbeiten und am Tage ruhen. Und niemand wird von eurer Arbeit erfahren. Denn mit Aufgang der Sonne werden die besten Bogenschützen des Königs auf den Felsen ihren Platz einnehmen, und ihre schnellen Geschosse werden jeden niederstrecken, der sich diesem Ort nähert.«

Da herrschte betroffenes Schweigen unter den Männern. Nur der vorlaute Hui erkundigte sich vorsichtig: »Und wenn man uns fragt nach dem Grund unserer nächtlichen Abwesenheit?«

». . . werdet ihr schweigsam sein wie ein Grab.

Jeder von euch wurde ausgewählt, weil er weder Frau noch Kinder sein Eigen nennt und weil ihm Vater und Mutter bereits im Tode vorausgegangen sind. Niemand also wird euch bedrängen. Sollte aber« – im weißen Licht des Mondes war zu erkennen, wie Ineni mahnend den Zeigefinger erhob –, »sollte aber nur einer von euch das nächtliche Geheimnis ausplaudern, dann würden sich die Pfeile des Pharaos gegen euch alle richten.«

Die Männer starrten vor sich hin, keiner brachte ein Wort hervor.

Schrill und aufpeitschend klangen die Töne, die die drei nackten Mädchen ihren asiatischen Instrumenten entlockten. Keine von ihnen hatte mehr als vierzehn Lenze gesehen, und ihre geschmeidigen Körper bogen sich anmutig im Takt der Musik. Das schwarze Haar der Musikantinnen war zu vielen kleinen Zöpfchen geflochten und wurde von einem goldenen Stirnreif aus dem Gesicht gehalten. Doch welche Gesichter! Augen schwarz wie die Beeren des Schwarzdorns, Lippen wie reife Datteln und Wangen wie der goldene Samt der Pfirsiche.

Minhotep, der Hof- und Zeremonienmeister, der in seinem plissierten Leibrock herausgeputzt wie ein Pfau durch den Thronsaal stolzierte, klatschte nach Beendigung eines jeden

Musikstückes animierend in die Hände und rief mit verzückter Stimme: »Tut euch Gutes, tut euch Gutes! Die Klageweiber kommen früh genug!«

Dieser Ruf galt allgemein als Aufforderung, das Leben zu genießen, und nach der siegreichen Rückkehr des Pharaos von seinem nubischen Feldzug gab es auch allen Grund dazu. Thutmes, der sich vor seinem Volk würdevoll und unnahbar gegeben hatte, hing nun ermattet in dem prunkvollen Thronsessel, und seine Haltung und der über den Nabel hochgerutschte Lendenschurz, unter dem Majestät nichts weiter trug, bildeten einen rechten Kontrast zu der hohen ledernen Kronenkappe, die aber auch nicht mehr ganz gerade auf seinem Kopf saß.

Auf dem Podest zu seiner Rechten lag auf einen Arm gestützt Ahmose, Thutmes' große königliche Gemahlin, ein Prachtweib mit üppigen Körperformen, die unter ihrem langen, dünnen Kleid deutlich hervortraten. Hinter ihr hockte Hatschepsut. Auch sie trug ein langes, ziemlich durchsichtiges Kleid. Die Musik, der Tanz der exotischen Mädchen und das Defilee der Haremsdamen schienen sie jedoch eher zu langweilen.

Bisweilen begegneten sich ihr Blick und der ihrer Mutter mit jenem Mutnofrets, die zusammen mit ihrem Sohn Thutmes zur Linken des Pharaos Platz genommen hatte; doch jeder dieser Blicke drückte nur Verachtung für die andere Seite aus.

Die Zuneigung des Pharaos wechselte ständig, mal stand Ahmose in höchster Gunst, mal war es Mutnofret, mal keine von beiden – wenn gerade der Harem des Königs einen Neuzugang erfahren hatte. Ein gutes Dutzend schöner, faszinierender Frauen umfasste dieses Frauenhaus, gleich hinter den königlichen Gemächern.

Seit Ägyptens Könige das Land regierten, also seit über tausend Jahren, lebten die Pharaonen mit einem Harem und liebten oft mehrere Dutzend Frauen gleichzeitig, was natürlich bisweilen zu Komplikationen führte. König Thutmes befand sich in dieser Hinsicht in einer besonders schwierigen Situation. Ahmose, seine Hauptfrau und große königliche Gemahlin, hatte zwar zwei Söhne und eine Tochter zur Welt gebracht, doch die beiden Prinzen waren in jungen Jahren gestorben. In Sorge um einen Nachfolger, favorisierte der Pharao den jungen Thutmes, den Sohn, den er mit seiner Nebenfrau Mutnofret gezeugt hatte. Kein Wunder, dass Ahmose und Mutnofret einander wenig zugetan waren.

Der Pharao schwang einen goldenen Becher Weines und sang lautstark gegen die Musikantinnen an: »Schöner Tag in dieser Nacht, schöner als gestern, von Amun gemacht ...« Als Thutmes die verächtlichen Blicke der beiden Frauen sah, verfinsterte sich seine Miene: »Schluss jetzt mit den Eifersüchteleien!« Thutmes zog Ahmose und Mutnofret an den Haaren zu sich heran, dass beide nebeneinander zu seinen Füßen kauerten. Demutsvoll umschlang jede ein Bein des Pharaos und begann den Schenkel mit den Lippen zu liebkosen. Mutnofret streichelte den schlaff herabhängenden Obelisken des Königs, ohne ihn jedoch in Erregung zu versetzen.

»Es wurde mir bereits zugetragen«, meinte Thutmes ziemlich teilnahmslos, »dass ihr beiden, während ich im Sand des Südens die Feinde niederstreckte, aufeinander losgingt wie die Schakale im Tal des Todes.«

»Sie hat Unwahres über mich verbreitet!«, rief Mutnofret erregt und kniete mit erhobenen Händen vor dem König.

Ahmose, die Ältere, Schönere und gewiss Selbstsicherere von beiden, versuchte ein zynisches Lächeln aufzusetzen: »Warum regt sie sich so auf?« Sie sah dem Pharao ins Gesicht. »Wenn es nicht wahr wäre, was die Dienerinnen erzählen, könnte sie gleichgültig darüber hinweggehen. Doch sie fühlt sich ertappt. Deshalb ihre Aufregung!«

»Ertappt, ertappt!«, höhnte Mutnofret. »Nach zwölf Jahren fühle ich mich ertappt! Dass ich nicht lache!«

»Worum geht es eigentlich?«, erkundigte sich Thutmes, und Ahmose gab bereitwillig Auskunft. Die Dienerschaft erzähle, dass Mutnofret mit einem Stier geschlafen und neun Monate später Thutmes zur Welt gebracht habe. Ein heiliger Apisstier aus Memphis soll es gewesen sein.

Thutmes lachte laut, schlug sich prustend auf die Schenkel und zeigte auf den unglückseligen Jungen, der den Pharao ängstlich ansah und rot anlief wie ein Apfel von den Inseln im Nil. »Hat er Hörner und vier Beine?«, lachte der König. »Und blökt er vielleicht wie ein Stier?« – Jetzt lachte auch der Prinz.

»Ich glaube«, fuhr der Pharao fort, »Thutmes ähnelt eher mir als einem Stier!«

Da klatschte Ahmose in die Hände und rief in den Vorhang hinter dem Thronpodest: »Juja soll herkommen!«

Juja, eine Dienerin des Harems, trat vor, fiel vor dem Pharao und seinen Frauen auf den Marmor des Saales und berührte mit der Stirne den Boden.

»Juja«, sagte Ahmose, »berichte, was du allabendlich beobachtest, wenn Re hinter dem Gebirge des Westens verschwindet und Mutnofret zu Bett geht?«

»Herrin!«, flehte die Dienerin. »Ich habe noch nie ein Wort darüber verloren, was hinter den Türen des Harems vor sich geht ...«

Scharf wie ein Schwert zerschnitt die Stimme des Pharaos die spannungsgeladene Situation: »Ich befehle es dir!«

Die Musikantinnen hörten auf zu spielen, die trunkenen Zecher, die Priester und Höflinge erkannten die kritische Situation und zogen sich lautlos zurück. Nur Minhotep, Hapuseneb und Satre blieben.

»Also, was hast du gesehen?«, wiederholte Ahmose.

Ermutigt durch ein freundliches Kopfnicken des Pharaos, begann Juja zu sprechen: »Wenn Mutnofret, meine Herrin, zu Bett geht, dann holt sie aus der goldbeschlagenen Truhe mit den Schriftzeichen von Gott Ptah und Apis einen riesigen Stierschwanz. Der Schwanz ist schwarzgefleckt und schön wie die Sonne, und die Mumienpriester haben gewiss neunzig Tage gebraucht, um ihn mit heiligem Natron zu konservieren. Mutnofret, meine Herrin, benützt die langen Haare des Schwanzes allabendlich, um sich zwischen den Schenkeln zu streicheln. Und wenn sie zufrieden auf die Matte ihres Bettes sinkt, dann schlingt sie ihn lustvoll stöhnend um die Taille und gibt sich dem Schlaf hin.«

Ahmose sah den Pharao triumphierend an. Mutnofret hatte den Blick gesenkt.

»Jeden Abend?«, fragte der König.

»Jeden Abend«, antwortete Juja.

»Was sagt das schon!«, begann Thutmes nach kurzem Nachdenken, »Frauen sind erfinderisch, wenn es darum geht, die Grotte ihrer Lust zu befriedigen. Die eine bevorzugt den glatten Zahn aus Elfenbein, die andere das Schwanzhaar eines Stieres. Derlei Gerede zeugt doch nur von eurem Argwohn. Jede neidet der anderen ihren Stand. Du, Ahmose, bist meine große königliche Gemahlin mit dem Blut meiner Ahnen, und niemand wird dir diesen Rang streitig machen; aber du hast nur eine Tochter. Und du, Mutnofret, bist die Geliebte mancher Nacht, die mir einen Sohn gebar. Was liegt näher, als die Tochter aus königlichem Geblüt mit dem Sohn meines Samens zu verbinden?«

Hatschepsut, die die Rede ihres Vaters mit klopfendem Herzen verfolgt hatte, rang nach Luft. Sie fühlte seinen Blick auf sich gerichtet, doch der Zorn in ihren Augen hinderte sie, den Pharao anzusehen. Sie, die Hüterin des Sonnenblutes, die erste der Edelfrauen, die Amun umfängt, solle diesen Bastard, diesen Abkömmling einer gewöhnlichen Dirne heiraten, noch dazu, wo er an Jahren jünger war als sie? – Niemals!

Der Pharao schien die Gedanken des Mädchens zu erraten; er streckte seinen Arm aus und sprach: »Komm zu mir, geliebte Tochter, reich mir deine Hand!« Hatschepsut gehorchte. »Du bist jung an Jahren«, fuhr Thutmes fort, »doch bist du alt genug, um zu begreifen, dass du anders bist als andere Mädchen. Du bist Hohepriesterin des Gottes Amun, wie es der ältesten Königstochter zukommt, und damit ruht eine schwere Last auf deinen Schultern. Du bist es nämlich, die das Blut meiner Ahnen weitergibt an ferne Geschlechter. Und wie Isis dem Osiris hast auch du deinem Bruder zu Willen zu sein. Und wie Isis aus dem Samen des Osiris den Horus gebar, wirst auch du einen Himmelsfalken zur Welt bringen, der den Horusthron weitervererbt in Millionen Jahren.«

Hatschepsut schauderte bei dem Gedanken, ein Kind zu gebären. Sie war den Kinderschuhen kaum entwachsen, hatte bei Neferabet Schreiben und Lesen gelernt, war von Satre, der Amme, in Lebens- und Liebeskunst eingeweiht worden, und Minhotep, der Hofmeister, hatte sie in gesellschaftlichem Umgang unterwiesen. Sollte dieses Leben, das soeben erst begonnen hatte, schon zu Ende sein? Eine verheiratete Frau, eine Mutter gar, verschwand für immer hinter den Mauern des Hauses.

Nun ergriff der Pharao auch die Hand seines Sohnes Thutmes, der, blass, dicklich und tolpatschig, das alles beinahe teilnahmslos über sich ergehen ließ. »Ihr beide«, sprach der König, »sollt das geheiligte Erbe Sekenenres und seiner tapferen Söhne bewahren, so wie ich und mein Weib Ahmose es bewahrt haben.«

»Thutmes ist der Sohn einer Bürgerlichen!«, wandte Hatschepsut ein, und die Umstehenden sahen gespannt auf den Pharao, der Widerspruch nicht gewöhnt war.

Doch der König antwortete ruhig: »Gewiss, meine Tochter, Thutmes ist der Sohn einer Bürgerlichen; aber ich bin sein Vater! Auch *meine* Mutter Senseneb war nur eine Dienerin. Wer wagte deshalb an meinem Recht auf den Horusthron zu zweifeln?«

Jetzt sah Hatschepsut ein, dass es sinnlos war, sich dem Wunsch des Vaters zu widersetzen. Sie wollte schreien in ohnmächtiger Wut und mit bloßen Fäusten auf den jungen Thutmes einschlagen; doch dann siegte ihr Verstand, und ohne ein Wort des Protestes ließ sie es geschehen, dass der Vater ihre Hand und die des verhassten Stiefbruders ineinanderfügte.

Grünes Licht schimmerte von den Wänden, künstliches Licht, wie es Ngata, die schwarze Sklavin, noch nie gesehen hatte.

»Du brauchst dich nicht zu fürchten«, meinte Teti, »das ist nichts weiter als brennendes Öl, mit Salz bestreut.«

Es war auch nicht das fahle Licht, das die hochgewachsene Nubierin erschreckte, sondern die zahllosen Gegenstände, Instrumente und Glasgefäße in dem verwinkelten Haus des Arztes und Magiers. In den Gläsern schwammen präparierte Organe, Herzen, Nieren, Mägen und eine Gebärmutter mit einem deutlich erkennbaren menschlichen Fötus. Es roch nach Säuren, Schwefel und Salpeter, nach Honig, Myrrhe und Weihrauch, und über allem lag ein gelblicher Dunst aus feinem Puder.

»Ägyptische Ärzte berühmt!«, meinte Ngata, als sie sich von dem Anblick einigermaßen erholt hatte. »Ägyptische Ärzte Zauberer!«

Teti lachte, dass es von den Wänden widerhallte und Ngata angstvoll zusammenzuckte. Der Arzt und Magier genoss sichtlich die Furchtsamkeit der Nubierin.

»Die Ärzte dieses Landes«, meinte er mit breitem Lächeln, »können nicht zaubern, sie arbeiten nur nach den Erkenntnissen der Wissenschaft. Und das hier« – er breitete die Arme aus, als wollte er sich in die Lüfte erheben wie ein Vogel –, »das alles *ist* Wissenschaft!« Und dabei tanzte er durch den gespenstisch beleuchteten Saal, dass Ngata erschauerte.

»Was ist das, Wissenschaft?«, fragte die Nubierin und setzte sich verschüchtert auf einen Korb aus Schilfrohr.

»Wissenschaft?« Wieder schallte das laute, unheimliche Gelächter des Arztes durch das Haus. »Wissenschaft – das ist probieren, experimentieren, analysieren. Ein Beispiel: Die Weiber von Theben rennen zu Hapuseneb, dem Oberpriester des Amun, wenn sie merken, dass sie schwanger sind. Sie opfern ihm salziges Brot und süßen Honig, um zu erfahren, ob es ein Junge wird oder ein Mädchen. Und Hapuseneb befragt die Götter. Natürlich ist jede zweite Auskunft falsch. Kommt eine schwangere Frau zu *mir,* dann lasse ich sie einen Getreidekorb mit ihrem eigenen Wasser besprengen. Die linke Hälfte ist mit Weizenkörnern gefüllt, die rechte mit Gerstenkorn. Keimt der Weizen zuerst, wird es ein Mädchen; springen die Gerstenkörner zuerst auf, wird es ein Junge. Das ist keine Zauberei, das ist wissenschaftliche Erfahrung!«

Ngata fühlte plötzlich, dass sich in dem Korb unter ihr etwas regte. Sie sah Teti fragend an. Der antwortete mit seinem gewohnten breiten Grinsen und blickte zwischen ihre prallen Schenkel, wo eine Kobra den Hals bedrohlich blähte. Ngata wollte schreien, aber in der Aufregung brachte sie keinen Laut hervor, sondern starrte nur mit weit aufgerissenen Augen und erhobenen Armen an sich hinab.

»Nicht bewegen!«, sagte Teti ruhig, als sei dies die selbstverständlichste Sache der Welt. »Die Schlange spürt die Wärme deines Körpers. Sie wird dir nichts tun, solange du dich nicht rührst!«

Steif wie eine Götterstatue harrte Ngata aus, beobachtete, der Ohnmacht nahe, wie das zischelnde Reptil den breiten Kopf nach allen Seiten drehte und im langsamen Rhythmus hob und senkte. Teti schien die Situation zu genießen. Bei allen Göttern, so tu doch was! wollte sie schreien. Nichts geschah. Der Arzt kostete den langen Augenblick der Macht aus, den Anblick des schwarzschimmernden Tieres vor ihrer Scham. Wie wahnsinnig, vermochte die Nubierin nicht mehr zu unterscheiden zwischen Traum und Wirklichkeit. Jeden Augenblick konnte die Kobra zustoßen. Und nur Teti hatte Macht über die Schlange. War es Wahrheit, oder phantasierte sie nur in ihrer Todesangst, dass der Magier die Arme angewinkelt hob, die Finger spreizte und drohend auf die Kobra zutrat?

Widerwillig, ihre Kraft mit dem Magier messend, hob und senkte die Schlange den Kopf, zuerst mit heftigen Bewegungen, dann immer schwächer werdend, und auf einmal schwoll der geblähte Hals ab, verjüngte sich zu einem dünnen Schlauch und verschwand endlich durch jenen Spalt in dem Korb, aus dem er gekommen war.

Ngata verharrte noch immer in ihrer Starrheit, die Arme erhoben, den Blick zwischen ihre Schenkel gerichtet, zu keiner Bewegung fähig. Fasziniert von dem Ereignis, zupfte Teti die Nubierin an den erhobenen Händen; und wie die steifen Glieder einer Puppe fielen sie in ihre ursprüngliche Lage zurück. Und wenn er Ngata in diesem Augenblick angestoßen hätte, wäre die Schwarze zu Boden gestürzt wie eine Statue, die man ihres Sockels beraubte.

Teti schlich um die Nubierin, ließ seinen Blick wohlgefällig über ihren edel geformten schwarz schimmernden Körper schweifen, sog mit den Augen die prallen Rundungen ihrer Brüste in sich auf, den von einem blütenhaften Nabel gekrönten Bauch und die wollüstigen Schenkel, die sich in schwarzem Kringelhaar trafen. Dann kniete er nieder, um ihren Blick einzufangen, streckte die gespreizten Finger nach ihr aus und rief laut, damit das Mädchen ihn auch höre: »Ngata, hörst du meine Stimme, ich bin es, Teti!«

»Teti! Ja!«, kam es lallend aus dem Mund der Nubierin.

»Ngata, sieh mich an, hörst du, schau mir in die Augen. Was siehst du, Ngata?«

»Die Uräusschlange ...«

»Was macht die Schlange, Ngata, sprich!«

»Aufbäumen, aufblähen, Augen wie Feuer ...«

»Du fürchtest dich vor der Schlange?«

»Ja, Angst, Ngata Angst, Angst!«

»Hör zu, Ngata, du brauchst dich vor der Schlange nicht zu fürchten; denn ich, Teti, habe Macht über diese Schlange; aber du musst alles tun, was Teti dir befiehlt, alles! Hast du verstanden?«

»Alles. Ngata verstanden.«

»Du musst alles tun, was ich von dir verlange, und darfst nie eine Frage stellen, hörst du?«

»Nie eine Frage stellen. Ngata alles tun, was Teti verlangt.«

»Gut, Ngata. Merk auf, ich werde dich nun wieder aufwecken. Ich werde mit den Fingern schnippen, und die Schlange wird verschwunden sein, und du wirst dich an nichts mehr erinnern.«

Kaum hatte Teti mit Daumen und Mittelfinger ein schnalzendes Geräusch verursacht, da ließ Ngata die Arme sinken, und sie rieb sich die Augen, als erwachte sie aus einem Traum.

»Komm her zu mir, Ngata«, sagte der Magier, »du wirst jetzt meinem Befehl gehorchen ...«

Von scharfen Hunden bewacht, hatte Senenmut einen Tag und eine Nacht im Kerker hinter dem Haus des Wesirs zugebracht.

Er hatte mit seinem Leben abgeschlossen, denn wie sollte er beweisen, dass der Pfeil aus seinem Bogen nicht der Dienerin galt und schon gar nicht der Prinzessin? Ramose, sein Vater, war Bauer, er rang dreimal im Jahr dem Nil das Nötigste zum Leben ab, zu mehr reichte es nicht. Wie sollte er einen Schreiber und Advokaten bezahlen, der ihn vor Gericht verteidigt hätte?

Um so mehr erstaunte es Senenmut, als am Morgen des dritten Tages zwei Diener an der Stätte der Wahrheit erschienen, zwei Priester, ihn in ihre Mitte nahmen und wortlos durch die engen Gassen der Vorstadt hinaus zum Tempel des Amun von Karnak geleiteten. Senenmut wagte es nicht, die ernst blickenden kahlköpfigen, in Pantherfelle gehüllten Priester zu fragen. Vor dem großen Pylon, dessen Zinnen höher ragten als jedes Gebäude der Stadt, trat ihnen Puemre entgegen, der zweite Prophet des Amun. Er hielt einen Sack in Händen.

»Auf Wunsch der Ersten der Edelfrauen«, sprach er knapp, »soll das Amunorakel über deine Schuld oder Unschuld entscheiden.« Er reichte den Priestern den Sack.

Und noch bevor Senenmut in seiner Erregung eine Antwort auf die Frage fand, warum, bei allen Göttern, Hatschepsut das Orakel entscheiden lassen wollte, stülpten die Priester Senenmut den Sack über den Kopf, zogen ihn über seine Arme und banden ihn um die Lenden zu. Dann schoben sie den Jungen über die Tempelschwelle. Senenmuts Herz schlug bis zum Hals.

Drückende Schwüle schlug dem Jungen im Innern entgegen, das zu betreten gewöhnlich Sterblichen bei Todesstrafe untersagt war. Und schon bald drang beißender Gestank durch den Sack. Senenmut begann zu taumeln, rang, von Panik ergriffen, nach Luft, glaubte zu fallen, aber keine stützende Hand kam ihm zu Hilfe. Stand er inmitten eines lodernden Feuers? Brannte der Boden unter seinen Sohlen? Unfähig, sich das geheimnisumwitterte Innere des großen Amuntempels vorzustellen, spürte er abwechselnd heiß und kalt auf seinem Körper. Sollte er im Feuer enden?

Von ferne, wie aus einem finsteren Verlies, erscholl der klagende Gesang hoher Frauenstimmen, die, von Sistren und Klappern unterbrochen, näher kamen und sich in unmittelbarer Umgebung des Delinquenten in Ekstase tanzten. Senenmut verstand jetzt, was sie sangen: »Greift zu Öl und Myrrhen, legt Kränze um den Hals; denn der herrliche Gott Amun ist gnädig!«

Aber er konnte nicht sehen, wie sich der Tempel im zuckenden Schein rotleuchtender Fackeln allmählich füllte. Ein Amunorakel forderte vielköpfige Zeugenschaft. Deshalb waren alle Reinen, die Priester und Priesterinnen, hohen Beamten und Höflinge, aufgefordert zu erscheinen. Immer mehr Menschen traten hinter den hohen Säulen des Saales hervor, um das armselige Menschenbündel argwöhnisch zu betrachten, das wankend wie ein Schilfrohr vor dem lodernden Opferfeuer stand. Ätzender schwarzer Qualm suchte mühsam einen Abzug im steinernen Dachgebälk und legte über den geheiligten Raum eine unerträgliche Atmosphäre.

Da, auf einmal lösten sich aus den Rauchschwaden an der Vorderseite zwei Gestalten, denen die Anwesenden mit einem Kniefall begegneten: der Oberpriester Hapuseneb und der Richter und Wesir Senzemab. Sie traten wortlos links und rechts neben den Delinquenten, drehten sich um und blickten in die Richtung, aus der sie gekommen waren. Grabesstille breitete sich aus. Nur das Knistern und Krachen des Feuers und das Zischen der Fackeln war zu vernehmen, als aus dem Portal des Allerheiligsten die mannshohe Götterstatue des Amun schwebte. Im ersten Augenblick sah es wirklich so aus, als schwebte die Statue; doch dann tauchten aus dem Rauch vier nackte Priestergestalten auf mit Tragestangen auf ihren Schultern. Mit kurzen trippelnden Schritten schleppten sie die schwere Statue vor das qualmende Feuer.

Senzemab erhob die Stimme und verlas einen Papyrus: »Seine Majestät, Thutmes, Herrscher beider Länder, dem langes Leben und Wohlergehen beschieden sei in Millionen Jahren, bittet Amun in Theben, der seine Zeit vollendet hat, ein gerechtes Urteil zu fällen in diesem schwierigen Fall: Senenmut, Sohn des Bauern Ramose und seiner rechtschaffenen Mutter Hatnefer, wird beschuldigt, Hatschepsut, der Ersten der Edelfrauen, die Amun umfängt, nach dem Leben getrachtet und dabei eine Dienerin der Königstochter mit dem Pfeil getötet zu haben. Der Beschuldigte bestreitet dies und behauptet, die Dienerin aus Versehen bei der Jagd auf Wildgänse erschossen zu haben. Spreche Recht, Amun von Theben!«

Der Oberpriester griff in eine Schale mit duftenden getrockneten Kräutern, streute eine Hand voll in das züngelnde Opferfeuer und betete monoton: »Amun-Re, Erhabener von Karnak, nimm diesen Duft der Kräuter der Weisheit in dir auf.« Dann langte er in eine zweite Schale mit Kräutern, streute sie in die Glut und murmelte: »Amun-Re, Erhabener von Karnak, nimm diesen Duft der Allmacht in dir auf.«

Es zischte und qualmte, und Schwaden von beißendem weißem Rauch krochen auf den spiegelnden Boden, dass die Priester und Großen des Reiches wie in Wolken standen.

»Sag, Amun-Re, Erhabener von Karnak«, rief Hapuseneb mit erhobener Stimme, »hat dieser Senenmut, der Sohn des Ramose und der rechtschaffenen Hatnefer, die Wahrheit gesprochen?«

Eingeschnürt in seinen Sack, lauschte Senenmut, trunken vom Opferrauch, einer Antwort des Gottes. Was würde geschehen? Ja, die Leute redeten Geheimnisvolles über das gefürchtete

Amunorakel; Genaues aber wusste niemand. Fest stand nur, dass der Spruch des Gottes unumstößlich war, dass es keine zweite Instanz gab und dass nicht einmal der Pharao die Möglichkeit hatte, einen von Amun für schuldig Erklärten zu begnadigen.

Warum antwortete Amun nicht? Bei der Allwissenheit des Erhabenen von Karnak, dem Gott musste doch bekannt sein, dass Senenmut die Wahrheit sprach. Der Junge bebte am ganzen Körper, würgte, taumelte, weil er wusste, man würde ihn den Krokodilen am heiligen See zum Fraße vorwerfen, dann brach er lautlos zusammen.

Die Priester und Großen des Reiches bemerkten es nicht. Sie starrten auf das drohend funkelnde Götterbild, das nun wie eine überirdische Erscheinung aus den weißen Qualmwolken ragte. Und da, auf einmal bewegte sich der Gott, kaum merklich zuerst, doch dann, ja – man erkannte es ganz deutlich – Amun nickte, sagte: ja, Senenmut hat die Wahrheit gesprochen.

Ein Raunen ging durch den Säulensaal, unterbrochen nur von der hohen Stimme des Oberpriesters Hapuseneb: »So sei es, Erhabener von Karnak!«

Als Senenmut erwachte, krochen Schauer der Angst an seinem Körper empor. Riesige Krokodilrachen mit ekelerregenden spitzen Zähnen schnappten nach seinen Beinen, und es dauerte eine ganze Weile, bis er seine Sinne in der Gewalt hatte und erkannte, dass er auf einem kunstvoll verzierten Bett lag und sein Kopf von einer Art Gabel gestützt wurde, wie sie die Ägypter statt eines Kopfkissens gebrauchten.

»Wo bin ich?«, sagte Senenmut, ohne zu wissen, an wen er die Frage überhaupt richtete.

Plötzlich erschien ein Gesicht über ihm, das schön geflochtene Haar eines Mädchens fiel auf ihn herab: »Hatschepsut?«

»Du bist im kleinen Palast, und ich bin Hatschepsut, die Erste der Edelfrauen, große Tochter des Pharao.«

Im ersten Augenblick glaubte Senenmut an eine phantastische Erscheinung. Er stützte sich auf seine Ellenbogen, blickte in den lichtdurchfluteten Raum, dessen Fenster mit hellgrünen Schleiern verhängt waren, erkannte das doppelte Frauenantlitz der Göttin Mut über den Pilastern der Türe und sah die bunten Vögel in den goldenen Käfigen, die überall herumstanden; da ließ er sich auf das Lager zurückfallen und rief: »Bei Amun, Mut und Chons, das ist das Jenseits!«

Hatschepsut lachte: »Gemach, gemach! Noch ist es nicht so weit! Das Orakel des Amun hat Recht gesprochen. Der Erhabene von Karnak hat deine Aussage bestätigt. Der Pfeil aus deinem Bogen galt in der Tat einer Wildgans und weder meiner Dienerin noch mir.«

Das also war es. Ganz allmählich begann Senenmut sich mit seinem neuen Leben zurechtzufinden. Ja, ihm schien es, als sei er neu geboren, nachdem er mit seinem Leben bereits abgeschlossen hatte.

»Aber warum bin ich hier, in deinem Palast?«, erkundigte Senenmut sich vorsichtig.

»Ganz einfach: Ich hatte Minhotep, den Hofmeister des Pharaos, beauftragt, dich hierherzubringen für den Fall, dass der Erhabene von Karnak deine Unschuld bestätigte.« Bei diesen Worten klatschte das Mädchen in die Hände, und ein halbes Dutzend nackter Sklavinnen mit wohlgeordnetem Haar trat ein, halbe Kinder noch mit knospenden Brüsten. Sie trugen Schüsseln und Schalen, Kästchen und Fläschchen, wie sie der Bauernjunge noch nie gesehen hatte, und wortlos und ohne Auftrag begannen sie Senenmut zu waschen, zu salben und zu frisieren.

Senenmut beobachtete im Liegen das zärtliche reinigende Spiel der kleinen flinken Finger und wagte nicht, die Prinzessin anzusehen, die in einiger Entfernung der lustvollen Kosmetik zusah. Mit der Routine gelernter Badesklavinnen wuschen, schabten, massierten sie an dem Jungen herum, legten seinen Lendenschurz beiseite und ließen ihn nackt und duftend auf dem Lager zurück. Unauffällig wie sie gekommen waren, verschwanden sie wieder.

Da stand Hatschepsut vor ihm. Sie lächelte: »Wie schön du bist und stark ...«

Senenmut nahm alle seine Sinne zusammen, um eine Antwort zu finden. »Warum tust du das, Prinzessin?«, fragte er schließlich.

»Du gefällst mir.«

»Aber ich bin der Sohn des Bauern Ramose, der von der Gnade des Nil lebt, der in der Herbstzeit Achet seine Felder überschwemmt.«

»Und ich bin die Tochter des Pharaos Thutmes, die Erbin des Sonnenblutes«, sagte Hatschepsut schnippisch.

»Es ist nicht recht, dass die Erste der Edelfrauen, die Amun umfängt, einem Niederen diese Gunst gewährt.«

»Was Recht ist, bestimme ich!«

Senenmut schwieg. Er wagte sich nicht zu bewegen, als Hatschepsut auf ihn zutrat und mit ihren langen, feingliedrigen Fingern seinen Körper streichelte; doch das Blut in seinen Adern begann zu kochen. Obwohl oder gerade weil sie ihn nur mit den Fingerspitzen berührte, erregte sie ihn so sehr, dass er an sich halten musste, das Mädchen nicht in seine Arme zu reißen.

Trotz seiner sechzehn Jahre war dem Bauernjungen die Liebe nicht fremd. Mit zwölf hatte ihn Ruja, die Frau eines Generals aus dem Heere des Pharaos Thutmes, während ihr Mann im

Felde lag, verführt. Sie hatte seinen Obelisken in den Mund genommen und diesem Körperteil, dem er bis dahin kaum Beachtung geschenkt hatte, eine Kraft eingehaucht, die das lüsterne Weib schaudern ließ. Die Macht, die er, das Kind, über sie, die reife Frau des Generals, seither spürte, hatte ihn gleichzeitig in eine Art Hörigkeit versetzt. Er wollte immer und immer wieder diese stolze Frau bezwingen und schlich des Nachts um das Haus des Soldaten. Er hatte sogar dem Min eine Taube geopfert, der General möge bald wieder in den Krieg ziehen, und war erhört worden. Und Ruja, die Einsame, hatte ihn Nacht für Nacht, wenn es ihm gelang, sich aus dem Haus davonzustehlen, die Kunst des Liebens gelehrt.

Hatschepsut war ein Mädchen seines Alters. In ihr vereinigten sich der Liebreiz der Jugend und die Wärme einer reifen Frau. So schmolz Senenmut unter ihren zärtlichen Berührungen. Sein Körper bäumte sich auf, reckte sich ihr verlangend entgegen, und Hatschepsut verstand. Sie drückte seinen harten Obelisken tief in sich hinein, sie fühlte Schmerz, Schmerz, der sie in Erregung versetzte, Schmerz, der sie verzückte.

Auch die Prinzessin war nicht mehr unberührt. Nach uralter Tradition hatte ihr Vater Thutmes sie entjungfert, und seither musste sie ihm bisweilen zu Willen sein – ein zweifelhaftes Vergnügen. Genuss empfand sie dabei nicht, und sie fragte sich jedes Mal, warum das so sein musste. Warum war es immer der Mann, der sein Recht forderte?

Nun aber, da sie mit gespreizten Beinen auf dem wohlgestalteten Jungen saß und mit den Armen wilde Kämpfe gegen einen unsichtbaren Gegner führte, da sie ihn bellatterte wie der Sperber sein Weibchen im Ufersand des Flusses, da fühlte Hatschepsut eine unbändige Lust. Ihr Verlangen wuchs, es steigerte sich zur Begierde. Wie von Sinnen krallte sie sich in die Brust Senenmuts, leckte seinen Hals mit langer Zunge und biss ihn in den Kehlkopf wie das Frettchen, das die Schlange zur Strecke bringt.

Der Bauernjunge hatte die ungewöhnliche, unerwartete, unerlaubte Situation längst vergessen und bohrte sich tiefer und tiefer in das Mädchen. Der große Tempel des Amun von Karnak hätte einstürzen können, Senenmut hätte es nicht gehört. Wie sie ihren Körper wand, dass sich ihre Brüste verformten den Goldfischen gleich im heiligen See, wie ihr Haar auf ihn herabstürzte und wie sie auf ihm tanzte, ekstatisch wie eine Priesterin beim großen Opet-Fest – das ließ ihn vergessen. Senenmuts Sinn kannte nur noch das eine Ziel, sich in sie zu ergießen, gewaltig wie der Nil, der im Herbstmonat Paophi die lechzenden Felder des Tales benetzt.

Und als das Mädchen schrie wie eine junge getretene Katze und jubelte wie der Chor der Sängerinnen bei der Hymne auf Min, als sie laut und inbrünstig rief: »Mein Senenmut, mein schöner Geliebter!«, da riss ihn eine riesige Woge empor, wirbelte ihn unzählige Male in der schäumenden Gischt und spülte ihn sanft an den heißen, sonnenüberfluteten Sandstrand.

»Geliebte Prinzessin«, flüsterte Senenmut, »du Lotosblume auf den Wassern der Ewigkeit! Alles, was ich habe, habe ich dir gegeben.«

Hatschepsut lächelte. »Das ist sehr viel! Mehr als ich je bezahlen kann.«

Er sah ihr tief in die Augen, ob sie sich etwa lustig über ihn mache. Das Mädchen blickte ernst. »Ich wünschte, Re, der Herr der Weltenordnung, der morgens am Horizont aufsteigt und abends, Tum ähnlich, zur Ruhe geht, hätte mich nicht als Tochter des Pharaos bestimmt! Dann würde ich nun mit dir gehen, das Feld bestellen und Brot backen und nachts für dich da sein, wenn du mich rufst.«

Senenmut hielt seine Hand vor Hatschepsuts Mund: »Sprich

nicht solche Worte! Ich bin der Sohn des Bauern Ramose, du bist die Tochter des Pharaos Thutmes. Es war nicht recht, was wir getan haben.«

»Recht war es nicht«, erwiderte die Prinzessin, »nein, aber es war der Wunsch meines Herzens. Soll ich dürsten, obwohl die Quelle neben mir sprudelt?«

Senenmut hob die Schultern. »Für wen bist du bestimmt?«

»Mein Vater hat mich dem jungen Thutmes zugetan, auf dass das Sonnenblut erhalten bleibe.«

Dieser Tolpatsch, dachte Senenmut. Er hatte den Sohn des Herrschers bei Festen und Umzügen gesehen, ein willenloser Junge, der stets in Begleitung seiner Mutter Mutnofret auftrat. Senenmut verbarg sein Gesicht in der Armbeuge.

»Ich weiß, was du jetzt denkst«, sagte Hatschepsut, »wahrscheinlich fühlst du Mitleid mit mir, weil mir ein Leben mit diesem Bastard bevorsteht. Gräme dich nicht! Ich werde es zu meistern wissen.« Senenmut nickte.

»Ja«, sagte sie, »und du wirst mir dabei helfen.«

II

Die Kahlköpfigen schwangen Räuchergefäße und murmelten beschwörende Gebete: »Mögest du ausfließen, Geist der Krankheit, die sich in den Gliedern des Pharaos verbirgt. O Gott, männlich oder weiblich, der du dich versteckst, verschwinde!«

Pharao Thutmes lag fahl und schweißgetränkt auf seinem Bett, und Fieberstürme schüttelten seinen Körper.

»Kot vom Löwen, Kot vom Panther, Kot von der Gazelle«, begann Hapuseneb und legte getrocknete Exkremente auf Herz, Magen und Leber des Königs, »dringe ein in den Leib des Pharaos, und töte das Böse mit deinem Geruch!« Dann goss der Oberpriester ein stinkendes Gebräu aus dem Terpentin der Fichte und dem Saft von Knoblauch, Lattich und Sellerie über den zuckenden Körper und vermengte es mit den Exkrementen der Wildtiere.

Der Anblick und Gestank der Prozedur brachten den Pharao zum Erbrechen, und Hapuseneb jubelte: »Der Geist der Krankheit tritt heraus! Dem Amun sei Dank!«

Da traf Teti ein. Ahmose hatte den Arzt rufen lassen, weil sie der Medizin mehr vertraute als den Mysterien. Ahmose ergriff die Hände Tetis und flehte unter Tränen, er möge Thutmes wieder gesund machen, alles Gold aus der Schatulle ihrer Väter sei ihm sicher.

Teti bat die Räucherpriester hinaus und hieß die Sklaven, den Pharao zu reinigen. Danach griff er zu einem kleinen scharfen Messer.

»Arzt, Hüter des Lebens, was hast du vor?«, rief Ahmose voll Entsetzen.

»Osiris steht schon neben ihm«, antwortete Teti ruhig. »Wenn es noch *ein* Mittel gibt, dann ist es dieses!« Er hielt das blitzende Messer in die Höhe. »Die Bewegungen seines Herzens sind schwach. Sie sind nicht mehr in der Lage, das Gift aus seinem Körper zu pumpen.«

Als er das fragende Gesicht der Königin sah, erklärte Teti: »Wisse, große Gemahlin des Pharaos, vom Herzen führen Kanäle in alle Teile des Körpers. Sie versorgen den Leib wie der Nil, dessen Wasser über die Äcker geleitet werden.«

Er trat auf den Pharao zu, der nun ruhig dalag, und mit einem kurzen, aber heftigen Stoß rammte er dem König das Messer in eine bestimmte Stelle des Halses. Ein Schwall dunklen Blutes ergoss sich in eine Schale, die Teti unterhielt. Ohne aufzublicken, redete er weiter: »Je vier dieser Kanäle führen zu Augen, Nase und Ohren, je sechs zu Armen und Beinen, vier weitere zu Leber, Lunge, Milz und dem Ausgang des Darmes und zwei zu den Hoden und zur Blase ...«

Teti brachte noch drei weitere Schnitte in der Bauchgegend an, dass das Blut quoll, dann fuhr er fort: »Und so wie das Leben erlischt, wenn die Bewässerungskanäle auf den Feldern verstopft sind, so stirbt der Mensch, wenn die Bewegungen seines Herzens zu schwach sind, um das Blut zu vertreiben. Ich habe jetzt künstliche Abflüsse geschaffen. Wenn Amun es will, wird dein Gemahl gesunden.«

Ahmose war gerade im Begriff, die Hände des Arztes zu küssen, da bäumte sich der Leib des Pharaos lautlos auf und sackte zuckend zusammen wie ein Opferstier, den der Priester mit gezieltem Stoß niedergestreckt hat. Das Blut aus den Schnittwunden versiegte. Tetis Miene verfinsterte sich, er nickte. Pharao Thutmes war tot.

Ein Schrei des Schmerzes entfuhr Ahmoses Mund. Die Priester hörten ihn und kamen zurück und begannen einen gespenstischen Reigen um die Leiche des Pharaos. In monotonem Singsang betete Hapuseneb: »Ich grüße dich, Herrscher im Jenseits, Osiris, Herr von Abydos, siehe, ich gelange zu dir. Treu war mein Herz den Wegen des Guten. In meinem Herzen ist keine Sünde.«

Ahmose, die trauernde Gattin, zerriss ihr Kleid, dass ihre Brüste freilagen, und eine Dienerin reichte einen Korb mit Wüstensand, dessen Inhalt die Königin über den Kopf stülpte. Dann sprach sie mit fester Stimme: »So fahre denn hin, Sohn des Amun, zu den Göttern, die dich gezeugt haben. Gebt ihm ein Leben von Millionen Jahren.«

Hatschepsut hielt die Hand ihrer Mutter; daneben standen Mutnofret und der junge Thutmes. Sie vergossen Tränen. Hatschepsut und Thutmes hatten vor knapp einem Jahr, nach dem Willen des Vaters, geheiratet – eine formlose, nicht einmal festliche Prozedur, die an ihrem Leben auch nichts geändert hatte. Wenn sie ihn vielleicht auch nicht gerade verachtete, so respektierte Hatschepsut den jungen Thutmes zumindest nicht. Wie sollte sie auch, eine junge Frau im blühenden Alter, beinahe sechzehn, und ein tolpatschiger, nicht besonders intelligenter Junge von zwölf Jahren!

Die Prinzessin fand, im Gegensatz zu ihrer Mutter, keine Tränen. Sie hatte ihrem Vater den Zwang zur Heirat nicht verziehen, und geliebt hatte sie ihn nie.

»Das Land war satt und glücklich unter seiner Regierung«, sagte Ahmose, von Weinkrämpfen geschüttelt, »es herrschten Ordnung und Friede. Nubier und Asiaten kamen mit gebeugtem Rücken zu seinem Palast. Die Menschen lagen unter seinen Sandalen und küssten die Erde vor ihm. Jetzt hat ihn Ka, sein Schutzgeist, verlassen; aber er wird eingehen in die Götterneunheit des Himmels.«

Die Umstehenden nickten zustimmend, und mit heulendem

Geschrei rannten die Frauen, gefolgt von den Dienerinnen, aus dem Palast, um den Klagegesang anzustimmen, wie es Brauch war.

In dieser Nacht konnte Hatschepsut keinen Schlaf finden. Aus der Wüste drang das Heulen der Schakale. Sie erhob sich und ging in ihrem Zimmer unruhig auf und ab. Die Zukunft erschien ihr ungewiss. Wer sollte das Reich regieren? Thutmes? Niemals.

Da zog sie sich ein dünnes Gewand über und weckte Satre, die im Nebenzimmer schlief. »Komm!«, sagte Hatschepsut, und Satre verstand.

Satre beobachtete jeden Schritt, den Hatschepsut tat, und sie kannte ihre intimsten Gedanken. Und natürlich wusste sie von dem Verhältnis mit Senenmut. Sie billigte es sogar, denn auch ihr schien der junge Thutmes als Mann nicht akzeptabel. So schlichen die beiden denn durch das nächtliche Theben. Streunende Katzen stoben quäkend auseinander, und hinter geschlossenen Toren kläfften die Hunde.

Am Haus des Bauern Ramose trat Satre zur Tür und klopfte leise. Hatnefer öffnete und erklärte verstört, Senenmut sei nicht zu Hause, sie wisse nicht, wo er sich aufhalte.

Satre und Hatschepsut sahen sich wortlos an. Doch dann auf einmal packte die Prinzessin ihre Amme am Ärmel und zog sie aufgeregt hinter sich her.

»Was hat das zu bedeuten?«, fragte Satre.

Hatschepsut gab keine Antwort, sondern drängte und zerrte die Amme zum Haus des Generals Ptahhotep. Jetzt verstand Satre.

»Öffnen!«, rief Hatschepsut und pochte mit spitzen Knöcheln gegen die Türe. »Öffnen!«

Es dauerte nicht lange, und Ruja erschien, prall wie die Zuckermelonen im Fruchtland und nur mit einem dünnen Schleier um die Hüften. Hatschepsut schob Ruja beiseite und betrat das Haus, noch ehe die Frau es verwehren konnte.

»Ich habe es gewusst!«, zischte Hatschepsut. »Beim Min, ich habe es gewusst.« Vor ihr im Bett des Generals lag Senenmut und zog verschämt ein Leinentuch über seine Nacktheit.

»Genügt dir meine ehrliche Liebe nicht, dass du mich mit dieser hergelaufenen Soldatennutte betrügst?« Hatschepsut hatte Tränen in den Augen.

»Was hat sie zu bieten, was mir fehlt? Sind es ihre schwabbeligen Brüste oder ihre fetten Schenkel, die dich so erregen, dass du dich nachts in ihr Haus schleichst? Oder hat sie dich verhext mit dem stechenden Blick ihrer Augen?«

Satre versuchte die Prinzessin zu beruhigen, aber Hatschepsut schlug wild um sich. »Habe ich dir nicht Neferabet geschickt, den Schreiber des Königs, damit er dich Schrift und Sprache lehre, und Ineni, um dich mit der Kunst vertraut zu machen? Ist das der Lohn?« Hatschepsut fiel vor dem Bett auf die Knie und vergrub das Gesicht in ihren Händen. Senenmut saß da und blickte ratlos.

Was sollte er antworten? Er liebte Hatschepsut, gewiss; aber er war gebannt von der Sinnlichkeit dieses Weibes. Dies war eine ganz andere Art von Zuneigung, pure Begierde, die sich in Gleichgültigkeit, in Nichts auflöste wie der milchig weiße Morgendunst über den Wassern des Nils. Aber wie die Nacht zurzeit der Saat immer neuen Dunst hervorbringt, so erneuerte sich auch seine Gier nach dieser Frau.

»Geliebte der Götter, die Amun umfängt«, begann Senenmut; in geschliffenen Worten, »wie soll ich es dir erklären?«

»Da gibt es nichts zu erklären«, schluchzte Hatschepsut, »nichts.«

In dieser Nacht schlich auf der anderen Seite des Nils ein Mädchen den steil abfallenden Saumpfad im Tal der Schakale entlang, um nach Hui zu suchen. Sie hatte ihn seit Tagen nicht gesehen und machte sich Sorgen um den Geliebten. Hui wohnte am Fuß der Klippen des Wüstengebirges, und sie war ihm allabendlich begegnet, wenn sie ihre Ziegen nach Hause trieb, die tagsüber am Rande des Fruchtlandes weideten. Dann trug Hui stets einen Korb und eine hölzerne Schaufel bei sich. Auf ihre Frage, wo er denn zu so später Stunde hingehe, hatte Hui stets mit einem Lachen geantwortet: »Zur Arbeit natürlich!«

Kija, so war ihr Name, wollte schon lange fragen, welcher Arbeit er nachginge, aber sie fühlte, dass Hui nicht gerne darüber sprach. Im Laufe des Sommers war Hui dann jeden Tag etwas früher gekommen, und Kija hatte ihre Ziegen ein bisschen eher nach Hause getrieben, und dann hatten sie sich geliebt in den Gurkenfeldern und unter Hibiskusbüschen. Seit drei Tagen blieb Hui aus.

Das Herz des Mädchens klopfte heftig – nicht nur, weil der Weg steil bergan ging. Kija hatte Angst und war sorgsam bedacht, keinen Stein abzutreten, der polternd zu Tal gestürzt wäre und sie verraten hätte. Denn irgendetwas in ihrem Innern sagte ihr, dass sie auf einem verbotenen Pfad wandelte.

Kein Bewohner des Westens, niemand, suchte freiwillig das Tal der Schakale auf, schon gar nicht nachts. Man erzählte Furcht erregende Geschichten, was dort in finsteren Nächten vor sich ging. Die räudigen Wüstenwölfe sollten mit den Mumien der Verstorbenen, denen Osiris neues Leben einhauchte, verzweifelte Kämpfe ausfechten und von manchem, den sie in festlichem Ritus im Wüstensand verscharrt hatten, irrten angeblich nur noch Beine oder Kopf und Arme ohne Körper herum.

Welchem geheimen Geschäft Hui wohl nachging? Warum sprach er nie darüber?

Kija hielt einen Augenblick inne, um zu verschnaufen. Dabei drehte sie sich um und blickte talwärts. Stimmen wurden laut, und das Mädchen glaubte, gedämpftes Licht zu erkennen, abgeschirmte Lampen, die sich den Saumpfad heraufbewegten. »O Isis und Nephthys«, begann Kija zu beten, »verjagt meine Feinde. Schu und Tefnut, macht mich unsichtbar!«

Um ihren frommen Wünschen Nachdruck zu verleihen, brachte sie einen Stein ins Rollen, der in hohen Sprüngen zu Tal polterte. Dann suchte sie hinter einem Felsvorsprung Schutz. Kija lauschte in die Nacht. Die Stimmen kamen näher. Zitternd presste sich das Mädchen gegen das Felsgestein, wagte kaum zu atmen und hielt die Augen geschlossen, als schützte dies davor, entdeckt zu werden.

Aber wie durch ein Wunder des Amun-Re entfernten sich die Schritte gleichmäßig, wie sie sich genähert hatten, und Kija holte tief Luft. Im fahlen Licht der Nacht, das über dem Felsengebirge lag, erkannte Kija vier Gestalten, die sich bergwärts entfernten. Es mussten Totenpriester sein; denn an ihren Hinterteilen baumelten abgeschnittene Tierschwänze.

Was suchten die Priester in dieser gottverlassenen Gegend? Stand ihre nächtliche Prozession in Zusammenhang mit dem Verschwinden Huis? Je weiter sich die tanzenden Laternen der Priester entfernten, desto mehr wuchs ihr Mut. Leichter Wind kam auf, der schon die Zeit der Saat ankündigte, und Kija fasste den Entschluss, die Priester zu verfolgen.

Mühsam erklomm sie den Scheitel des Kammes, von wo der Pfad abwärts führte in ein abgelegenes Tal. Kija kroch auf allen vieren, damit ihre Silhouette sich nicht gegen den nächtlichen Himmel abhöbe. Der Anblick, der sich ihr bot, verwirrte sie. Das Tal, in dem Kija die Einsamkeit der Wüste erwartet hatte, lebte! Riesige Fackeln beleuchteten einen unterirdischen Eingang, dem sich nun die vier Priester näherten wie eine Raupe ihrem Versteck.

Am Eingang der Höhle herrschte aufgeregtes Treiben. Unbekleidete Gestalten erschienen aus der Tiefe des Felsengesteins, legten irgendwelche Dinge ab und verschwanden wieder. Kija rang nach Luft. Sollte Hui unter ihnen sein? Sie war zu weit entfernt, um ihn erkennen zu können, und sich der geheimnisvollen Baustelle zu nähern, wagte sie nicht. Also wartete sie, was geschah.

Es dauerte nicht lange, und die Priester kamen aus der Höhle zurück, gefolgt von mindestens zwei Dutzend nackter Gestalten. Wie Soldaten beim Zählappell nahmen sie unterhalb des Felseneinganges Aufstellung. Die vier Priester indes kletterten ein Stück bergauf, und auf einmal hatte jeder von ihnen Pfeil und Bogen in der Hand, wuchtige Waffen, wie sie die Vorkämpfer des Pharaos zu tragen pflegten. Damit zielten sie auf die Reihe der nackten Gestalten. Noch ehe die Männer begriffen hatten, was da im lodernden Schein der Fackeln vor sich ging, sanken vier von ihnen lautlos zusammen, einige schrien in Todesangst, andere versuchten sich in den Schutz der Dunkelheit zu flüchten; doch sie erreichten die tödlichen Pfeile zuallererst, einen nach dem anderen.

Kija überkam ein Gefühl der Übelkeit und des Ekels. Noch nie hatte das Mädchen einen Menschen sterben sehen, selbst beim Opetfest oder beim Erntefest im Monat Mesore, wenn eines der Zicklein geschlachtet wurde, lief Kija fort, weil sie das grausame Tun nicht mit anzusehen vermochte.

Doch noch bevor sie den Gedanken zur Flucht überhaupt fassen konnte, war der Spuk vorbei. Die Nackten lagen über das Erdreich verstreut, und die Priester gingen von einem zum andern, um zu sehen, ob er auch tödlich getroffen sei. Sie schienen die Männer sogar zu zählen, denn auf einmal hörte man aufgeregtes Rufen, als ob einer entkommen sei, und mit gespannten Bogen zielten sie in die Dunkelheit.

Furchtsam presste Kija ihren Körper auf den felsigen Boden. Sie wollte schreien, schreien vor Angst, doch das Bewusstsein, dass dies auch *ihren* Tod bedeutet hätte, schnürte ihr die Kehle zu. Die Rufe der Priester, die sich im Dunkel untereinander verständigten, hallten gespenstisch wider an den Felswänden des Tales. Da tauchte keine zwanzig Schritte vor ihr eine gekrümmte Gestalt auf, die sich vorsichtig, ohne ein Geräusch zu verursachen, den Hang emporarbeitete. Kija wollte fliehen, sich blindlings den Saumpfad hinabstürzen, nur fort, fort von diesem furchtbaren Ort; aber die Glieder des Mädchens schienen gelähmt, Knie und Armbeugen zu Stein erstarrt, funktionslos. Stattdessen hörte sie sich leise rufen: »Heda! Heda! Ich bin Kija!«

Der Mann zuckte zusammen, als hätte ihn die Peitsche des Strafrichters getroffen. Dann sank er zu Boden. Sein Atem kochte. »Komm!« Kija streckte ihm eine Hand entgegen. Der Unbekannte wagte sich nicht zu rühren. Jeder Stein, der abbrach, ins Rollen kam, konnte ihn verraten. So lagen sie sich eine Weile bewegungslos gegenüber. Die Rufe verebbten.

Kija machte Anstalten, sich zu erheben und dem Fremden entgegenzukriechen. »Bleib, wo du bist!«, zischte er leise, rappelte sich hoch und machte ein paar Schritte bergauf auf das Mädchen zu, dann sank er wieder zu Boden. Beide lauschten in die Nacht.

Langsam, bedächtig wie die Krokodile an den Ufern des Nils robbten beide aufeinander zu, bis sie ihre Gesichter erkennen konnten. »Hab keine Furcht, ich bin Kija, die Ziegenhirtin!«, flüsterte das Mädchen. Der Fremde nickte und ließ seinen Kopf auf die verschränkten Arme fallen. Er weinte. Jetzt, da er dem unheimlichen Mordkommando entkommen war, wurde sein Körper von Weinkrämpfen geschüttelt.

»Was habt ihr verbrochen?«, erkundigte sich das Mädchen.

Der Unbekannte wischte die Tränen mit flacher Hand aus

seinem Gesicht. »Verbrochen?«, fragte er zurück. »Wir haben das Grab des Pharaos gegraben, vierzig Ellen tief, mit kunstvollen Kammern. Ich selbst habe Reliefs in den Stein geschnitten, um das Leben des Pharaos zu verherrlichen.«

»Aber warum bloß hat man sie dann getötet?«, schluchzte Kija.

»Leise!«, schimpfte der Fremde. »Warum schon! Niemand weiß von diesem Grab. Man hat Thutmes einen Totentempel gebaut wie allen anderen Königen vor ihm. Aber sie werden den Pharao nicht in diesem Tempel bestatten, sondern hier im Tal der Schakale. Heimlich! Und weil sie fürchten, einer von uns Grabarbeitern könnte die Lage des Grabes verraten, haben sie gewartet, bis wir mit unserer Arbeit fertig waren, und dann … verfluchte Söhne des Seth!«

»Habt ihr …«, begann Kija zögernd, »… war unter den Grabarbeitern ein Mann namens Hui?«

»Hui?«, knurrte der Fremde. »Ja. Ein feiner Kerl. Warum?«

Mit Entsetzen sah der Unbekannte, wie das Mädchen aufstand, die Arme zum Himmel reckte und einen lauten, gellenden Schrei ausstieß.

»Bist du verrückt?«, zischte der Fremde und rappelte sich hoch. Er wollte sich gerade auf das Mädchen werfen, um es zu Boden zu ziehen und zu beruhigen, da traf ihn ein Pfeil in den Rücken. Kija sah das gefiederte Geschoss, und wie von Schakalen verfolgt, rannte sie den schmalen Saumpfad zu Tal. Sie stolperte, stürzte, glitt auf den Knien ein Stück abwärts, richtete sich auf und hetzte weiter, atemlos, bis sie an der Stelle, wo das sandige Gebirge in grünes Fruchtland übergeht, kraftlos zu Boden sank.

Der junge Thutmes betrat das Gemach seiner Gemahlin Hatschepsut, herausgeputzt wie ein Tänzer beim großen Opetfest.

»Eine Krone macht noch keinen Pharao!«, lachte Hatschepsut, in Anspielung auf den pompösen Kopfschmuck ihres Gatten. Sie lauschte, während sie ihr langes schwarzes Haar kämmte, den verzaubernden Klängen eines Harfenspielers. Er war blind und neben dem Pharao der einzige Mann, der Zutritt zu den Gemächern der jungen Königin hatte.

Thutmes nahm die hohe Krone ab; aber auch in dem rotblau gestreiften Nemeskopftuch, das er darunter trug, sah er noch imponierend genug aus. »Du zweifelst an meiner Befähigung«, sagte Thutmes, »ich weiß.« Er setzte sich auf einen zierlichen Stuhl mit Gazellenbeinen, dessen durchbrochene Lehne das Schriftzeichen der Maat, der Wahrheit, trug.

Hatschepsut schüttelte den Kopf: »Ich zweifle nicht, ich weiß es so sicher, wie Re sich am Morgen über dem Horizont erhebt. So sicher wie Männer zeugen, Frauen empfangen und alles, was geboren wurde, eines Tages an seinen Ort zurückkehrt.«

Während er umständlich Wein aus einer gläsernen Karaffe in eine goldene Schale goss, antwortete Thutmes: »Aber es war der heilige Wille deines Vaters ...«

»Ich weiß!«, unterbrach Hatschepsut lautstark. »Darum bemühe ich mich auch, dem Wunsch meines Vaters – er möge ewig leben – zu folgen.«

»Tagelang habe ich zu Re-Harachte gebetet, von seinem Aufgang bis zu seinem Untergang, ich habe weiße Rinder schlachten lassen und die schönsten Schenkel auf Amuns Altar gelegt mit der Bitte, er möge dich umstimmen in deiner Haltung mir gegenüber, damit du mich liebtest wie Isis ihren Bruder und Gatten Osiris.«

»Wenn es um die Liebe geht, kämpft selbst die Neunheit der Götter vergebens. Du weißt es.«

Thutmes nickte zustimmend und begann umständlich seine Rede: »Bald wird die Sichel des Mondgottes Chons der silbernen Scheibe Platz gemacht haben und das neunzigtägige Ritual der Mumienmacher wird zu Ende sein. Aber noch bevor die Priester die Mumie unseres Vaters auf der heiligen Barke gen Westen fahren, muss der Same gelegt sein für das nachfolgende Sonnenblut.«

»Hathor sei gnädig!«, rief Hatschepsut, warf sich rücklings auf ihr Bett, schob den Saum ihres Gewandes hoch und forderte spöttisch: »Sodann ans Werk, Sohn des Pharaos!«

Thutmes ließ den Kopf hängen. »So nicht, Chnemetamun!« Chnemetamun war der zweite Name der jungen Königin und bedeutete so viel wie »die Frau, die Amun umfängt«.

»Erwartest du von mir, dass ich dich verführe wie eine Hure in den Bordellen am Hafen mit Sistrenklang und dem süßlichen Duft meiner Grotte?« Hatschepsut lachte. »Warum nimmst du dir nicht irgendeine Hergelaufene, vielleicht eine nubische Sklavin mit breitem Becken und wulstigen Lippen? Dein Vater war ja auch nicht gerade wählerisch, als er deine Mutter fand.«

Da sprang Thutmes auf und stampfte wütend auf den spiegelnden Boden: »Bist du überhaupt sicher, dass König Thutmes dein Vater war? Ich, der junge Thutmes, sein Sohn, bin doch der beste Beweis, dass er des Nachts seine Gunst auch anderen Frauen schenkte. Glaubst du, dass deine Mutter Ahmose dann betend im Harem saß?«

»O nein«, eiferte Hatschepsut, »als ich noch ein Kind war, da erzählte mir meine Mutter Ahmose folgende Geschichte: Gott Amun entdeckte eine unsagbar schöne Frau mit schlanken Gliedern und gedrehten Haaren, und er sandte den ibisköpfigen Thot aus, um nach der Schönen zu forschen. Thot kam zurück und meldete, die Schönste der Schönen heiße Ahmose und sei das treue Eheweib des Pharaos Thutmes. Da drehte Gott Amun sich einmal um sich selbst und nahm die Gestalt des Pharaos an.

Er kam zum Palast und fand sie in ihrer Schönheit ruhen, und Ahmose erwachte vom Duft des Gottes und lächelte ihn an. Amun aber entbrannte für sie, und sie jauchzte über seine Schönheit. ›O herrliches Haupt, dein Glanz umfängt mich.‹ Da sprach Amun, der Herr von Karnak, zu meiner Mutter Ahmose: ›Ich habe eine Tochter in deinen Leib gelegt, und sie soll heißen, wie du gesagt hast: Herrliches Haupt – Hatschepsut, die Amun umfängt – Chnemetamun.‹ Und bevor Amun verschwand, da sagte er zum Abschied: ›Meine Tochter wird einst König sein in diesem Land.‹«

Thutmes zuckte kaum merklich zusammen. Er war seiner jungen Frau einfach nicht gewachsen. Hatschepsut war nicht nur die Ältere, sie war auch klüger, weitblickender und kraftvoller als er. So nahm er einen tiefen Schluck aus der Schale und wollte sich gerade wortlos entfernen, als Iset das Gemach der jungen Königin betrat, mit einem Korb rotglänzender Äpfel und praller blauer Trauben. Iset war beinahe noch ein Kind, doch an gewissen Stellen verriet ihr spärlich bekleideter Körper die reifende Frau.

»Warum nimmst du nicht sie?«, rief Hatschepsut ihrem gedemütigten Gemahl hinterher. Der drehte sich wutentbrannt um, trat auf die verschüchterte Dienerin zu, riss ihr den zierlichen Lendenschurz vom Leib und warf das Mädchen auf das Bett der Königin. Wie ein wilder memphitischer Apisstier fiel Thutmes über das Mädchen her und begrub es unter sich mit ekstatischen Bewegungen. Zornschnaubend presste er seinen wuchtigen Körper zwischen die schlanken Schenkel der Dienerin und drang in sie ein, dass sie schrie wie ein gequältes Tier, das sich nicht zu wehren vermag.

»Spürst du ihn?«, keuchte Thutmes. »Dies ist der Obelisk des Pharaos, der deinem Fleisch Leben einhaucht wie der widderköpfige Chnum!«

»Ja, ich spüre ihn«, rief Iset bebend, »ich spüre ihn wie der Nil das Ruder des Fährmanns.«

Hatschepsuts Miene verfinsterte sich, und in ihren Augen schwelte die Glut von Neid und Missgunst. Mit der Wut einer Raubkatze stürzte sie sich auf das ekstatische Paar, drängte Thutmes von der winselnden Dienerin und herrschte sie an, sie solle verschwinden. Dann spreizte sie selbst die Schenkel, bereit, den Pharao über sich kommen zu lassen wie Min mit dem steifen Phallus.

Am 70. Tag nach dem Ableben des Pharaos Thutmes rief der Ut-Priester im Tempel von Karnak die Totenpriester in das Balsamierungshaus, wo der Leichnam des Königs in glitzerndem Natron lag. Musikanten bliesen und zupften, Tänzer vollführten schnalzende Sprünge himmelwärts, und Sklaven schwenkten buschige Palmwedel. Über dem Ganzen hingen Wolken von Weihrauch, und der Ut-Priester, der die Einbalsamierung vornahm, rief: »Der Sonnengott bist du, fürwahr, der Mächtige mit den zwei Löwenköpfen. Horus bist du, und der Rächer deines Vaters Osiris. Mit dem heiligen Wasser des Nils wurde deine Vorderseite gewaschen, dein Rücken mit Salpeter. Dein Leib wurde in der Milch der Hap-Kuh gebadet. Nun ist alles Üble ausgeschieden!«

Das Natron hatte der Leiche des Königs alle Flüssigkeit entzogen. Sezierer mussten durch einen Schnitt auf der linken Körperseite alle Eingeweide entfernen, Herz, Leber, Nieren und Lunge. Um an das Gehirn zu gelangen, war die Nasenscheidewand mit einem silbernen Meißel durchtrennt worden, sodass das Organ an einem Haken herausgezogen werden konnte. Nun standen sie in vier Alabasterkrügen konserviert ebenfalls zur Bestattung bereit.

Mit einem Pantherfell bekleidet, trat der Sem-Priester hervor, schob dem toten Pharao eine Art Haken in den Mund, drehte ihn um, sodass das Gebiss klaffte, dann betete er laut: »Heil dir, Osiris, göttlicher Vater, ich öffne seinen Mund, um ihm das Leben zurückzugeben. Möge sein Körper nicht den Würmern zum Opfer fallen wie die Tiere, die kriechen, die Vögel der Luft und die Fische im Wasser! Möge er ewig sein wie deine Glieder, die für ewig bei dir sind!«

Darauf begannen die Einbalsamierungspriester ihr Werk. Sie bedeckten den Leichnam des Pharaos über und über mit Gold, dem Fleisch der Götter. Finger und Zehen wurden einzeln in Goldhülsen gesteckt, der Körperschnitt mit einer Goldplatte verschlossen, Armspangen, Ringe, Knie- und Schienbeinschützer angelegt, ein goldener Halskragen und ein Dutzend Amulette. Erst jetzt leitete der Ut-Priester die Mumifizierung ein.

Sklaven reichten mit Myrrhe getränkte Leinenlappen und duftende Binden aus Byssos. Das Linnen stopfte er in Mund und Nase, damit sie nicht einfielen; dann umwickelte der Ut-Priester Arme und Beine, schließlich den Rumpf und zuallerletzt den Kopf. War eine Schicht gewickelt, trat ein zweiter Priester vor und bestrich die Mumie mit kochendem Harz, siebenmal insgesamt.

»Steh auf, Osiris«, rief der Priester sodann, »dein Rückgrat besitzt du jetzt, o Gott mit dem stillgestandenen Herzen! Dein Hals ist gekräftigt, so steige auf deinen Thron!«

Vier Priester stellten nun die Mumie aufrecht an die Wand, vier weitere trugen einen Goldsarg herein, den Thuti, der Goldschmied des Hofes, gefertigt hatte: ein Mumiensarg mit einem Flügelpaar, dessen Federn aus blauem und rotem Email von den Schultern bis zu den Füßen reichten. Auf der Brust das Bild des Geiers, das Wappentier Oberägyptens. Auf dem Kopf des Mumiensarges mit den weitgeöffneten Augen hingegen prangte die Uräusschlange, das Symbol Unterägyptens.

Der geöffnete Sarg wurde vor der Mumie aufgestellt, die Sklaven des Königs brachten Schüsseln mit Fleisch, Brot, Bier, Wein und Früchten, und der Oberpriester rief so laut, dass es von den Wänden des Goldhauses hallte: »O Osiris, du aufrecht Stehender, setze dich vor deine tausend Opfergaben. Dies sind deine Mahlzeiten: drei für den Himmel bei Re und drei für die Erde bei Geb.«

An der Stirnseite des Saales hob sich ein schwerer Vorhang, und die Witwe Ahmose trat hervor, gefolgt von Thutmes, dem jungen Pharao, und Hatschepsut, der Königin. Vor der aufrecht stehenden Mumie machten sie halt, neigten das Haupt, und die Priester hoben den mumifizierten Pharao in den Sarg. Thuti verschloss ihn eigenhändig mit goldenen Nägeln.

Dumpfe Kesselpauken und grelle Posaunen kündeten von den Zinnen des Tempels den Grabgang des Königs. Menschen aus allen Teilen des Landes waren herbeigeströmt und säumten den letzten Weg des Königs vom großen Tempel in Karnak zum Nil: Bauern aus dem Delta, Nomaden von den südlichen Stromschnellen, Gelehrte aus dem alten Memphis und Priester aus den großen Tempeln des Landes, aus Sais und Buto, aus Heliopolis und Bubastis, aus Thinis und Koptos, Abydos und Hermonthis.

»Er war ein guter Gott!«, riefen sie sich zu und: »Re steigt nieder zum westlichen Himmel!«

Ein Heer von Klageweibern führte den Zug an, junge und alte mit offenen Haaren und entblößten Brüsten. Sand streuend und gellende Schreie ausstoßend. Lotosblumen, blau und rosa, bedeckten den Weg. Die Räucherpriester sangen: »O Osiris, empfange den Festgeruch, der deine Glieder schön macht!« Und dazwischen immer wieder Tänzerinnen und Tänzer, Sänger und Musikanten.

Ahmose hatte einen Schleier über den Kopf gezogen, ebenso Hatschepsut und Mutnofret, die dem Mumiensarg vorausgingen. Nur der junge Thutmes trug ein Festgewand, den sorgsam gefalteten Lendenschurz und goldene Armspangen. Er hielt über dem nackten Oberkörper mit gekreuzten Armen Krummstab und Geißel.

Die Mumie des verstorbenen Pharaos ruhte auf vier Tragestangen, die je vier Totenpriester mit ausgestreckten Armen trugen. Dahinter schleppten Diener und Sklaven des Hofes Stühle, Tische und Betten, kostbares Geschirr und kunstvoll gefertigte Waffen und Schmuck von Gold und prunkvollen Steinen. Noch nie hatten die Ägypter am Rande des Weges solche Pracht gesehen.

An den marmornen Stufen, die zum Nil hinabführten, lagen zwei Barken, goldglänzend und je 80 Ellen lang. Ihre hochgezogenen Schnäbel schimmerten im türkisfarbenen Wasser des Flusses wie lodernde Fackeln. Der Mumiensarg des Pharaos wurde auf dem erhöhten Deck des ersten Schiffes abgesetzt, dahinter nahmen die Mitglieder der Familie Platz. Priester und Gerätschaften füllten die zweite Barke. »Hinüber nach Westen!«, rief der Ut-Priester. »Hinüber mit der Barke des Gottesvaters Nun, hinüber mit der Barke der Nechbet.«

Die Menschen fielen zu Boden und berührten mit den Köpfen schweigend den Sand. Dann stachen die Ruderknechte die Paddel in den reißenden Fluss, und ein vieltausendstimmiges Klagen hob an.

Niemand wusste, wo Pharao Thutmes bestattet werden würde; doch es ging das Gerücht, man habe ihm an geheimer Stelle ein Grab in den Fels gesprengt.

Über den Steinbrüchen von Assuan lag die flirrende Hitze des ersten Sommermonats Pachons. Lange Reihen von unbekleideten Sklaven zerrten rosafarbene Granitblöcke auf Walzen über den steinigen Boden. Die armdicken Taue krachten und knarzten, und von den steinernen Walzen sprangen scharfkantige Splitter und schossen wie Pfeilspitzen auf die schwitzenden Sklaven, die dann laut schreiend zu Boden stürzten. Jeder Quader hinterließ so eine blutige Spur, bis er mit Hilfe mannsdicker Hebebalken auf eine der wartenden Nilbarken gehievt wurde.

Oberhalb des gnadenlosen Talkessels, wo ein linder Wind über den Bergkamm strich, wetteiferten der Baumeister Ineni und sein gelehriger Schüler Senenmut seit Tagen, wer von beiden die dünnste Scheibe Rosengranit aus der Wand brechen könne.

»Du Naseweis!«, lachte Ineni. »Ich habe zwei Pharaonen als Baumeister gedient, ich habe die Kapelle für die Barke des Amun in Karnak errichtet und den Pylon vor dem großen Tempel. Der Vater Hatschepsuts hat mir dafür die Würde des obersten Aufsehers der Kornspeicher verliehen. Ich habe hier schon Steine geschnitten, als du noch nicht auf der Welt warst, und da kommst du und willst mir beibringen, wie man Granit sprengt.«

»O nein«, antwortete Senenmut, »der Schnitt deiner Steine ist berühmt wie die Stufenpyramide des Imhotep, und die Händler auf dem Markt von Theben schneiden die Butter nicht weicher, aber ich habe beobachtet, dass deine Steinquader ganz unterschiedliche Schnittflächen haben.«

»Weil eben jeder Stein anders ist!«

»Gewiss! Aber, Meister, warum ist jeder Stein anders?«

»Warum, warum, warum!«

»Du sagtest, Meister, als du mich in Theben in die Geheimnisse des Steinschneidens einweihtest, auch Steine seien einmal gewachsen, so wie eine Frucht auf dem Feld nach dem Willen der Götter.«

»Sagte ich, ja.«

»Aber ist nicht das Wachstum der Früchte des Feldes verschieden, je nachdem, ob es an einem sonnigen Südhang, im

Fruchtland des Nils oder auf den felsigen Berghängen der Wüste liegt?«

Ineni überlegte, worauf der Junge hinauswollte, und antwortete: »Da kann kein Zweifel sein, ja. Und deshalb glaubst du, dass es nicht nur vielerlei Arten von Gestein gibt wie Granit, Kalkstein und Sandstein, sondern dass es auch verschiedene Arten von Granit gibt, zum Beispiel?«

Senenmut nickte.

»Mag schon sein«, erwiderte Ineni unwillig. Er verstand nicht, worauf Senenmut hinauswollte.

Der aber fasste seinen Lehrmeister am Arm und zog ihn über eine Steinrinne zu einer hochaufragenden Granitwand, an der Senenmut zahllose Holzkeile angebracht hatte.

»Was ist das Besondere an deiner Technik?«, fragte Ineni erstaunt. »Seit über tausend Jahren sprengen die Ägypter ihr Baumaterial aus dem Fels, indem sie Holzkeile in die Spalten schlagen und sie mit Wasser übergießen, sodass das quellende Holz den Stein zum Bersten bringt.«

»Das ist es nicht, Herr«, sagte Senenmut aufgeregt. »Die Richtung ist's, in der ich den Stein sprenge. Deine Schnitte verlaufen von Ost nach West. Ich aber schneide von Süd nach Nord, weil – wie ich festgestellt habe – der Stein in dieser Richtung gewachsen ist. Nimm den Ebenholzbaum. Schneidest du seinen Stamm in zu dünne Scheiben, dann springt das Holz in viele Teile; schälst du aber ein hauchdünnes Stück von seiner Längsseite, so kannst du es sogar biegen, ohne dass es zerbricht.«

Ineni schien verblüfft: »Bei der Neunheit der Götter!«, rief er. »Deine Überlegungen sind nicht ohne Bedeutung; aber vorläufig sind sie nicht mehr als eine Theorie. Beweise es, mein Sohn, und ich werde dich belohnen wie der Pharao den tapfersten seiner Krieger.« Dann verschwand er, nicht so recht an den Erfolg seines Schützlings glaubend.

Am Abend, als die Kühle den Aufenthalt im Steinbruch erträglich machte, erschien Ineni wieder an der Stelle. Senenmut saß wortlos vor dem Spalt, den Kopf in die Hände gestützt. Mit kritischem Blick prüfte Ineni das Gestein, wiegte den Kopf hin und her und meinte dann: »Thutmes, er lebe ewig, und Amenhotep, sein Vater selig, waren zufrieden mit meiner Arbeit. Ich türmte Säulen so hoch wie der Himmel und schnitt ein Grab in den Fels, tief wie das Wasser des Meeres; aber nie brauchte ich Scheiben von Granit, dünner als eine Handbreite!«

»Erzähle mir von dem Grab des Thutmes!«, bat Senenmut.

Ineni hob die Hände: »Ich bin ein Bewahrer der Geheimnisse des Königs. Ich habe von seinem Tisch gegessen und mit ihm den Wein getrunken von den Hängen des Fruchtlandes. Ich habe ihn geliebt, und er gab mir diese Liebe zurück. Nie wird ein Wort aus meinem Mund das letzte Geheimnis des Pharaos verraten.«

»Man erzählt sich wundersame Dinge, die Magier hätten den Stein geschmolzen mit Hilfe des Sonnenlichts. Jedenfalls gibt es in ganz Oberägypten keinen Sklaven, der an den Bauarbeiten beteiligt war.«

Ineni schwieg. Als er erkannte, dass Senenmut auf eine Antwort wartete, sagte er beschwichtigend: »Es ist nicht Sache der Menschen, im Handeln der Götter zu forschen. Thutmes wurde zu Osiris – er lebe ewig.«

»Still!« Senenmut legte den Zeigefinger auf den Mund. Sein Lehrmeister sah ihn fragend an. »Hörst du nichts, Ineni? Du musst es doch hören! Hörst du!«

Aus dem Fels drangen klagende Laute, unterbrochen von hellem Klingen, als würden Kieselsteine in eine silberne Schale geworfen. Senenmut zog Ineni beiseite. Das Klingen wurde stärker, steigerte sich zum Prasseln, und krachend schürfte eine dünne Scheibe Rosengranit aus dem Fels, hoch wie ein Pferderücken.

»Bei Amun, Mut und Chons!«, rief Ineni und schlug sich auf die Schenkel. »Wer hat dich dies gelehrt!«

»Du, Ineni, und kein anderer.«

»Ich?«

»Aber gewiss! *Du* sagtest, Stein sei gewachsen wie das Holz unserer Bäume. Dies ist nur die logische Konsequenz.«

Freudig erregt stiegen beide zu Tal. Gewiss würde diese Entdeckung das Bauwesen verändern. Leichter würde man in Zukunft bauen können, weniger wuchtig. Da trat ihnen ein Bote entgegen: »Bist du Senenmut, der Sohn des Ramose und der Hatnefer?«

»Ich bin es«, antwortete dieser.

»Thutmes, der Herr der beiden Länder, fordert dich auf, nach Theben zu kommen. In Asien tobt ein Aufstand, und der Pharao braucht jeden Mann unter zwanzig im Kampf gegen das Wüstenvolk.«

»Aber ich bin nicht ausgebildet im Umgang mit Waffen!«, erwiderte Senenmut mit Betroffenheit. »Wie soll ich gegen bewaffnete Soldaten angehen?«

»Der Pharao rühmte deine Treffsicherheit mit Pfeil und Bogen!«, sagte der Bote, und Senenmut glaubte ein schadenfrohes Lächeln in seinem Gesicht zu erkennen.

Da wusste Senenmut, dass er einen Feind hatte, einen Todfeind sogar, dem er schwer entgehen konnte.

Der Bote grüßte knapp: »Mit den ersten Strahlen des Re wartet eine Barke auf dich!«

Und Senenmut antwortete: »Ich werde da sein.«

III

Das Haus des Wahrsagers Peru lag außerhalb der Stadt, wo die Händler ihre Lager hatten und die Steinmetzen unter freiem Himmel ihrer Tätigkeit nachgingen, keine vornehme Gegend also. In schlechtem Ruf stand die Straße der Lagerhalter vor allem deshalb, weil sich hier bei Einbruch der Dämmerung die Liebesmädchen von Theben ein Stelldichein gaben: gazellenhafte Geschöpfe aus den Provinzen mit glühenden Augen und dicke nubische Weiber – etwas für jeden Geschmack.

»Min ist in mir«, lallte ein angetrunkener Freier, »und in dir?« Was so viel heißen sollte wie: Wie wär's mit uns zweien?

Aber die verschleierte Dame und ihre ältere Begleiterin gingen dem Trunkenbold ohne Antwort aus dem Weg. Es waren Hatschepsut und Satre, die sich hinter Schleiern verbargen, und die Königin raunte ihrer Amme zu: »Glaubst du nicht, es wäre besser gewesen, den Wahrsager in den Palast zu bestellen?«

»Dann sci vcrsichert, dass morgen jedes Kind zwischen dem Delta und den Stromschnellen des Nils davon erzählt hätte. Im Übrigen sind wir am Ziel.«

Satre stieß die Türe auf zu einem Innenhof, in dem Puten und Enten auseinanderstoben und ihnen ein hagerer alter Mann entgegentrat, Peru, der Wahrsager.

»Ich bringe dir eine Dame edler Abkunft«, sprach Satre leise, als würden in dem finsteren Hinterhof irgendwelche Lauscher lauern. »Min machte sie fruchtbar und wölbte ihren Bauch. Nun fragt sie nach dem männlichen Nachkommen.«

Peru nickte und bat die beiden Frauen in einen kühl möblierten Raum, in dessen Mitte ein grünes Bassin mit roten Goldfischen und lapislazuliblauen Abydosfischen eingelassen war. Hatschepsut und die Amme ließen sich auf Polstern nieder, Peru kniete an der gegenüberliegenden Seite des Beckens. Zwei Öllampen beleuchteten den Raum dürftig.

Mit einem Kienspan brachte der Wahrsager braune Körner zum Glühen, die beißenden Qualm verströmten, und während er diesen Qualm durch die Nase aufsog, murmelte er leise: »O Bes mit den beiden Schlangen, der du das Leben in diesem Leben bewachst, gib Antwort.« Dann blickte er in das grüne Wasserbecken, in dem sich das verhüllte Antlitz der Königin spiegelte. Die roten und blauen Fische durchkreuzten das Spiegelbild von allen Seiten, und Peru atmete schwer. Auf seine schmalen weißen Hände gestützt, reckte er den Kopf über das Wasser, als wollte er davon trinken. Langsam wie ein Mühlrad hoben sich die Lider seiner Augen, und der Wahrsager warf den Kopf in den Nacken, dass in seinen geöffneten Augen das Weiße sichtbar wurde. Hatschepsut schauderte vor dem Alten.

Der begann stockend: »Ich sehe zwei Frauen gebären zur selben Zeit. Die Frau mit dem Gold gebiert einen Löwen, die Frau mit dem Stein gebiert eine Katze.« Kaum hatte der Seher geendet, da sank er ermattet in sich zusammen. Hatschepsut und Satre sahen sich fragend an.

Auf dem Heimweg rätselten sie, welche Bedeutung dem Spruch zukäme, und Hatschepsut befand, nur sie allein könne die Frau mit dem Gold sein. »Welche Frau im Reich besitzt mehr Gold als ich?«

»Ja, gewiss«, antwortete Satre, »und der Löwe ist ein Pharao. Du wirst einem Thronerben das Leben schenken – er lebe ewig!« Hatschepsut und Satre umarmten sich. »Lass uns Min ein Dankopfer darbringen.«

»Woran denkst du?«, fragte Satre, als sie sich im Palast gegenübersaßen. Hatschepsut schien bedrückt.

»Mich quält der Gedanke an den Vater meines Sohnes.«

»Thutmes?«

Hatschepsut hob die Schultern.

»Also Senenmut!«

Hatschepsut schwieg.

»Du liebst diesen Senenmut, sei ehrlich!«

»Er hat mich mit einer gewöhnlichen Soldatennutte betrogen. Mich, die Königin!«

Satre strich Hatschepsut übers Haar: »Im Bett gibt es keine Königin. Im Bett bist du nichts weiter als eine Frau, eine Frau mit Vorzügen und Fehlern, mit Stärken und Schwächen.«

In diesem Augenblick war Hatschepsut weich und hilflos wie ein kleines Mädchen. Schluchzend fiel sie der Amme um den Hals – so wie sie es als Kind unzählige Male getan hatte. »Man muss es Senenmut mitteilen«, klagte die Königin, während ihr Körper von Weinkrämpfen geschüttelt wurde. »Man muss es ihm mitteilen, er ist in den Steinbrüchen bei den Stromschnellen des Nils.«

»Aber du weißt doch gar nicht, ob Senenmut der Vater des Kindes ist. Vielleicht ist es Thutmes?«

Hatschepsut schrie: »Aber ich fühle es, ich fühle es, so verstehe doch!«

Eine Weile sagte Satre nichts; dann erwiderte sie ruhig: »Senenmut ist hier in Theben.«

Die Königin hielt inne.

»Thutmes ließ ihn kommen. Er will ihn auf den Kriegszug gegen die Asiaten mitnehmen.«

»Senenmut ist doch kein ausgebildeter Soldat! Zeichenkreide und Senkblei sind ihm näher als Lanze und Schwert!«

Satre blickte verlegen zur Seite.

Da sprang Hatschepsut auf, raffte ihr langes Faltengewand und rannte den matterleuchteten Säulengang entlang zu den Gemächern des Königs.

Der saß zusammen mit dem Wesir Senzemab, mit General Ptahhotep, Hofmeister Minhotep und Schreiber Neferabet um einen marmornen Tisch, auf dem Karten und Papyrusblätter verstreut lagen.

»Krieg ist Sache der Männer, und nur sie dürfen ihn bereden«, sagte Thutmes, als er Hatschepsut hereinstürmen sah.

»Aber die Männer, mit denen ihr in den Krieg zieht, sind immer noch Sache der Weiber!«, antwortete die Königin barsch und bat die Berater, sie mit ihrem Gemahl allein zu lassen. Die Großen verneigten sich und verschwanden.

»Du hast Senenmut aus den Steinbrüchen kommen lassen«, begann sie hitzig, »warum?«

Thutmes sah das Blitzen in Hatschepsuts Augen, und der Mut, mit dem er ihr soeben noch begegnet war, begann zu schwinden. »Ich brauche die besten Bogenschützen des Landes auf meinem Kriegszug gegen die Asiaten.«

»Senenmut ist kein Bogenschütze! Er wird zum Künstler und Baumeister ausgebildet und soll einmal Tempel bauen zur Ehre der Götter.«

»Er tötete deine Dienerin mit einem einzigen Pfeil.«

Da trat die junge Königin ganz nahe an den Pharao heran und sprach leise zischelnd: »Amun selbst hat gesprochen, dass es ein Unglück war. Aber du missachtest, so scheint mir, sogar den heiligen Willen deines Vaters Amun.«

Thutmes zuckte zusammen, und Hatschepsut fuhr fort: »Du willst nichts weiter als billige Rache nehmen an einem Mann, der dir nichts getan hat.«

»Er hat mir die Frau genommen!«

»Er hätte dir nur eine Frau nehmen können, die du besessen

hast; aber du hast mich nicht besessen. Du weißt genau wie ich, dass unsere Heirat der Wunsch unseres Vaters war, er lebe ewig, auf dass das Blut der Sonne erhalten bleibe.« Sprach's und wandte sich um. »Wage es nicht«, rief sie im Gehen, »Senenmut auf deinem Feldzug gegen die Asiaten mitzunehmen! Das sagt Hatschepsut, geliebt von Amun!«

»Was siehst du?«, fragte Teti eindringlich und fasste die schwarze Sklavin von hinten an den Schultern. Der Magier schob Ngata durch sein abgedunkeltes Labor, in dem es brodelte und kochte wie in den Stromschnellen des südlichen Nils. »Was siehst du, Ngata?«

»Nichts, Herr«, antwortete die Sklavin, »ich sehe nichts, denn es ist dunkel.«

»Gut«, sagte Teti, »jetzt gib acht, gib genau acht!«

Im Dunkeln hörte man das Klirren von Glas, Wassertropfen klatschten in ein Gefäß, und auf einmal begann eines der Glasgefäße zu leuchten, erst zaghaft, kaum merklich, dann immer heller werdend wie der Schein einer Öllampe.

»Was siehst du?«, wiederholte Teti.

»Das Licht einer Öllampe«, antwortete Ngata.

»Wo siehst du eine Öllampe?«

»Da.«

»Eine Öllampe soll das sein. Zeige mir die Flamme!«

Ngata trat näher an das leuchtende Glas heran. »Ngata sieht keine Flamme. Gefäß leuchtet von alleine!«

»Richtig, Ngata. Die Flüssigkeit in dem Gefäß leuchtet von allein, hell wie Re am Horizont!«

»Du bist ein Zauberer, Herr«, sagte die Schwarze zaghaft und trat zwei Schritte zurück. Aber Teti schob Ngata vor ein zweites Glasgefäß mit einer grünlichen Flüssigkeit. Aus einer Schale ließ er einige Tropfen einer zweiten Flüssigkeit fallen, die, sobald sie sich mit der ersten vermischten, zu leuchten begannen. Und je mehr der Magier davon in das Glas goss, desto heller strahlte der Behälter. »Das ist keine Zauberei«, jubelte Teti, »das ist Wissenschaft! Das ist das flüssige Licht. Ich will es Blut des Re nennen.«

Ein um das andere Mal wiederholte Teti seinen Versuch, und er gelang. Ein Glasgefäß nach dem anderen begann zu leuchten. »Das ist das Ende der Nacht und der Beginn des ewigen Tages. Und ich, Teti, habe ihn entdeckt.«

»Es ist nicht recht, Herr!«, sagte Ngata zögernd, als sie die geniale Entdeckung des Magiers erkannte. »Hätten die Götter gewollt, dass der Tag ewig währt, dann hätten sie nicht die Nacht geschaffen.«

»Die Nacht ist das Böse!«, rief Teti erregt. »Das Böse, das den Menschen immer und immer wieder bezwingt. Wenn aber *ich* das Böse bezwinge, dann habe ich alle Macht auf Erden, dann bin ich mächtiger als der weise Wesir Senzemab, ja, mächtiger als Pharao Thutmes, dann bin ich Amun!«

Bei diesen Worten nahm er eines der leuchtenden Gläser, hielt es am ausgestreckten Arm weit von sich und goss langsam den Inhalt auf den steinernen Boden, dass es plätscherte und klatschte und zahllose glühende Fünkchen aufspritzten wie in der Esse des Waffenschmiedes Ontep. Gleichzeitig bildete sich eine Lache, die grünschimmernde Strahlen zur Decke schickte wie die silbernen Spiegel im Palast des Pharaos. Unruhig zitternd wie eine Papyrusblüte im Abendwind, suchte sich das flüssige Licht einen Weg und kullerte, der Schwerkraft gehorchend, in die Fugen der Bodenplatten. Dabei erzeugte es, sich in alle Richtungen verteilend, ein unheimliches Netzwerk aus großen und kleinen Rechtecken – der Boden schien zu glühen, zu brennen, zu schweben wie der Sternenhimmel der Göttin Nut über dem nächtlichen Nilland.

Ngata sank zu Boden und presste Hände und Stirne auf den kalten Stein. Die Angst vor dem Unbekannten, Unerlaubten, vor dem Frevelhaften schüttelte ihren nackten schwarzen Körper in krampfhaft zuckenden Bewegungen, als schlüge Teti mit einer Peitsche auf sie ein.

»Die Götter werden dich strafen und deinen Leib zerstückeln wie den des Osiris!«, schluchzte die schwarze Sklavin. »Sie werden nicht zulassen, dass du ihre Talente missbrauchst!«

Wie im Rausch ergriff Teti ein Glas nach dem anderen und goss seinen Inhalt auf den Boden, dass Ngata in der Annahme, das glühende Wasser würde sie verbrennen, aufsprang und die Flucht ergriff wie ein Hase in den Feldern des Fruchtlandes.

Da erscholl das furchtbare Lachen aus Tetis Munde, vor dem Ngata sich so fürchtete, weil es unmenschlich war wie das schrille Geschrei der Sängerinnen im Tempel des Amun von Karnak. Der Magier aber nahm das letzte der leuchtenden Gefäße und lief aus dem Haus, und ferne in der Dämmerung, die über Theben hereinbrach, schallte das grausige Gelächter.

Zwei Speerträger geleiteten den Baumeister Ineni und seinen Schüler Senenmut durch dic Palmenallee, die zum Palast führte. Weißglänzende Widder aus poliertem Marmor flankierten die Auffahrt in langer Reihe. Senenmut schien aufgeregt.

Was hatte es zu bedeuten, dass Königin Hatschepsut ihn zusammen mit Ineni in den Palast rief? War es *ihr* zu verdanken, dass der Pharao, der ihn nach Theben gerufen hatte, dann doch ohne ihn nach Asien zog? Senenmut hatte die Königin seit jener Nacht, als sie ihn in Rujas Armen fand, nicht mehr zu Gesicht bekommen, und er fürchtete ihre Rache. Er kannte Hatschepsut nur zu gut und wusste um ihre Verletzlichkeit.

Wären sie von der Königin im Thronsaal empfangen worden, wo für gewöhnlich die Audienzen des Pharaos stattfanden, dann wäre Senenmut wohler gewesen; doch nun führten die Speerträger die beiden Männer in das Privatgemach Hatschepsuts. Senenmut ahnte nichts Gutes.

Er erschrak, als er vor die Königin trat, die auf einem Ruhebett hingestreckt lag und aus ihrem schwangeren Bauch kein Geheimnis machte, während ihr eine Dienerin mit einem hohen Wedel aus Straußenfedern Kühle zufächelte.

Ohne auf den Gruß des Jünglings zu reagieren, ohne ihn überhaupt anzusehen, richtete die Königin an Ineni die Rede: »Ich habe dich gerufen, Treuester meiner Getreuen, weil auch für mich die Zeit gekommen ist, an die Zeit des Westens zu denken. Um es kurz zu machen: Es ist der Wunsch meines Herzens, dass du mir jenseits des Nils ein Grab baust nach dem Vorbild meines Vaters – er lebe ewig –, geheim wie die Wohnung der Götter und tief wie das Labyrinth der Stiere von Memphis, damit sich dereinst, wenn ich zu Osiris geworden bin, niemand meiner bemächtigt.«

Ineni schwieg.

»Du sagst kein Wort?«, erkundigte sich Hatschepsut.

Da begann Ineni umständlich zu sprechen: »Herrin, du weißt wie ich, es entspricht uraltem, heiligem Brauch, dass ein neuer Pharao am Tage nach seinem Regierungsantritt mit den Vorbereitungen für seinen Grabbau beginnt. Thutmes, dein Gemahl, ist jung, und die kriegerischen Asiaten haben ihn bisher von diesem Schritt abgehalten. Doch nach dem Gesetz baut nur der Pharao das Grab für die Ewigkeit, und seine große königliche Gemahlin darf ihm im Tode beiwohnen. So wird deine Mutter Ahmose dereinst in den geheimen Kammern deines Vaters Thutmes Ruhe finden ...«

Mit einer heftigen Bewegung richtete Hatschepsut sich auf, und ihre dunklen Augen funkelten bedrohlich: »Du verweigerst also mir, deiner Königin, den Gehorsam, weil du der Meinung bist, dass alles, was unsere Ahnen getan haben, der heilige Wille der Götter ist!«

Ineni hob die Schultern: »Ich habe deinem Vater gedient, und dem Vater deines Vaters, und sie haben mir goldene Halskragen geschenkt, weil ich ein Rechtschaffener war wie kein anderer im Land. Soll ich diesem Ruf untreu werden?«

»Du sollst deiner Königin gehorchen!«, rief Hatschepsut erregt. »Glaubst du in der Tat, Thutmes, dieser kindische Bastard, regiert als Herr der beiden Länder? Thutmes ist unfähig, auch nur eine einzige Entscheidung zu treffen. Seine Ohren gehören heute den Generalen und morgen den Priestern des Amun, und wenn sie ihm nur schön tun und große Versprechungen machen, dann wird er übermorgen auf die Fährmänner am Ufer des Nils hören. Er ist eine Schande für Re.«

»Er ist der Pharao, nur ihm schulde ich Gehorsam!«

O hätte Ineni diesen Satz nie gesprochen! Drohend wie eine gelbgefleckte Natter im heißen Sand, glitt Hatschepsut von ihrem Lager, und es schien, als blähte sie sich auf wie eine Uräusschlange, die bereit ist zuzustoßen, und sie stellte sich vor den Alten hin und zischte kaum hörbar: »Aus den Augen! Nimm deinen Schatten von meinem!«

Ineni, der die eigensinnige Königin schon kannte, als ihr Mund noch an der Brust der Amme Satre hing, fand, es sei besser, jetzt nicht zu antworten. Er verneigte sich kurz und ging, und Senenmut machte Anstalten, dem Lehrmeister zu folgen.

»Bleib!«, rief Hatschepsut knapp.

Senenmut zuckte zusammen.

»Komm näher«, bat die Königin freundlich, als sie die Unsicherheit des Jungen erkannte. Sie hatte sich wieder auf der hochbeinigen Liege niedergelassen und streckte Senenmut die Hand entgegen: »Warum fürchtest du dich?«

Senenmut versuchte zu lächeln, doch das misslang zu einer kläglichen Grimasse.

»Wegen dieser dummen Geschichte mit Ruja? Vergiss es! Die Weiber sind in dieser Zeit heißhungrig wie die Schakale der Wüste. Sie lassen keinen Mann aus, der ihren Weg kreuzt.«

»Ich wollte das alles nicht!« Senenmuts Worte klangen unbeholfen, ja unglaubhaft.

Aber Hatschepsut schien es nicht zu bemerken, im Gegenteil, sie entschuldigte den Vorfall und sagte ohne jede Ironie: »Ein Junge wie du ist viel zu schade für diese Soldatenhure. Sie zieht doch jeden in ihr Bett, dessen sie habhaft werden kann. Und ein unerfahrener Kerl wie du ist so einem Weibsstück hilflos ausgeliefert. Nein, du kannst nichts dafür!«

Senenmut atmete schwer, er holte tief Luft und wollte gerade erklären, dass er Ruja und ihren Liebeskünsten verfallen war, da spürte er ihren runden Bauch unter seiner Hand. Hatschepsut führte seine Rechte über ihren schwangeren Bauch und sah Senenmut tief in die Augen. »Spürst du den neuen Horus in mir, sag, spürst du ihn?«

Der Junge bekam einen roten Kopf. Er spürte den Schweiß in seinem Nacken und wusste nicht, was er sagen sollte. Er nickte.

»Vielleicht ist es dein Sohn«, hörte er Hatschepsut sagen, »vielleicht hast du einen neuen Horus gezeugt.« Sie drückte seine Hand fester gegen ihren Bauch.

Beim Amun, Mut und Chons, den thebanischen Göttern, er, der Bauernjunge vom Rande der Stadt, er konnte doch nicht ... »Du machst dich über mich lustig, erhabene Königin!«

»Warum sollte ich das?«, antwortete Hatschepsut. »Nur die rohen Fischweiber vom Hafen machen sich lustig über den Erben des Blutes, der ihnen in den Leib gelegt wurde.«

Senenmut entzog der Königin die Hand und wischte sich

den Schweiß aus dem Nacken. Hatschepsut, die große Herrin der beiden Länder, erwartete einen Sohn von ihm! Einen Sohn? »Woher weißt du überhaupt, dass es ein Sohn wird?«

»Ein Wahrsager hat es prophezeit.«

»Du erkennst mich als den Vater deines Kindes?«

Da blickte Hatschepsut lächelnd zu Boden, als wollte sie sagen: Vielleicht, vielleicht auch nicht! Doch dann erwiderte sie: »Wisse, Senenmut, die große königliche Gemahlin des Pharaos bringt stets einen Sohn des Re zur Welt! Und wenn der Pharao seiner Sklavin Iset zehn Söhne in den Leib legt – es werden immer Bastarde bleiben!«

Der Gedanke, er könnte einen Sohn gezeugt haben, der einmal auf dem Horusthron sitzen würde, versetzte Senenmut in Unruhe. Er, Senenmut, Sohn des Ramose und der Hatnefer – niemals!

Hatschepsut, die die quälenden Gedanken im Gesicht ihres Liebhabers zu erraten schien, sagte unvermittelt: »Man hat mir berichtet, du seiest ein großes Talent auf dem Gebiet der Künste.«

»Ja, Herrin«, antwortete Senenmut, »der Umgang mit den verschiedenen Arten des Steins macht mir viel Freude.«

»Ineni meinte, bald würdest du ihn in dieser Kunstfertigkeit übertreffen!«

Senenmut lächelte verlegen: »Er ist ein großer Baumeister, und sein Auge ist scharf wie das des Falken und kritisch wie das des Ibis. Wie sollte ich ihm je das Wasser reichen!«

»Ich habe in meinem Herzen beschlossen«, begann die Königin umständlich, »*du* sollst für mich ein Grab bauen, das seinesgleichen bisher nicht gesehen hat, tiefer und prächtiger als das meines Vaters Thutmes.«

»O große Gemahlin des Pharaos!«, rief Senenmut entsetzt, »nach dem Willen der Götter sollte ich zweimal im Jahr das karge Feld meines Vaters Ramose bestellen, das der Nil mit seinem Schlamm fruchtbar macht. Durch deine Gnade und die Zuneigung meines Lehrmeisters erlernte ich stattdessen den Umgang mit hartem Gestein, und heute bin ich in der Lage, ein Haus mit vier Säulen zu errichten, doch für ein Königsgrab fehlt mir die Erfahrung ...«

»Auch du widersetzt dich also meinen Plänen?«

»Beim Amun, nein, nie würde ich das wagen! Aber ich muss gestehen, es überfordert meine Fähigkeiten.«

»Ineni wird dir zur Seite stehen!«

»Ineni? Du hast ihn soeben hinausgeworfen!«

Hatschepsut lachte: »Der alte Ineni ist ein frommer, gottesfürchtiger Mann, und der Wille der Götter prägt all sein Handeln. Er sieht es als Frevel an, der großen Gemahlin des Königs ein Grab zu bauen, während der Pharao noch ohne Ruhestätte ist. Ineni weiß nur noch nicht, dass *ich* der Pharao bin.«

Am großen Pylon des Tempels von Karnak versperrten Wächter mit langen Lanzen den Zutritt.

»Meldet dem Oberpriester Hapuseneb, Teti, der Arzt, wünsche ihn zu sprechen – dringend!«

Der Wächter kehrte zurück und fragte, ob der Magier nicht morgen wiederkommen könne, der erste Prophet des Amun sei beschäftigt.

Teti kochte vor Wut. Als Magier hatte er ihn bezeichnet. Wenn das kein Affront war. Gewiss, er schätzte Hapuseneb nicht gerade, und das beruhte auf Gegenseitigkeit; aber für seine Pläne war die Mitwirkung des Oberpriesters unerlässlich. Deshalb schickte Teti den Wächter ein zweites Mal los, er möge ausrichten, Hapuseneb würde es sicher bereuen, wenn er ihn heute nicht empfange. Die Sache sei von großer Wichtigkeit – auch für ihn!

Endlich erschien Puemre, der zweite Prophet des Amun, vor

dem Pylon, und als er erfuhr, Teti überbringe ihnen ein Geheimnis, das selbst unter den Göttern Bestürzung hervorrufen werde, bat er den Magier, ihm zu folgen. Sie durchschritten den mit weißem Marmor gepflasterten Hof, in dessen Mitte ein mit Gold beschlagenes Standbild des Reichsgottes Amun in den abendlichen Himmel ragte. Im Vorbeigehen warf sich der Priester zu Boden und schlug mit der Stirne auf den warmen Stein. Teti tat es ihm gleich, griff dann nach seinem mit einem runden Deckel verschlossenen Korb, den er mit sich führte, und beeilte sich, Puemre zu folgen.

Hinter einem der rechteckigen Pfeiler, die in erdrückender Vielzahl den Innenhof umsäumten, glaubte Teti eine Gestalt zu erkennen, die er hier an dieser Stelle eigentlich nicht vermutete; doch er machte sich keine weiteren Gedanken, sein Vorhaben erschien ihm wichtiger, und als er sich noch einmal umwandte, um zu forschen, ob er sich wirklich nicht getäuscht habe, war die Gestalt verschwunden, und der bis dahin schweigsame Prophet sagte bestimmt, beinahe drohend: »Hier entlang, folge mir!« Da machte Teti ein paar Schritte mehr, und Puemre schien zufrieden.

»Was ist dein Wunsch an den Hohenpriester des Amun?«, fragte Hapuseneb ohne Umschweife, und er fügte provozierend hinzu: »Sprich, Magier!«

Eigentlich wollte Teti kehrtmachen, weil ihm in diesem Augenblick undenkbar erschien, mit diesen Männern zusammenzuarbeiten. Bei der Neunheit der Götter, er betrachtete sich nicht als Magier, als Zauberer und Hexenmeister! Seine Experimente, seine medizinischen Erfolge beruhten nicht auf irgendwelchem Hokuspokus, auch nicht auf frommen, ob ihrer Wirksamkeit fragwürdigen Gebeten. Er, Teti, war ein Mann der Wissenschaft, ein Mann des Geistes! Aber Hapuseneb fragte weiter: »Was trägst du in diesem Korb mit dir?«

»Das Blut des Re«, antwortete Teti ohne Umschweife, und über seine Miene huschte ein Ausdruck des Triumphes; denn die Propheten des Amun standen da wie zur Salzsäule erstarrt. Kein Mensch hätte es gewagt, mit einem Priester des Amun zu spaßen, also schied jede Art von Scherz aus. Die Frage war nur, worum handelte es sich bei diesem rätselhaften Blut des Re?

Gefesselt von der Ankündigung des seltsamen Besuchers, beantworteten sie, jeder für sich, die folgenden Fragen Tetis artig wie Schulkinder im Hause des Schreibers. Nein, hier seien sie absolut ungestört, und niemand würde den Raum betreten, bevor nicht der goldene Gong geschlagen würde. Ja, sie würden keine Furcht hegen, auch wenn im nächsten Augenblick ein Wunder vor ihren Augen geschehe.

Nachdem die Öllampen gelöscht waren, die an den rot und blau gefliesten Wänden flackerten, griff Teti in seinen Korb und goss mit einer blitzschnellen Bewegung den Inhalt eines hellleuchtenden Glases auf den spiegelnden Marmor. Das zischte, brodelte und spritzte Funken, gelb und grün, und setzte den eben noch düsteren Raum in gleißendes, taghelles Licht. Wie vom Blitz getroffen, stürzten die Propheten des Amun zu Boden und pressten die Köpfe auf ihre Unterarme.

Teti aber frohlockte: »Dies ist das Blut der Sonne, das Teti entdeckt hat. Nicht Teti, der Magier, nicht Teti, der Zauberer, nein, Teti, das Genie – das Genie der Wissenschaft!«

Und während das glühende Wasser sich in leuchtenden, gleißenden Rinnsalen über den Raum verteilte, wichen Hapuseneb und Puemre furchtsam vor der flüssigen Glut zurück, fromme Gebete murmelnd wie die Barkenträger beim heiligen Fest von Opet im Monat Paophi: » O Blut des Amun-Re, der den Ozean des Himmels überquert in seiner Barke, erkenne deine Ruderknechte!«

Dies war der Augenblick des Triumphes für Teti. Übermütig

wie ein Marktschreier hüpfte der Magier über die strahlenden Pfützen und Rinnsale, als wollte er damit seine Macht über den erregenden Vorgang demonstrieren, als wollte er sagen: Seht her, ich habe keine Furcht vor dem Blut des Re – denn ich habe es ja entdeckt!

Langsam, ganz allmählich, fanden die Priester ihre Fassung wieder. Misstrauisch betrachteten sie das flüssige Licht aus der Nähe, schüttelten die Köpfe und starrten Teti an, der breitbeinig, die Arme über die Brust verschränkt, dastand und grinste. Es war ein hämisches Grinsen, das Mienenspiel eines Mannes, der zeit seines Lebens verlacht, verachtet und nur, wenn die Götter versagten, zu Rate gezogen worden war.

»Damit«, sprach Hapuseneb ehrfürchtig, »hast du alle Macht auf Erden.«

Teti schüttelte den Kopf. »Ich habe sie nicht, aber ich kann sie erringen! Ich kann jeden Feind in der Dunkelheit aufspüren, und das Volk kann seiner Arbeit nachgehen bei Nacht wie am hellen Tage. Ich kann geheime Gänge in die Erde graben, ohne dass es eines Silberspiegels bedarf. Wo immer ich will, wann immer ich befehle – es wird Tag sein, heller lichter Tag. Sogar das Sonnenauge wird mir gehorchen!«

Die beiden Priester nickten zustimmend. »Was ist der Preis für dein Geheimnis?«, fragte Hapuseneb.

»Der Preis?« Teti lachte laut. »Der Preis! Nicht das Gold der Wüste, nicht die Rinderherden des Fruchtlandes und nicht die Ländereien des Nildeltas vermögen mein Geheimnis aufzuwiegen.«

»Du willst es behalten? Gen Westen mit in dein Grab nehmen?«

»Gewiss«, antwortete Teti, »es sei denn ...«

»Es sei denn?« Hapuseneb und Puemre traten näher.

»Ihr Kahlköpfigen habt die Macht im Reich«, begann Teti umständlich.

Puemre unterbrach: »Nicht wir haben die Macht in Händen, die Götter lenken unsere Geschicke. Wir dienen dem Willen der Götter.«

Teti machte eine abfällige Handbewegung. »Wo der Besitz ist, ist die Macht. Eure Pfründe sind größer als die des Pharaos. Und das Volk widersetzt sich eher den Befehlen des Königs als dem vermeintlichen Willen der Götter. Das heißt, auch der Pharao ist nur König von euren Gnaden.«

Die Kahlköpfigen schwiegen betroffen. Dann entgegnete Hapuseneb mit hoher Stimme: »Der Pharao ist der Sohn des Re!« Und seine Worte klangen drohend.

»Ein Bastard ist er!«, fiel Teti dem Oberpriester ins Wort. »Oder glaubt ihr etwa, in den Adern Mutnofrets fließe das Blut des Sonnengottes? Seht ihn euch doch an, diesen Thutmes, hat er nicht das Aussehen eines spätentwickelten Kindes, das Gemüt einer Weidekuh und die Intelligenz eines nubischen Sklaven?«

»Er ist der rechtmäßige Nachfolger auf dem Horusthron!«, verteidigte Puemre.

»Recht, Recht! Was ist das schon im Reich des Pharaos! Recht ist, was euch gefällt, was euch nützt und eure Macht nicht untergräbt! Mit demselben Recht wie Thutmes wäre auch *ich* Pharao.«

»Sein Vater war Thutmes, der Vergöttlichte – er möge ewig leben!«

»Mein Vater hieß Antef – er möge ewig leben! Nicht der Vater trägt das Erbe des Sonnenblutes in sich, sondern die Mutter, die große königliche Gemahlin. Aber Ahmose hatte keinen Sohn; trotzdem wurde der junge Thutmes König – nur, weil der Pharao einmal mit seiner Mutter geschlafen hat. Warum hat er nicht *meine* Mutter verführt? Sie war von größerer Anmut als Mutnofret.«

»Wenn ich dich recht verstehe, erhebst du Anspruch auf den Thron?«, erkundigte Hapuseneb sich vorsichtig.

Teti überlegte die Antwort sehr genau und erwiderte schließlich: »Ich erhebe keine Ansprüche; aber ich würde dem Drängen des Volkes nachgeben, wenn es mich auf dem Horusthron wünscht!«

»Du bist von Sinnen!«

»Nicht mehr als der junge Thutmes, der die Fähigkeiten eines Steinhauers in den Bergen mitbringt für sein Amt. Ich aber bin ein Mann der Wissenschaft, von Geburt zwar ohne Adel, aber ich kann Kranke heilen und Geschwülste aus ihrem Innern schneiden, ich kenne die Lebensbahnen des Herzens in jedem Menschen, und ich habe das leuchtende Blut des Re entdeckt, vor dem sich die Menschen niederwerfen werden, um es anzubeten.«

»Der Fluch des Amun wird dich treffen!«, rief Puemre, doch Hapuseneb, der Ältere und Besonnenere, hielt ihn zurück, indem er eine Hand auf seinen Unterarm legte: »Du darfst seine Worte nicht auf die Waagschale legen«, sagte Hapuseneb zu Teti, »ihm fehlt noch die Besonnenheit des Alters, die dir gegeben ist. Jedenfalls hege ich keine Zweifel, dass du weißt, was du tust.«

Teti, kalt und beherrscht in seinen Reaktionen, nickte: »So ist es. Wollte ich mein Geheimnis für mich behalten, wäre ich nicht hier.«

»Du wirst es uns verraten?«, fragte Hapuseneb in freudiger Erregung.

»Sobald ich mein Ziel erreicht habe.«

Die beiden Priester ließen die Köpfe hängen, und Puemre meinte kleinlaut: »Wie willst du dieses Ziel erreichen. Thutmes ist jung an Jahren, und Hatschepsut trägt die Fruchtbarkeit des Min in sich.«

»Seht ihr«, sagte Teti mit einem hinterhältigen Lächeln, »jetzt könnt ihr zeigen, dass euer Einfluss nicht vor den Tempelmauern haltmacht. Nach eurem heiligen Willen wurde der junge Thutmes Pharao; dann muss euer heiliger Wille doch auch in der Lage sein, den Pharao von seinem Thron zu stoßen.«

Puemre sah den Oberpriester fragend an. Das konnte Hapuseneb sich nicht gefallen lassen! Doch der Alte hatte sich ganz in der Gewalt und gab zur Antwort: »Thutmes ist schwach, das ist kein Geheimnis, zu schwach als Herr der beiden Länder. Aber du darfst Hatschepsut nicht unterschätzen, die Königin ist stark wie der Stier, das lebende Bild des Month, und wer sich den Pharao zum Feind macht, der hat Hatschepsut zum Gegner.«

»Kümmert euch nicht um Hatschepsut«, entgegnete Teti. »Überlasst das mir.« Und der Magier langte in seinen Korb und holte eine zweite Flasche hervor.

Misstrauisch beobachteten die Priester, wie Teti den Daumen auf die Flaschenöffnung presste und das Glasgefäß umstülpte. Dann sprengte er einige wenige Tropfen des rätselhaften Inhalts über die leuchtenden glühenden Lachen und Rinnsale auf dem Boden, und das gleißende Licht begann sich zu verfinstern, glimmte noch etwas nach und verlosch endlich ganz.

Es dauerte eine Weile, bis sich Hapusenebs und Puemres Augen an den diffusen Schimmer der letzten Öllampe gewöhnt hatten. Und als Puemre die übrigen Wandleuchten entfachte und sie gebannt ihre Blicke auf den weißen Marmor richteten, was denn zurückgeblieben sei von der wundersamen Erscheinung, da entdeckten sie nichts weiter als ein paar unscheinbare Wasserlachen. Der Magier aber war wie vom Erdboden verschluckt.

Senenmut und Hapuseneb setzten über den Nil und machten sich, von vier Bogenschützen der Leibwache begleitet, auf den

Weg zum Tal der Schakale. Die Hirten und Bauern am Rande des Weges fielen vor den hohen Herren nieder oder versuchten, ihre Hände zu küssen. Dem jungen Senenmut war diese Geste noch ungewohnt, Hapuseneb aber empfand sie als lästig und stieß die Leute weg.

»Es ist der Wunsch der Königin«, sagte der kahlköpfige Oberpriester, während sie über abgeerntete Getreidefelder gingen, die gelbbraun in der Sonne lagen, »es ist ein ganz und gar ungewöhnliches Ansinnen; aber Hatschepsut ist auch eine ungewöhnliche Frau.«

Senenmut nickte Zustimmung. Er war sich nicht sicher, ob Hapuseneb von seinem Verhältnis zur Königin wusste. Aber wie auch immer, sie hatte *ihn,* den Anfänger, mit der hohen Aufgabe betraut, und er würde diesen Befehl ausführen.

Hapuseneb schien seine Gedanken zu erraten, denn er sagte auf einmal: »Du hast noch nie das Grab eines Pharaos gesehen, doch nun zählst du zu den Eingeweihten, du darfst Fragen stellen, und ich werde sie beantworten. Ich werde dir sogar die Stelle zeigen, wo Ineni Hatschepsuts Vater bestattet hat. Aber wisse: Jedes verräterische Wort, das über deine Lippen kommt, wird deinen Tod bedeuten. Es ist nur eine Hand voll Männer, die das Haus des Osiris kennt.«

»Und die Grabarbeiter?« Senenmut blieb stehen.

Der Oberpriester sah den Jungen an, als habe er eine frevlerische Frage gestellt, als habe er an der Göttlichkeit Amuns, des Herrn von Karnak, gezweifelt, und er setzte wortlos seinen Weg fort. Da begriff Senenmut die Ungehörigkeit seiner Frage. Kein Zweifel, man hatte sie nach getaner Arbeit umgebracht. »Wie viele Arbeiter gesteht ihr mir zu?«, beeilte er sich zu fragen.

»Mit zwei Dutzend wirst du auskommen. Ineni benötigte auch nicht mehr!«

»Nun gut, wie tief ist das Grab des Thutmes – er lebe ewig –, und wie groß ist seine Grabkammer, wie viele Nebenkammern hat sie?«

Ohne auf die Frage zu antworten, beschleunigte Hapuseneb seine Schritte, dass Senenmut Mühe hatte, ihm zu folgen; dann sagte er: »Die Grabkammer soll die Größe des Schlafgemachs der Königin haben, nicht größer und nicht kleiner.«

Senenmut fühlte sich verunsichert. Wie sollte er reagieren? Sollte er fragen: Aber wie groß ist denn das Schlafgemach der Königin? und sich eine spöttische Bemerkung Hapusenebs einhandeln: Nun tu bloß nicht so, als kenntest du das Schlafzimmer der Königin nicht, oder sollte er die spitze Bemerkung einfach übergehen? Senenmut entschied sich für Letzteres und fragte weiter: »Und wie tief?«

»Wie tief, wie tief!«, wiederholte der Kahlköpfige. »Zehn Ellen oder hundert, was spielt das für eine Rolle? Unauffindbar soll das Grab Hatschepsuts sein, kein Grabräuber soll es je entdecken.«

Senenmut wunderte sich, mit welcher Leichtigkeit der Kahlkopf den schmalen Saumpfad zum Tal der Schakale emporstürmte. Am Scheitel des Felsengebirges angelangt, machte er eine heftige Armbewegung in Richtung der nachfolgenden Bogenschützen, welche daraufhin stehenblieben und nach allen Seiten spähend die Waffen in Anschlag nahmen. Hapuseneb aber hielt seine Rechte mit gespreizten Fingern wie den Fächer einer Palme über Senenmuts Stirne und murmelte leise, aber so, dass er jedes Wort verstehen konnte: »O vollendeter Osiris, du schöner Herrscher des Totenreiches, sieh hier deinen Diener Senenmut an der Stätte der Wahrheit. Er ist gekommen, um auf Befehl seiner Königin ein Grab in den westlichen Horizont zu schlagen, noch bevor sich der Seelenvogel niedergelassen hat auf ihrem Leichnam. Lasse ihn stark sein auf Erden und verklärt in der Unterwelt, und breite aus über ihn die Schwingen des

Vergessens.« Dann schlug er Senenmut mit dem Handballen siebenmal auf die Stirne, und noch ehe der Junge die Augen öffnete, setzte der Kahlkopf seinen Weg fort.

»Dort«, sagte Hapuseneb und deutete auf eine Felsnase an der gegenüberliegenden Seite des Tales, das sich vor ihnen auftat, »von dort sieben Ellen zur südlichen und sieben Ellen zur östlichen Sonne, dort ist der Eingang zum Grabe des Thutmes.«

Senenmut prüfte mit den Augen die Angaben des Priesters. »Ausgerechnet dort?«, meinte er ungläubig. »Genau dort hätte ich es auch vermutet.«

Der Kahlköpfige blickte ungläubig.

»Es war die einfachste Lösung!«, beteuerte Senenmut und fügte hinzu: »Technisch gesehen; aber es ist auch für Grabräuber am einfachsten zu finden.«

Hapuseneb zog die Stirne in Falten. »Wir werden sehen, ob *du* einen besseren Standort findest. Du hast freie Wahl.«

Auf dem Kamm des Gebirges umrundeten beide das Tal der Schakale, und sie kamen zu einer Stelle, wo sich gen Westen ein zweiter Felsenkessel auftat. »Das Tal der Affen«, erklärte der Kahlköpfige, »aber es ist so unzugänglich und unheimlich, dass es noch niemand betreten hat – von ein paar Affenherden abgesehen.«

»Lautet nicht mein Auftrag, ein Grab zu bauen für die Ewigkeit, uneinnehmbar wie das Reich des Osiris?«

»Du meinst hier?«

Senenmut nickte: »Sieh den Felsvorsprung dort drüben in halber Höhe, dort soll der Eingang sein.«

Hapuseneb winkte ab: »Junger Freund, dir eilt der Ruf voraus, mit dem Stein umzugehen wie ein Bauer mit dem runden Käse, und ich will deinen Ruhm auch gar nicht schmälern, aber bedenke, dass waghalsige Konstruktionen nötig sein werden, um Arbeiter und Geräte von der Talsohle in die luftige Höhe zu befördern!«

»Aber keineswegs, hoher Priester des Amun, ich werde Arbeiter und Werkzeuge von oben herablassen, das erfordert nur dicke Seile, nichts weiter. Und nach getaner Arbeit werden sich die Arbeiter zur Talsohle abseilen und den Weg durch das Tal nach Hause finden.«

Hapuseneb staunte. »In der Tat, Ptah, der Bildner der Erde, hat dir sein Talent in die Wiege gelegt. Du wirst noch dem großen Imhotep den Rang streitig machen!«

Da lachte Senenmut, und sein Herz jubelte, und als die Sonne lange schwarze Schatten in das Tal zeichnete, traten sie den Heimweg an, stumm; ein jeder dachte nach. An der Stelle, wo der steinige Pfad in das brache Fruchtland übergeht, machte der Oberpriester plötzlich halt. »Die Grabkammer der Königin«, begann er zögernd, »sollte von größerem Ausmaß sein als ihr Schlafgemach. Sie wird auch dem König dienen.« Dann setzte er seinen Weg fort, und Senenmut wagte nicht, eine Frage zu stellen.

Im Monat Paophi, zurzeit der Überschwemmung des Nils, kam Hatschepsut nieder. Bes, der Fratzenhafte mit den Stummelbeinen, der Schutzgott der Schwangeren, prangte über dem Bett der Königin. Satre, die Amme, streute Weihrauchkörner in die glühende Schale davor und murmelte fromme Gebete, dass das Kind, das geboren werde, Millionen Jahre über Ägypten herrschen möge. Mit trägen Bewegungen krochen Kuhfrösche über den Boden, ein jeder so groß wie eine Katze, die heiligen Tiere der Göttin Heket, die als Entbinderin über die Geburt wachen sollte.

Vom Schmerz der Wehen gequält, warf Hatschepsut den

Kopf von einer Seite auf die andere, bis Satre ihre Hand nahm und heftig gegen ihre Brust presste. »Heket ist bei dir«, sagte sie ruhig, »sei unbesorgt«, und sie tupfte den Schweiß von der Stirne der Königin.

Aus dem Vorraum, der zum Himmel offen war, strömte der süße Duft der Sykomoren, und Vögel, rot wie die Glut des versinkenden Re, pfiffen mit weit aufgerissenen Schnäbeln geheimnisvolle Melodien. Ein niedriges Bassin, kaum knöcheltief, diente den hochbeinigen Kranichen als Umgang und grünschimmernden Enten mit weißeingefassten Augen als lustvolle Stätte des Planschens.

Dies war der fremdvolle Rahmen, in den der Prinz, der neue Horus, hineingeboren werden sollte. Die Welt hielt den Atem an. Würde Hatschepsut, die Hohepriesterin des Gottes Amun, den lange ersehnten Sohn zur Welt bringen, den Starken Stier, den das Land so nötig brauchte? Würde Chnum einen Jungen formen, schön und glänzend wie Amun, geschickt und listenreich wie Thot und kraftvoll Leben spendend wie Schu? Würde dieser neue Horus die Reiche Ober- und Unterägyptens festigen für Millionen Jahre, indem er selbst einen neuen Horus zeugte?

Oder würde es wieder nur eine Tochter sein, wie es Hatschepsut war, von Ahmose dem Pharao Thutmes geboren nach dem Willen Amuns.

»So atme den Duft des Lebenskreuzes«, sagte Satre und hielt der Königin diese mit Blumen umwundene Hieroglyphe unter die Nase, »denn neues Leben sollst du schenken!«

Von draußen stampfte eine Menschenschlange betender Amunpriester herein, angeführt von Hapuseneb, dahinter Puemre, einer hinter dem anderen, die Hand auf der Schulter des Vorderen. »Leben, Kraft und Gesundheit dem neuen Pharao!«, skandierte der Oberpriester, und die übrigen Kahlköpfe wiederholten stumpf: »Leben, Kraft und Gesundheit dem neuen Pharao!«

Wie in Trance umrundeten sie stampfend das hochbeinige Lager der Königin, einmal, immer wieder, bis sich Hatschepsut auf dem Bett herumwarf, gequält wie ein gepeitschtes Tier.

Ungerührt suchte die Schlange der Priester den Weg nach draußen, durchquerte, ohne den Rhythmus zu verlieren, den heiteren Innenhof, trampelte einen langen Säulengang entlang und gelangte so in ein weiteres Gemach des Harems.

Hier lag Iset in den Wehen, die kleine Königin. So jedenfalls nannte man die ehemalige Dienerin, seit Pharao Thutmes ihr seine Gunst schenkte, und das war durchaus üblich.

Auch hier blähten riesige Kuhfrösche die Bäuche, und weißer Rauch stieg empor zum Götterbild der Heket. Iset wimmerte wie ein Kind, ihre Lippen waren blau und zitterten heftig. Neben dem Bett wachte eine kräftige Hebamme, vom Anblick her eher ein Mann mit kurzgeschorenem Haar wie ein Asiate und Armen von der Kraft eines Steinbrechers an den Stromschnellen des Nils.

»Leben, Kraft und Gesundheit dem neuen Pharao!«, murmelten die Kahlköpfigen auch hier, während sie das Lager umrundeten gleich Kindern, die der Schreiber zum Unterricht in sein Haus führt. Iset hatte diese Zeremonie gewiss nicht erwartet, und sie hob die Arme und dankte mit zum Himmel gerichteten Handflächen.

Aus unerfindlichem Grund hatte Amun-Re, der größte der Götter, die Niederkunft der beiden Frauen auf denselben Tag des Monats Paophi gelegt, wovon Hatschepsut und Iset allerdings erst tags zuvor erfuhren. Nun, da ihre Stunde gekommen war, dachte keine von beiden an die andere. Hass löst sich in Nichts auf im Augenblick des Schmerzes.

Während die Priester vom Gemach der Iset zurückstampften

zum Lager Hatschepsuts und dieselbe Zeremonie wiederholten, um sofort wieder zu Iset zurückzukehren, teilte Minhotep, der Hof- und Zeremonienmeister, den Aufmarsch der Geburtshelfer, ohne auch nur ein Wort zu verlieren. Mit spitzem Finger zeigte er auf die Schüsselträger, Tuchhalter, Drogenvorsteher und Hebammen, die, begleitet von einem Heer diensteifriger Sklavinnen, jeweils paarweise auf dem Flur erschienen, und wies ihnen abwechselnd den Weg zu Hatschepsut oder zu Iset.

Im Innenhof versammelten sich unterdessen die Großen des Reiches: Senzemab, der Wesir von Theben, Neferabet, der weise Schreiber, Weser, der Beamtenvorsteher, Ineni, der Berater und Baumeister des Königs, Thuti, der Finanzminister, Priester und Beamte.

»Ein schlechtes Omen!«, raunte Senzemab dem Beamtenvorsteher zu. »Month führt den Pharao gegen die asiatischen Feinde, und in seiner Abwesenheit gebären zwei Frauen einen neuen Horus.«

»Wenn es Hekets Wunsch ist!«, beschwichtigte Weser. »Besser ein Pharao, der reich mit Kindern gesegnet ist wie die Bauern am Fluss, als ein König, der nichts hinterlässt als das Blut einer Tochter.«

Aus dem Zimmer der Iset drang ein Schrei, eindringlich, als hätte sie ein Schwert durchbohrt. Kurz darauf hörte man das schweratmige Röcheln Hatschepsuts. Dann erschien Minhotep: »Ein neuer Horus ist geboren und eine Tochter des Königs!«

Die Großen des Reiches fielen zu Boden, rieben die Stirne auf dem Marmor des Palastes und riefen: »Heil dir, Sohn des Re. Hatschepsut, sie lebe ewig!«

Minhotep hob die Hand: »Nicht Hatschepsut ist die Mutter des Horus. Iset ist's – sie lebe ewig!«

IV

In diesem Achet war der Nil weniger hoch gestiegen als in anderen Jahren, und Thuti, der Oberste der Steuern des Reiches, zog die Stirne in Falten: Nur die Hälfte des Höchststandes von damals im zwölften Regierungsjahr des großen Amenhotep – er lebe ewig –, das bedeutete nur halb so viele Steuereinnahmen. So war es heiliges Gesetz. Gewiss, die Kornspeicher, die Gewürz-, Fett- und Fleischhäuser waren noch nicht leer, aber ein zweites Jahr mit so magerer Ernte würden sie nicht überstehen. Die Götter mögen helfen!

Deshalb richtete sich aller Hoffnung auf die Rückkehr des Pharaos, dem die Kunde vorausgeeilt war, er habe, mit dem Bild des falkenköpfigen Month auf dem Rundschild, die aufständischen Asiaten besiegt und reiche Beute gemacht. Für Thuti schien das ein willkommener Anlass, das eroberte Kriegsgut wirkungsvoll zu präsentieren; denn er kannte die Gefahren, die sich hinter einer schlechten Ernte verbargen. Ein hungerndes Volk ist ein gefährliches Volk, nur die Satten sind leicht zu regieren.

Eine große Tribüne mit hohen Fahnen und einem roten Baldachin gegen die tiefe Sonne der Saat-Zeit, umgeben von rauchenden Opferpfannen, und auf dem Boden Tausende von Blüten, erwartete den siegreichen Pharao. Das Volk jubelte in Festtagsstimmung: »Heil dem Herrn des Nordens und des Südens, der alle Barbaren unter seinen Sandalen vereinigt, der Starke Stier!«

Der Pharao und seine Soldaten kamen auf dem Landweg von

Norden. Die Schiffe, mit denen sie nilabwärts gezogen waren, waren so vollbeladen mit Beute, dass das Sklavenheer von den Kriegern des Königs unterstützt werden musste, um die schweren Barken am sandigen Ufer flussaufwärts zu ziehen.

Als endlich der Pharao, umgeben von den Speerträgern seines Gefolges, eintraf, als eine Barke nach der anderen schwerbeladen bis über die hohen Schnäbel an der nördlichen Biegung des Flusses sichtbar wurde, da wollte der Jubel der Thebaner kein Ende nehmen, und sie umarmten sich und warfen Kleidungsstücke in die Luft.

Aber wie hatte dieser Thutmes sich verändert! Der einst so tollpatschige Junge strahlte nun die Selbstsicherheit eines siegreichen Feldherrn aus. Seine langen Arme, die früher wie unnütz an ihm herabzuhängen schienen, waren kraftvoll über der Brust verschränkt, und die zusammengekniffenen Augen verrieten Entschlossenheit, ja sogar Würde. So stand Thutmes auf seinem Wagen, und das Volk warf sich vor ihm in den Sand.

Während die Barken am Ufer vertäut wurden, sprang Thutmes von seinem rossebespannten Gefährt und ging zielstrebig auf die Tribüne zu. Er wartete nicht erst, bis Minhotep ihm einen Platz zugewiesen hatte und – wie üblich – ein Zeichen gab, er begann einfach mit fester, lauter Stimme zu sprechen, wie es sein Vater stets getan hatte.

»Mein Volk, ihr Lieblinge der Götter! Mein Vater Amun gab mir die Macht, die ruchlosen Libyer zu besiegen. Die Führer der Stämme des Nordens sind unter meinen Sandalen, sie hegen Furcht in ihren Herzen, sie beugen den Kopf vor euch und tragen schöne Tribute auf ihren Rücken. Seht, was ich zum Ruhme des Allerhöchsten, des Herrn von Karnak, mitgebracht habe. Wie Amun über allen anderen Göttern waltet, so herrsche ich, sein geliebter Sohn, über alle anderen Herrscher.«

Thutmes klatschte in die Hände, und vom Ufer wurden

Stege zu den Barken gelegt, und libysche Sklaven trugen die Beute aus den Fremdländern darüber. Auf ihren Köpfen schleppten sie Säcke mit Weizen, glänzendes Elfenbein, Barren von Silber und Scheffel voll Gold. In Fässern brachten sie gesalzenes Fleisch, getrockneten Fisch, Ebenholz in bulligen Klötzen, Tannenholzstämme aus Demu, das rötliche Memholz und Felle von den Tieren des Nordens.

»Bei Amun, Mut und Chons!«, staunte Thuti, der Oberste der Tribute des Reiches. »Sein Vater Thutmes – er lebe ewig – war weniger erfolgreich als Eroberer, und Amenhotep – er lebe ewig – brachte auch nicht mehr Kriegsbeute aus den Provinzen. Wer hätte das gedacht!«

Und der Beamtenvorsteher Weser meinte beifällig: »Er ist der leibhaftige Sohn des Amun Kematef, der seine Zeit vollendet hat, wir haben ihn alle unterschätzt.«

Ptahhotep, der General des pharaonischen Heeres, sonnte sich im Ruhm des eroberten Erfolges, stand seitlich hinter dem König und nannte Thutmes Menge und Bezeichnung der Beute: »Zweihundert Pantherfelle, feingegerbt für die Ersten des Amun, achtundneunzig Scheffel Gold, achteinhalbtausend Deben, vom Gewicht eines Ochsen ...« Der König nickte.

In der ausgestreckten Hand hielt Thutmes eine Peitsche, das Symbol der Macht, und die Sklaven mussten auf Knien darunter hindurchkriechen. Auf einmal ließ der Pharao die Peitsche langsam sinken und presste die Rechte gegen den Leib. Die Höflinge in der Umgebung des Königs sahen Thutmes' verzerrtes Gesicht, als empfinde er starken stechenden Schmerz, und sie sorgten sich. General Ptahhotep ergriff jedoch geistesgegenwärtig die Peitsche, streckte sie weit von sich, und der ins Stocken geratene Sklavenzug kam wieder in Bewegung.

Immer neue, fremdartige Beutestücke wurden von den Barken getragen, Kristalle von den Klippen des Ozeans, blitzende

Waffen mit beidseitigen Schneiden, Töpfe und Pfannen aus klingendem Metall, und all das versetzte die Thebaner in einen Freudentaumel wie beim Fest des ersten Tages im Jahr, wenn Ka und Ba des Amun sich aufs neue vereinen. Schläuche mit Wein gingen von Mund zu Mund, und der dunkle Saft der fremden Reben ergoss sich lustvoll über die halbnackten Leiber des jubelnden, tanzenden Volkes.

Der weise Schreiber Neferabet erkannte den finsteren Blick des Pharaos, fiel vor ihm nieder und begann, während er sich erhob, ein uraltes Lied zu zitieren: »Begehe den Tag fröhlich! Mische Salbe und feines Öl zusammen an deine Nase, und flechte Kränze aus Lotosblumen für den Leib deiner Schwester, die du liebst und die neben dir sitzt. Lass Gesang und Musik vor dir erschallen. Wirf alles Böse hinter dich, und lebe für die Freude, bis jener Tag kommt, wo du landest im Reich, das die Stille liebt ...«

Thutmes versuchte ein gequältes Lächeln und bedankte sich bei dem weisen Schreiber: »Ist schon gut, Alter, die asiatische Kost liegt schwer in meinem Bauch, wie Granit von den Stromschnellen.«

Beinahe unbemerkt von der Masse des Volkes näherten sich Hatschepsut und Iset. Mit ihren Neugeborenen traten sie vor den Pharao; Iset glückstrahlend lächelnd, Hatschepsut ernst. Sie schien darunter zu leiden, dass sie eine Tochter im Arm hielt, während die Dienerin, wie sie Iset noch immer zu nennen pflegte, mit Stolz einen Sohn präsentierte.

Für alle ganz unerwartet, schenkte Thutmes der Iset jedoch überhaupt keine Beachtung, vielmehr trat er auf Hatschepsut zu, rieb seine Nase an der ihren und sprach: »Ptah hat dies gemacht mit seinen Händen. Mein Herz schwillt vor Freude.«

Versteinert wie die Dreiheit der Götter von Karnak stand Hatschepsut da, drückte das Kind an sich und versuchte aus den Augen des Pharaos zu lesen. Doch die Augen des Re blickten ausdruckslos, kalt und starr. Sie sagten weder: Ja, ich meine es ehrlich! Ich, der den Samen in deinen Leib gelegt hat. Noch sagten sie: Es ist mir eine Freude zu sehen, dass die Götter dich mit einer Tochter straften. Was ging hinter diesen Augen vor? Wie konnte sich dieser Tolpatsch zu dieser Persönlichkeit wandeln? Seine Selbstsicherheit, die Bestimmtheit seines Auftretens verunsicherten Hatschepsut. Am liebsten wäre sie fortgelaufen wie eine Sklavin, die der strafende Blick des Herrn getroffen hat. Aber dann wäre alles verloren gewesen, ihre Macht, mit der sie noch immer den König der beiden Länder zu beherrschen glaubte, und sie hätte sich vor sich selbst geschämt. Also gab sie den eiskalten Blick zurück und sagte kein Wort.

Mit gekreuzten Beinen saßen die kahlköpfigen Priester des Amun um die schwarze Sklavin herum, und Hapuseneb, der Oberpriester, sprach, an Ngata gewandt: »Alle die trefflichen Edlen, die Amun rühmen, der ewig lebt und im Lande der Ewigkeit handelt, sind Zeuge deiner Zustimmung. Haben wir nicht deinen Brüdern die Freiheit von den Fesseln geschenkt? Haben wir ihnen nicht das Gold aus den nördlichen Gebirgen gegeben, damit du für unsere Sache Dienste tust? Haben wir dich nicht unsere Sprache gelehrt, damit du Teti, deinen Herrn, auskundschaftest? Und was hast du getan? Du hast das Gold genommen, deine Brüder heimgeschickt nach Nubien und dich über den Tag gefreut, der jeden Morgen über dem östlichen Gebirge aufging. Du hast nichts gesehen, nichts gehört, wie die Schlange, die nachts über den Sand der Wüste kriecht.«

»O ihr Erwählten der höchsten Götter, ihr Kenner der Geheimnisse, deren Jauchzen bis zur Höhe des Himmels dringt, schenkt Nachsicht eurer schwarzen Sklavin!« Ngata hob, um ihre Worte zu betonen, die Hände mit den Handflächen nach oben gen Himmel. »Euer Haus ist von der Klugheit des Gottes überflutet. Ihr kennt die Sprache der Götter, und alle Menschen sind willenlos hingestreckt vor eurer Macht. Wie kann ich, die Tochter eines Fürsten im nubischen Sand, mit euch konkurrieren? Ich konnte nicht mehr tun, als Teti, meinem Herrn, auf Schritt und Tritt zu folgen! Ich tat es wie ein Zicklein, das sich in den ersten Wochen nach seiner Geburt stets an den Beinen seiner Mutter reibt, weil es fürchtet, sie zu verlieren. Aber Teti ist ein Mann von Geheimnissen, den auszuspionieren ein schwieriges Unternehmen ist. Man sieht ihn überall und nirgends, und er hinterlässt nie eine Spur.«

Puemre, der zweite Prophet des Amun, wurde heftig: »Du trinkst das Wasser seines Hauses, lebst unter seinem Dach und willst nicht bemerkt haben, dass er die größte Erfindung gemacht hat, die je dem menschlichen Geist entsprang?«

»Er arbeitet vorwiegend des Nachts und in den frühen Morgenstunden ...«

»... wenn du schläfst wie die grünschimmernde Ente mit dem Kopf im Gefieder!«

»O nein«, beteuerte die schwarze Sklavin, »ich wache über ihn so gut es geht; aber ich kann mich nicht neben ihn setzen und fragen, was machst du da, was ist dies, was ist jenes!«

»Er war hier«, begann Hapuseneb mit gequälter Stimme.

»Ich weiß«, erwiderte Ngata, »ich wäre ihm beinahe in die Arme gelaufen. Ich hoffe, dass er mich nicht erkannt hat.«

»Er will uns erpressen, uns, die Priester des Amun. Wir sollen den Pharao beseitigen und ihn zum König machen. Andernfalls droht er, das flüssige Licht vor dem Volke zu zeigen.«

»Was würde geschehen?«

»Sie würden ihn und das Blut des Re anbeten wie die Götter

der Hirtenkönige, weil wir, die Priester des Amun, dem nichts entgegenzusetzen hätten.«

Da legten die übrigen Priester die Hände flach auf den Boden und neigten die kahlen Köpfe nach Osten gegen die aufgehende Sonne und murmelten wie aus einem Mund: »O Herr der Herren, Herrscher der beiden Ufer, der du den Himmel in Frieden befährst, die ganze Menschheit jauchzt vor deinem Antlitz!«

»Was wollt ihr, dass ich tue?«, fragte Ngata. »Meine Brüder haben das Gold nach Nubien fortgenommen. Wie soll ich es zurückgeben?«

Hapuseneb machte eine abwehrende Handbewegung: »Wir wollen das Gold nicht zurück! Wir wollen das Geheimnis des flüssigen Lichts, bevor Teti seiner gerechten Strafe zugeführt wird; denn der Magier ist böse wie Seth, der Herr der Wüste.«

Die schwarze Sklavin wiederholte: »Was wollt ihr, dass ich tue?«

Und der Oberpriester antwortete mit einer Gegenfrage: »Wo bewahrt Teti das Blut des Re auf?«

»Im Gewölbe seiner Forschungen. Alle Gläser sind voll davon.«

»Kannst du eines dieser Gläser entwenden, ohne dass Teti es bemerkt? Die Priester des Amun können den Inhalt jeden Wassers ergründen.«

Ngata hob die Schultern. »Der Magier kennt jedes Glas in seinem Gewölbe. Man müsste zwei gleich aussehende Gläser vertauschen!«

Hapuseneb erhob sich. »So vollende denn das rechtschaffene Werk nach dem Willen des Amun!« Und er legte seine Hand auf Ngatas Stirne und sprach: »Dein Herz soll klug sein wie das Auge des Re, und es soll nichts geben, wovor du dich fürchtest, und deine Glieder sollen stark sein wie das Eisen der östlichen Wüste.«

Da wandte sich die schwarze Sklavin um und ging, ihren Auftrag zu erfüllen.

Sieben Tage währte die Nilfahrt auf der königlichen Barke »Mutter der Sonne«, dann erreichte das hochgeschnäbelte Schiff die Stadt Memphis. Seit ihren Kindertagen, seit sie ihren Vater Thutmes zur Werft der königlichen Schiffe begleitete, hatte Hatschepsut die Stadt ihrer Ahnen, die sie »die Prächtige« nannten, nicht mehr gesehen. Bis vor hundert Jahren, vor dem Einbruch der fremden Reiter, war Memphis, an der Grenze von Ober- und Unterägypten, die Hauptstadt der beiden Länder gewesen, vor den Fluten des Nils durch einen Damm gesichert, mit schönen Fenstern und leuchtenden Gemächern von Lapislazuli und Malachit und Tempelstätten, hoch wie der Himmel, und papyrusumsäumten Teichen, so breit wie das Meer.

Nun lag die »Waage der beiden Länder«, wie der alte Königspalast hieß, brach, und durch Gärten und Parks schallten die Kommandos der Soldaten, und in den Straßen tummelten sich lautstarke Händler aus fremden Ländern, und Seth, stark an Kraft, der Herr alles Fremden, gewann mehr und mehr Macht. Aber noch immer hielt Ptah, der Bildner der Erde, der Chnum gleich auf seiner Töpferscheibe die Wesen erschuf, seine Hand über die Stadt. Sein Tempel in einem Palmenhain mit Säulen aus blühenden Lotosblumen und Zinnen aus weißglänzendem Gold zählte noch immer zu den größten und prächtigsten im Land, und der Weihrauch, der Ptah zu Ehren gen Himmel stieg, verdunkelte das Firmament wie der Sandsturm aus der westlichen Wüste.

Auch Hatschepsut, in Begleitung von Satre, der Amme, der Dienerin Juja und ihres schwarzen Dieners Nehsi, hatte den Tempel zum Ziel. Denn dort, in einem verborgenen Labyrinth unter der Erde, lebte der Herold des Ptah, der goldgeschmückte Apisstier, der herrliche Gott der Fruchtbarkeit, von Dienerinnen und Sklaven hofiert wie der Pharao. Sein glänzendes Fell war schwarz wie die Nacht, nur ein kleines weißes Dreieck zierte die Stirne, untrügliches Zeichen für die Göttlichkeit des Tieres, das, starb ein Apis, von den Ptah-Priestern auf allen Weiden des Fruchtlandes gesucht wurde. Der tote Stier aber erhielt ein Leichenbegängnis wie ein Pharao. Die Priester mumifizierten ihn in siebzig Tagen, banden Gold auf seine Mumie und schafften seinen Sarg aus schwarzem Granit zu den anderen, die ihm im Tode vorausgegangen waren.

Die Schmach, nur eine Tochter geboren zu haben, der Triumph der Dienerin Iset, die dem Pharao einen Sohn geschenkt hatte, trieb die Königin in letzter Hoffnung an diesen unheimlichen Ort. Sie hatte die Worte des Wahrsagers Peru missverstanden, war sicher, den ersehnten Horus zur Welt zu bringen, weil sie sich für die Frau mit dem Gold hielt und nicht für die mit dem Stein. Erst später war ihr klargeworden, dass der Spruch des Sehers sich auf die Halsketten bezog, die der Pharao einer jeden zum Geschenk gemacht hatte, ihr, Hatschepsut, eine mit blaublinkendem Lapislazuli, der Iset eine aus funkelnden Goldplättchen.

Seither war ihr jedes Mittel recht, den Fruchtbarkeit bringenden Min gnädig zu stimmen. Sie hatte beim Fest der Treppe ein Lattichbeet gepflanzt und reinigte allabendlich vor dem Schlafengehen ihr Bett mit Eselsmilch. Während ihrer inbrünstigen Gebete, die sie am Boden kniend auf reinen Binsen verrichtete, opferte sie männlichen Weihrauch und Pinienzapfen, zwölf an der Zahl, und zwei ungefleckte Hähne, einen der Sonne und einen dem Mond, und auf ihre Schwelle hatte sie den Sonnenkäfer gemalt mit rotem Stab.

Langsamen Schrittes durchmaß die Königin das düstere

Innere des rauchschwangeren Ptahtempels bis zur hochaufragenden Mauer der Stirnseite, wo steingeschlagene Hieroglyphen hundertfach verkündeten: Apis, herrliche Seele, Apis, herrliche Seele ... Wesermonth und Ptahhotep, zwei steinalte Priester, nahmen Hatschepsut hier in Empfang und verwehrten ihrer Begleitung mit energischen Handbewegungen den Zugang.

Eine steinerne Treppe, eng wie das Haus einer Schnecke, wand sich in die unheilverkündende Tiefe des monumentalen Gemäuers. Hatschepsut verspürte Schwindelgefühle; doch Wesermonth vor ihr und Ptahhotep hinter ihr mit flackernden Funzeln duldeten keinen Halt. Am Ende der endlosen Spirale tat sich ein hochbauchiges Gewölbe auf mit wuchtigen Säulen zu beiden Seiten und einem fernen Ende, das im Dunkeln lag wie das Reich des Osiris.

Wesermonth übergab der Königin seine Lampe, eine schimmernde Kugel, und wies auf das Ende des finsteren Gewölbes, indem er seinen kahlen Schädel wortlos zur Seite legte. Staub, drückende Schwüle und der süßliche Geruch von Fledermausexkrementen lähmten Hatschepsuts Atem, und eine Luke, eine winzige Tür zum Tageslicht, hätte sie in ihrem Entschluss bestärkt, davonzulaufen wie ein Kind vor dem Rohrstock des Schreibers. So aber setzte sie pochenden Herzens einen Fuß vor den anderen, wissend, dass nur noch Apis ihr Fruchtbarkeit bringen könne, den ersehnten Horus. Inbrünstige Gebete und heißes Flehen, von Hapuseneb gelehrt, um den Apis zu erweichen, waren nun in dieser beklemmenden Tiefe vergessen und boten nur dem *einen* Gedanken Raum: Wo war er, der heilige Apisstier?

Hoch wie die Scheunentore im kornspendenden Delta taten sich zu beiden Seiten Öffnungen auf, Grüfte und seltsame Steinquader, mit Girlanden behangen und farblosen Blüten bestreut, und Hatschepsut war versucht, in einen der seitlichen Gänge hineinzuleuchten; aber dann erinnerte sie sich an die energische Kopfbewegung des Priesters, und sie schritt weiter auf das undurchdringlich erscheinende Ende zu. Apis, der die Männer in den Leibern der Frauen macht, Apis würde sie erlösen, er musste ihre Schmach tilgen, ihr das Selbstvertrauen zurückgeben, er *musste* sie erhören.

Am Ende der Flucht öffnete sich das Gewölbe zu einem höherliegenden Saal. Eine steile Treppe führte nach oben zum Licht wie eine Himmelsleiter. Und als Hatschepsut sie erklommen hatte, blickte sie von einer mit rotem Leinen ausgeschlagenen Empore in eine glitzernde Halle, in die, auf geheimnisvolle Weise mit Spiegeln und Prismen gelenkt, von allen Seiten das Sonnenlicht fiel.

Geblendet wie ein Schläfer von den Strahlenarmen des Aton, erkannte die Königin einen Palast von glänzendem Marmor mit Nischen und Säulen wie der eines Königs, und Diener und Sklaven huschten hin und her, die Lenden gegürtet mit ledernem Schurz und vielgefalteter Schärpe an der Seite. Als Kind, wenn Satre, die Amme, von den Mythen der Götter Ägyptens erzählte, hatte Hatschepsut sich solch verzauberte Paläste vorgestellt, schöner und glänzender als der ihres Vaters Thutmes, den Osiris rief. War es die Nähe des leibhaftigen Gottes, die in ihr derlei Bilder hervorzauberte, oder war es wirklich ein nie geschautes Zauberreich, in das sie sich in ihrer Not geflüchtet hatte?

Aus trichterförmigen Öffnungen in der Decke, belegt mit Tausenden türkisfarbenen Steinchen, schallte das ferne Blöken liebestoller Kühe, und ein unsichtbarer Chor von vielstimmigen Bienen summte laut wie das Heulen des heißen Windes einen durchdringenden Choral, schriller und Furcht erregender als das Gurren der Sängerinnen von Karnak.

Die beiden Priester, die sie vor wenigen Augenblicken am Eingang des Gewölbes verlassen hatte, sie traten ihr nun von vorne entgegen, in rituelle Pantherfelle gekleidet, nahmen Hatschepsut in ihre Mitte und führten sie zu einem mächtigen Quaderstein, in dessen Rand eine fingertiefe Blutrinne geschlagen war. Zwei Sklaven schleppten zwei weiße gefesselte Hähne herbei, schlugen ihnen mit einem Beil die Köpfe ab und ließen die zuckenden Körper über dem Opfertisch ausbluten. Dabei murmelte Wesermonth: »O lebender Apis, herrliche Seele, hoher Herold des Ptah von Memphis, nimm dieses reine männliche Blut von Amuns unglücklicher Tochter, die die beiden Länder mit ihrer Schönheit erleuchtet. Lass ihren Leib erblühen mit einem Horus wie die Lotosblume im heiligen See.«

Willenlos, nur das eine Ziel vor Augen, wurde Hatschepsut vor eine ausgestopfte Kuh geführt, deren Hörner mit bunten Bändern geschmückt waren, und mit geschickten Griffen zerlegten die Priester das Tier in zwei Hälften. Dann entledigte sich die Königin ihrer Kleider und schlüpfte in die Kuh, die daraufhin wieder verschlossen wurde.

Scharrend und stampfend und wutschnaubend näherte sich der Apis. Das Gott-Tier hatte Mühe, auf dem spiegelnden Boden nicht auszugleiten. Sein schwarzes Fell schimmerte wie der westliche Nil, wo die Sonne sich zum Untergang neigt. Zwischen den Hörnern trug er eine goldene Sonnenscheibe, groß wie ein Wagenrad, und auf dem Rücken die Flügel des Himmelsgeiers. Einen Augenblick blieb der wilde Stier verhalten, musterte die Kuh mit bebenden Nüstern, dann machte er sich über sein Opfer her, dass der Boden erzitterte. Die Priester beteten.

Die Gelegenheit schien günstig. Teti hatte frühmorgens das Haus verlassen, und die schwarze Sklavin stieg in das Gewölbe hinab, wo der Magier seine wissenschaftlichen Experimente vollführte. Mit zitternder Hand leuchtete sie die Wände ab, wo in zahllosen Mauernischen Gläser, Schalen und Töpfe herumstanden, manche mit geheimnisvollen Schriftzeichen und Zahlen versehen, andere achtlos gestapelt wie die Opfergaben im Schatzhaus des Amun-Tempels. Doch nicht ihnen galt das Interesse der Sklavin, sondern einem schwarzen Schrein, verziert mit magischen Knoten aus Gold, dem Symbol der Zauberkraft.

In diesem Schrein, so hatte Ngata ausgekundschaftet, bewahrte Teti das feurige Blut des Re und seine Ingredienzien auf. Ngata wusste auch, wie der Tresor zu öffnen war, und sie berührte die obersten Knoten-Hieroglyphen an den beiden Seiten des Schreins. Und wie von unsichtbarer Hand gesteuert, vernahm man ein eisernes Klicken, und die schweren Türen öffneten sich von selbst.

Ngata hielt eine Hand vor die Augen, so blendete sie das flüssige Licht in der Dunkelheit des Gewölbes. Gebannt starrte sie auf das Glas mit seinem gelbgrün strahlenden Inhalt. O Blut des Re mit dem Falkenkopf, welch furchtbares Geheimnis barg dieses Leuchten! Die schwarze Sklavin fühlte, wie das Blut in ihren Adern pulsierte. Tat sie recht oder unrecht, wenn sie dem Magier das Geheimnis entwendete? Würden die Priester sie vor den Nachstellungen Tetis schützen? Was wollte Hapuseneb mit dem Blut des Re anfangen? Ngata fand nicht *eine* Antwort auf all die Fragen, und am liebsten wäre sie fortgelaufen, hätte sich einem Bauern am Fluss als Sklavin verdingt, die Ziegen gehütet und das Korn gemahlen; aber – das wusste die Sklavin genau – den mächtigen Armen der Amun-Priester konnte keiner entrinnen.

Deshalb griff sie bebend nach dem leuchtenden Glas. Es war kalt. Irritiert zog sie die Hand zurück. Ngata hatte die eisige

Kälte des Glases nicht erwartet. Jetzt, da sie das Gefäß mit beiden Händen hielt, wurde ihr die Künstlichkeit des leuchtenden Inhaltes bewusst. Das war nicht das Blut des Re, das war von Menschenhand geschaffenes Unheil! Die Priester *mussten* sein Geheimnis ergründen.

Vorsichtig stellte Ngata das versiegelte Gefäß in einen Korb. Sie schloss den Schrein, und bedächtig, damit das Glas mit dem kostbaren Inhalt nicht zu Bruch ginge, stieg sie die steinerne Treppe empor ans Tageslicht.

An jener Stelle, wo der steinerne Steig aus der Tiefe die ebene Erde des Hauses erreichte, starrte ihr eine Königskobra mit geblähtem Hals entgegen. Ngatas Pupillen weiteten sich wie schwarze Tollkirschen im Monat Payni. Ihre Angst war groß, und doch näherten sich ihre Augen dem züngelnden Ungeheuer bis auf eine Handbreite, und sie verfolgten jede, auch die leiseste Bewegung der Schlange willenlos.

Teti, der Magier, fasste die Kobra mit eisernem Griff dicht unterhalb des Halses und hob das armdicke Reptil mit ausgestrecktem Arm in die Höhe. Ngata folgte der Bewegung, und wohin der Magier die Schlange auch schwenkte, der Blick der Sklavin blieb mit dem Kopf der Kobra verhaftet.

»O nein«, rief der Magier verzückt, »o nein, so leicht ist Teti nicht zu betrügen«, und er steigerte die Bewegungen der Schlange, weil er sah, wie Ngata unter Hypnose sein willenloses Werkzeug wurde. »Hörst du meine Stimme?«

»Ja, ich höre deine Stimme!«, kam die leise Antwort wie aus weiter Ferne.

»Du wirst mir gehorchen!«

»Ich werde dir gehorchen.«

»Du wirst das Blut des Re zu den Amun-Priestern im Tempel tragen. Dort wirst du die Flasche aus dem Korb nehmen und das Siegel abbrechen.«

»Und dann? Und dann«, fragte Ngata.

»Du wirst keine Fragen mehr stellen und ausführen, was ich dich soeben geheißen. Mein Wille wird bei dir sein und jeden deiner Schritte lenken. Nun geh!«

Der Magier nahm behutsam die Schlange von den Augen der Sklavin, und Ngata schickte sich an, den Raum zu verlassen.

»So leicht ist Teti nicht zu betrügen!«, rief er der Sklavin hinterher, und das Haus hallte wider von seinem breiten, unheimlichen Gelächter.

Im Tal der Affen, westlich des Nils, saßen Ineni und Senenmut auf einem Stein und beobachteten den Fortgang der Arbeiten in der gegenüberliegenden Felswand. Körbe von Schutt wurden in regelmäßigen Abständen aus der Öffnung gekippt, die in halber Höhe im Fels klaffte.

Ineni nickte beifällig: »Man wird die Gräber von Menes und Djoser finden und die von Amenemhet und Sesostris, aber das von Hatschepsut, der großen Königsgemahlin, wird für allezeit verborgen sein – dank deiner Kunst, Senenmut.«

Senenmut lachte: »Es ist keine Kunst, den Eingang eines Grabes so hoch in den Fels zu legen, viel eher ist es Mut. Und du warst es, der mir Mut gemacht hat. Als du mich in die Geheimnisse der Baukunst einweihtest, da sagtest du, man müsse den Stein lieben wie eine Frau, dann lasse er alles mit sich machen. Du hattest recht. Ich liebe den Granit von den Stromschnellen, den Marmor von Turra und den Sandstein im Tal der Affen, und bisher hat noch kein einziger Stein mir meinen Willen verwehrt.«

»Dein Wille ist stark wie der Stier.«

»Er kann Berge versetzen wie der des Cheops' – er lebe ewig –, der einen Berg in die Wüste gebaut hat, höher als das Gebirge im Osten.«

»Cheops war ein Liebling der Götter, er hat länger regiert als Hatschepsuts Vater und Großvater zusammen!«

»Wenn es Osiris gefällt, dann werde ich der Königin ein Grab bauen, tiefer und schöner als alles, was Menschenhand bisher geschaffen hat.«

»Daran zweifle ich nicht, Senenmut; du liebst die Königin?«

Senenmut schwieg. Er hatte die direkte Frage seines Lehrmeisters nicht erwartet. Jetzt scharrte er mit dem Fuß verlegen im Sand, als suchte er dort eine Antwort, und als er noch immer nichts erwiderte, fuhr Ineni fort: »Ich meine, du liebst sie nicht so, wie ein Ägypter seine Königin liebt, die Gemahlin des Amun von Karnak, du liebst sie so, wie ein Mann eine Frau liebt.«

Noch immer verweigerte Senenmut eine Antwort.

Ineni hob beide Hände und lächelte. »Ich bin ein alter Mann und diene bereits dem dritten König! Mir kannst du es ruhig sagen. Ich habe doch Augen im Kopf. Als du zur Achet-Zeit mit dem Bau begannst, waren Tag und Nacht gleich, und die letzten Strahlen des sinkenden Re fielen genau in die Öffnung, als wollten sie die Herrin des Grabes küssen. Und so wird es sein, Achet für Achet, Jahr für Jahr, noch in Millionen Jahren; denn Re im Horizont ändert den Weg seiner Barke auf dem Himmelsozean nie. Nur ein Mann, der liebt, ersinnt solche Taten!«

»Ist es ein Verbrechen, wenn ein Untertan seine Königin liebt?«, erkundigte sich Senenmut kleinlaut.

Ineni erwiderte: »Liebe kennt kein Gesetz. Wie sollte Liebe ein Verbrechen sein? Deshalb hast du die Frage falsch gestellt. Sie müsste richtig lauten: Was passiert, wenn ein Untertan seine Königin liebt?«

»Nun also, was passiert?«

Der alte Ineni hob die Schultern. »Das kommt ganz darauf an, ob die Königin den Untertan auch liebt. Liebt sie ihn nicht, oder weiß sie nicht einmal von seiner Liebe, dann wird die Liebe im Sande verlaufen wie der Skarabäus in der westlichen Wüste.«

»Und wenn die Königin seine Liebe erwidert, was dann?«

»Beim Amun!« Der Alte schlug die Hände zusammen und blickte verzückt zum Himmel. »Dann möchte ich nicht in deiner Haut stecken!«

»Aber warum?«, drängte Senenmut. »Du sagtest doch, Liebe sei kein Verbrechen, weil es kein Gesetz gebe, das Liebe verbietet!«

»Sagte ich, ja«, erwiderte Ineni, »aber es gibt Dinge, die sind so weit außerhalb menschlicher Vorstellungskraft, dass niemand auf die Idee käme, sie überhaupt zu verbieten – weil es sie überhaupt nicht gibt.«

Senenmut erschrak. Er verstand die Andeutung seines Lehrmeisters wohl, der stets durch die Blume sprach, und während er darüber nachdachte, näherte sich der Schreiber Ptahschepses. Er schwenkte einen Papyrus und rief schon von weitem: »Herr, der Oberpriester Hapuseneb will den Plan des Grabes ändern!«

Senenmut sprang auf und begutachtete den Plan, der mit dicken schwarzen Strichen durchkreuzt war.

»Er sagt, das Ritual erfordere gerade Gänge zur Sargkammer. Du aber legst eine Biegung an«, meinte der Schreiber.

»Ist das die einzige Kritik des Obersten der Geheimnisse?«

Ptahschepses nickte.

Da nahm Senenmut den Papyrus, faltete ihn grob und rannte davon, dass die Steine unter seinen Tritten klatschend in die Tiefe polterten.

Wer der schwarzen Sklavin auf dem Weg zum Tempel des Amun von Karnak begegnete, konnte nicht ahnen, welch großes Geheimnis Ngata in dem Korb bei sich trug. Ihr Blick war starr geradeaus gerichtet wie die Augen des Nechbet-Geiers von

Nechab, nur die Lippen bewegten sich kaum merklich in sich ständig wiederholendem Rhythmus und murmelten immer denselben Satz: »Das Blut des Re für den Oberpriester Hapuseneb! Das Blut des Re für den Oberpriester Hapuseneb!«

Teti, der die Kunst der Hypnose beherrschte wie kein zweiter im Land, der seinen Patienten unter Hypnose den Schädel öffnete, er hatte der Sklavin seinen Willen aufgezwungen, dem zu entkommen unmöglich war. Man hätte ihr eine Wand aus Holz entgegenstellen können, die Sklavin wäre hindurchgeschritten, man hätte ihr einen Fels aus Granit vor die Füße rollen können, sie hätte ihn überstiegen. Denn Ngata dachte, was Teti in seinem Kopf formte, und *sie* wollte, was *er* wollte. Und er wollte Böses.

Der Wunsch des Magiers war es, dass die Sklavin die lange Straße an den Markthallen vorbei zum nördlichen Tore nahm, nach rechts abbog, wo hohe, mit Datteln beladene Palmen einen schattigen Hain bildeten, und schließlich über die anschließende Widder-Allee zum großen Pylon gelangte, der den Tempelkomplex von der Außenwelt abschloss.

»Das Blut des Re für den Oberpriester Hapuseneb!«, sagte Ngata zu den Lanzenträgern, die sich vor ihr aufbauten, als gelte es, ein asiatisches Heer zu besiegen. Doch der achtlos dahingesagte Satz der Sklavin bewegte die Speerträger, ihre Waffen zu senken, und Ngata ging zielstrebig an Sphinxen und Götterstatuen vorbei zum Tempel des Amun, dessen Säuleneingang zur Mittagszeit im Schatten lag.

»Das Blut des Re für den Oberpriester Hapuseneb.« Die Worte aus dem Mund der Sklavin warfen die Priester im Pantherfell, die den Eingang bewachten, zu Boden, und ihre Stirne berührte den Sand. Nur einer von ihnen erhob sich schnell und eilte der Nubierin voraus.

In der düsteren Vorhalle, die zwei schmale Lichtöffnungen zum Himmel erhellten, stellte Ngata den Korb ab. Die schwarze

Sklavin war jetzt allein; aber sie fürchtete sich nicht. Ngata blickte teilnahmslos in die Richtung, aus der der Oberpriester kommen musste, und als sich schlürfende Schritte näherten, da öffnete sie den Korb und hob das leuchtende Glas heraus, sodass die Reliefs an den Wänden und die Säulen im Raum gelbgrün erglühten.

Der Pfropfen aus sprödem Harz saß fest auf der Flasche, und die Sklavin versuchte mit ausgestreckten Armen den Verschluss des Glases zu öffnen. So lautete ihr Auftrag. Aber so sehr sie sich mühte und mit der linken Hand an dem Harzklumpen hantierte, der Pfropfen blieb fest auf der Öffnung. Erst als Hapuseneb sich auf wenige Schritte näherte, um das ersehnte Gefäß mit offenen Händen in Empfang zu nehmen, da sprang das Harz aus dem Flaschenhals wie eine reife Nuss vom Wipfel des Baumes, und von der Heftigkeit der Bewegung geschüttelt, schwappte das Blut des Re aus der Flasche und traf schäumend und zischend wie die Gischt des Ozeans den Oberpriester ins Gesicht.

Hapuseneb riss die Hände vor die Augen, und sein entsetzlicher Schrei glich dem vom Speer getroffenen Nilpferd am Oberlauf des Flusses. Wie eine Feuersbrunst fraß sich das flüssige Licht, das in der luftdichten Flasche kalt und harmlos ausgesehen hatte, über die Kopfhaut des Priesters und hinterließ eine feuerrote Spur von Blasen und Beulen. Dann rann es grell und grausam über den nackten Oberkörper Hapusenebs und grub sich tief in das Fleisch ein. Der Priester röchelte, rang nach Luft, seine langen Finger vollführten bizarre verkrampfte Bewegungen, und dann sank er zu Boden.

Wie ein Stück Fleisch, das beim Opet-Fest in eherne Schüsseln über dem Feuer geworfen wird, klatschte der massige Körper in die brodelnde, brennende Lache des Sonnenblutes. Hapuseneb schien das Bewusstsein verloren zu haben, er gab keinen Laut mehr von sich und lag apathisch in der flüssigen Glut.

Erst jetzt schien die Sklavin zu erkennen, was sie angerichtet hatte; denn als das Glas aus ihrer Hand glitt und auf dem Marmor des Bodens zerbarst, da stieß Ngata einen Schrei des Entsetzens aus, und mit nackten Füßen sprang sie über den Priester in der feurigen Lache hinweg und suchte das Weite.

Der Magier aber, der das grausame Spiel aus der Ferne miterlebt hatte, weil es seinem Willen entsprach, der Magier frohlockte wie ein siegreicher Feldherr nach der Schlacht: »So leicht ist Teti nicht zu betrügen! Beim Amun nicht, nicht bei Mut und nicht bei Chons!«

Wie schön sie war, die Herrin des Liebreizes, die Amun umfängt! Senenmut verschlug es den Atem, als er Hatschepsut gegenübertrat. Ihr schwarzes Haar war in unzählige kleine Zöpfchen geflochten und wurde von einem Goldreif auf glitzernden Pailletten aus der Stirne gehalten. Breite, dunkelgrün schimmernde Striche umrahmten ihre dunklen Augen in der Form jener Silberfische, die sich im heiligen See tummelten. Das lange, enganliegende Kleid ließ die linke Brust frei, und um den Hals war ein handbreiter Kragen aus gelben und blauen Fayenceperlen gelegt. Ihre Haut leuchtete hell wie der Sand der Wüste, und schmale Goldreifen an den Oberarmen und ein zierlicher Ring an jedem Finger verstärkten diesen Eindruck. Welch eine Frau!

Die Geburt hatte sie schöner gemacht. Die nackten Arme, die Rundungen ihrer Schultern, die Umrisse ihres Körpers schienen weicher und voller, und ihre Brüste standen fest wie rotglühende Liebesäpfel.

Geblendet von ihrem Anblick, kniete Senenmut nieder und drehte den Papyrus verlegen in seinen Fingern; dann sagte er schroff: »Der Oberste von Karnak redet mir drein bei der Planung deines Grabes.«

»Er ist der Mund des Gottes!«, erwiderte Hatschepsut.

»Und ich bin sein Arm! Mein Auftrag lautet, eine Ruhestätte zu bauen für die Ewigkeit. Wie kann ich dies vollbringen, wenn die Priester mir den Grundriss vorschreiben. Soll Hapuseneb doch selbst das Gebirge im Tal der Affen anstechen ...« Senenmut erhob sich.

Er hielt inne, als er das Lächeln der Königin erkannte. Sie sagte nichts, sie lächelte nur. Aber hinter diesem Lächeln verbarg sich ein leiser Spott, als wollte sie sagen: Du verrückter Kerl, du jugendlicher Heißsporn, was regst du dich so auf, natürlich hast *du* den Auftrag erhalten, meine Grabstätte zu bauen im westlichen Horizont! Doch als sie den Mund öffnete wie eine reife Sykomorenfrucht, da hörte Senenmut sie sagen: »Warum redest du über solche Nichtigkeiten, die deinen Stolz verletzten? Warum fragst du nicht nach dem Kind, das ich geboren habe? Bist du sicher, dass du nicht der Vater bist?«

Die Frage traf Senenmut wie ein Geschoss aus der Hand des Schleuderers, und er wagte nicht nachzufragen. An Hatschepsuts Augen konnte er erkennen, dass irgendjemand den Raum betreten hatte, und noch ehe er sich umwandte, hörte er die lautschallende Stimme des Pharaos: »Seht da, der Baumeister meiner großen königlichen Gemahlin!«

Da drehte Senenmut sich um und fiel dem Pharao zu Füßen, und er schlug mit der Stirne gegen den harten Marmor, wie es Brauch war. Doch statt Senenmut ein Zeichen zu geben, sich zu erheben, wie es ebenfalls Brauch war, kostete Thutmes die Demütigung des Nebenbuhlers aus. Ja, er setzte sogar seinen rechten Fuß auf den Nacken des Baumeisters und sagte hämisch: »Wie wäre es, Senenmut, Herr im Horizont des westlichen Gebirges, könntest du mir nicht auch so ein Grab in den Fels schneiden, tiefer als alles, was Menschenhand bisher geschaffen hat?«

Senenmut wollte antworten, doch der Pharao hielt weiterhin den Fuß auf seinem Nacken, sodass Mund und Nase den Boden berührten und er nicht in der Lage war zu sprechen. Da trat Hatschepsut, die das demütigende Schauspiel mit schmalen Augen beobachtet hatte, auf Thutmes zu und stieß ihn zur Seite. Senenmut sprang auf, nach Luft ringend. Der Pharao aber wies mit der Rechten zur Türe, und Senenmut verschwand.

»Ein Schwächling, dein Senenmut«, bemerkte Thutmes, »mutlos und feige.«

»Was hast du erwartet? Sollte er dich zum Zweikampf fordern wie einen Bogenschützen?«

»Schwächling!«, wiederholte Thutmes und trat auf Hatschepsut zu, um ihre rotgepuderte Brust zu berühren.

Hatschepsut wich zurück. »Nimm deine Finger von mir, du unausgegorener Lüstling!«

Die hitzigen Worte der Königin und das wilde Glänzen ihrer Augen machten den Pharao nur noch aggressiver. Er bekam den Schulterträger ihres Kleides zu fassen und zerriss das feingesponnene Gewebe, sodass Hatschepsut mit nacktem Oberkörper vor ihm stand. Mit einer heftigen Bewegung riss er sie an sich. »Du bist die Erste der Edelfrauen«, rief Thutmes keuchend, »und nach heiligem Gesetz bist du meine große königliche Gemahlin.«

Hatschepsut versuchte loszukommen. »Das Gesetz verpflichtet mich, dem König von Ober- und Unterägypten Kinder zu schenken, aber nicht ihm bei jeder Gelegenheit zu Willen zu sein. Nimm eine deiner willigen Huren, die jauchzen, wenn dein Speer in sie eindringt.«

»Dich will ich, die Amun umfängt, dich und keine andere!«

Mit einem Ruck konnte Hatschepsut entkommen. Sie rannte zur Tür, glitt aus und schlug auf den Marmor des Palastes. Nun kam Thutmes langsam auf sie zu. Auf einen Ellenbogen gestützt, den anderen schützend vor das Gesicht haltend, versuchte die Königin zurückzuweichen; aber der Pharao drängte sie in eine Ecke, wo Blattranken von den Wänden hingen. Es gab kein Entkommen mehr.

Ekelhaft drohend ragte der Obelisk des Pharaos unter seinem Lendenschurz hervor. Thutmes sah, dass sie es bemerkte, grinste breit, tat einen Satz und stellte einen Fuß zwischen ihre Schenkel. Da begegneten sich ihre Blicke, finster und feindselig wie Seth vor der Apophisschlange.

Du magst zwar mächtig sein, schien der Blick des Pharaos zu sagen, aber ich bin der Stärkere. Die Kraft meiner Arme ist stark wie der Stier, sie wird dich niederzwingen und Winseln in deinem Mund erzeugen wie das der tausend Katzen im Bastet-Tempel von Bubastis. Ich weiß, dass du mich verachtest – und jetzt, in diesem Augenblick, vielleicht mehr als je zuvor –, aber das kümmert mich wenig. Ich, Aacheperenre, der Herr der beiden Länder, der alle Feinde unter seine Sandalen zwingt, ich, Thutmes, für den die Pforten des Horizontes geöffnet werden, ich, der die Offenbarungen des Gottes mit eigenen Augen geschaut hat, ich, Amun-Re Horachte auf dem Thron des Horus, werde dir meinen Willen aufzwingen. Denn du bist nur eine Frau – nichts weiter. Du bist nicht wert, meine Füße zu küssen wie die Diener des Palastes beim allmorgendlichen Gruße, und das einzig Bemerkenswerte an dir ist deine duftende Scheide, von Amun geschaffen für mein glänzendes Schwert.

Hatschepsut, die ihren Körper immer mehr auf den Marmor presste, je näher der Pharao kam, gab kleine wimmernde Laute von sich. Mehr erlaubte ihr Stolz nicht, den sie auch jetzt, in diesem fatalen Augenblick, nicht ablegen konnte. Sie hätte schreien, Nehsi, den Schwarzen, zu Hilfe rufen können, aber der Gedanke, ihr Sklave würde sie so gedemütigt vorfinden, presste ihre Lippen zusammen. Was hätte Nehsi auch tun sollen? Sollte er sich auf seinen König stürzen?

»Schwein!«, rief Hatschepsut in ihrer Bedrängnis. »Du Schwein!«

»Das trifft mich nicht!«, erwiderte Thutmes mit gespielter Ruhe. »Erinnerst du dich, unser Vater trug ein Schwein als Amulett. Er glaubte, es würde ihm Glück bringen wie Nut, die Himmelsgöttin, die sich in ein Schwein verwandelt hat.«

Die Belehrung des Pharaos erniedrigte Hatschepsut noch viel mehr als seine blindwütige Gewalt; denn nun bewies er, dass er nicht nur der Stärkere war mit der Kraft seiner Arme, er hatte auch mehr Macht über sie, und selbst jetzt blieb er souverän und gelassen.

Ja, du hast mich besiegt! wollte Hatschepsut dem Pharao ins Gesicht schreien. Hier hast du mich, meine Schenkel, meine Scheide, meine Brüste. Hier hast du Hatschepsut, deine Schwester und große königliche Gemahlin! So nimm mich doch! Und irgendwie bereitete ihr der Gedanke an die Gewalt, die Thutmes ihr antat, sogar eine besondere Form von Lust. Aber Hatschepsut schrie nicht, sagte nichts, wimmerte nur.

Und wie im Traum behaarte sich der glänzende Oberkörper des Pharaos, wurde überwuchert von zottigem Fell. Sein kahlgeschorener Kopf zog sich in die Länge, und aus der Stirne wuchsen zu beiden Seiten gelbgefleckte Hörner, schwarzgeflammt an der Stelle, wo sie austraten. Und die Augen, einst schmale lange Schlitze, weiteten sich zu großen glasigen Kugeln wie jene aus Bergkristall, mit denen sie als Kind leidenschaftlich gerne gespielt hatte. Vor ihr stand blindwütig der leibhaftige Apis, der nie gebändigte wilde Stier von Memphis, mit steil aufgerichtetem, dunkelrot leuchtendem Phallus, der näher und näher kam, um in sie einzudringen, gnadenlos wie der Opferpriester bei seiner heiligen Handlung.

Hatschepsut spürte, wie das flammende Schwert auf sie einstach, sie durchbohrte bis zum Schaft, immer wieder, und sie krallte ihre Nägel in das zottige Fell des Apis. Nein, sie wehrte sich nicht – zum einen, weil sie wusste, dass sie damit nichts erreicht hätte, zum anderen aber, weil sie der Gedanke überkam, in diesem Augenblick könnte der langersehnte Horus gezeugt werden. Mins heiliger Wille geschehe.

Irgendwann einmal, Hatschepsut wusste nicht, wie lange sie so in wilden Gedanken geschwebt hatte, ließ der Stier von ihr ab, befreite sich mühevoll aus ihren Schenkeln und hinterließ den peinigenden Geruch von kaltem Schweiß. Es dauerte eine ganze Weile, bis sie die lauten Rufe, die vom Innenhof an ihr Ohr drangen, realisierte: »Der Tempel des Amun steht in Flammen!«

Eine lange Kette Menschen reichte vom Ufer des Nils bis zum Tempel von Karnak. Schläuche aus Ziegenleder und hölzerne Eimer, mit Nilwasser gefüllt, wurden hastig von Hand zu Hand weitergegeben, und wenn sie das Ende der Menschenkette erreichten, war das meiste des Inhalts verschüttet.

In Begleitung ihrer Dienerin Juja durchbrach Hatschepsut die Menschenkette, um zu sehen, was geschehen war. Ihre Haare hingen wirr ins Gesicht, und die Kleidung war ungeordnet; aber in diesem Augenblick bemerkte niemand das ungewöhnliche Aussehen der Königin.

Durch das große Tor des Eingangspylons, den ihr Vater errichtet hatte, quollen gelblichweiße Wolken, wie sie vom Nil aufstiegen, wenn Peret, die Zeit der Saat, begann. Vorbei an schreienden, ziellos herumrennenden Menschen gelangte Hatschepsut in dic lange Säulenhalle, den Schauplatz der großen Götterprozessionen. Nicht anders als sonst, wenn beißende Schwaden von Weihrauch die Halle in eine unheimliche Stimmung versetzten, schienen die himmelstrebenden Säulen undurchdringlich, und nur vereinzelt tauchten die schöngeschwungenen Lotoskapitelle aus dem Rauch auf, um sich schon im nächsten Augenblick wieder zu verhüllen.

»Haltet ein vor dem Feuer des Gottes!« Minhotep, der Hof- und Zeremonienmeister, stellte sich den beiden Frauen mit ausgebreiteten Armen entgegen. Die enggefaltete Schärpe seines Lendenschurzes trug deutliche Brandspuren, und sein Oberkörper war bedeckt mit Schweiß und Ruß.

»Nicht weiter!«, wiederholte Minhotep. »Hinter dem zweiten Pylon brennen Dachgebälk und Boden des Amunhauses.«

»Wie können Steine brennen?«, rief Hatschepsut aufgeregt.

»Ich würde ebenfalls zweifeln, hätte ich es nicht mit eigenen Augen gesehen!«, entgegnete Minhotep.

Zwei Tempeldiener schleiften ein Menschenbündel durch das Portal und blieben vor der Königin stehen. »Eine nubische Sklavin«, sagte der eine. »Man weiß nicht, wie sie hereingekommen ist«, der andere.

Jeder der beiden Tempeldiener hielt einen Arm der Sklavin über der Schulter. Ihr Kopf hing leblos herab, die Beine schleiften über den Boden. Brandblasen, so groß wie der geblähte Hals eines Frosches, bedeckten ihren Körper.

Hatschepsut fasste die Sklavin am Kinn und hob ihren Kopf, und mit einem Mal schien Leben in die gequälte Kreatur zurückzukehren, und sie öffnete die Augen, mühsam zwar, aber doch so weit, dass sie unter schweren Lidern die Königin erkannte.

Hatschepsut brachte keinen Ton hervor. Ihre Kehle war zugeklebt wie vom Harz des Mastixstrauches. Da bewegte die Nubierin kaum merklich die Lippen, und leise, fast unverständlich, quollen die Worte hervor: »Hüte dich vor Teti, dem Magier, das sagt dir Ngata, die nubische Sklavin.« Sie hatte kaum geendet, da fiel ihr Kopf nach unten, und die Tempeldiener legten die schwarze Sklavin auf den Boden. Ngata war tot. Rauchschwaden hüllten ihren Körper ein, als würde sie Amun zum Opfer dargebracht.

»Wo sind die Priester, die Träger der Geheimnisse?«, rief die Königin, die als Erste die Fassung zurückgewonnen hatte.

Die Tempeldiener zeigten zum Inneren des Tempels, und Hatschepsut fragte: »Was tun sie da?«

»Sie beten zu Amun, dem Herrn von Karnak.«

Da stürzte die Königin wildentschlossen zum hohen Portal des Pylon. Rauch und Hitze schlugen ihr entgegen, raubten ihr den Atem. Hatschepsut schlug um sich, als wollte sie einen Peiniger abwehren. Durch den beißenden Qualm züngelten Flammen. Beim Amun, dem kein Wunder fremd ist, der Boden brannte lichterloh. Lodernde Rinnsale suchten sich auf dem glatten Marmor eine Bahn wie das erste Wasser, das im Monat Thot über den aufgestauten Damm bricht. Und zwischen den Flammen lagen die Priester mit angewinkelten Knien und Armen auf dem Stein, die Stirne niedergedrückt, und beteten.

Hatschepsut packte den nächsten an der Schulter und riss ihn hoch. »Was geht in euren Köpfen vor?«, schrie sie. Der Rauch erstickte ihre Stimme. Da fasste sie den Priester, schleifte ihn zu dem großen Portal und hastete zurück, um den nächsten zu ergreifen.

Der aber umschlang ihre Knie. Er zitterte am ganzen Körper und flehte: »Lass ab von uns, die Osiris mit dem Mal gezeichnet hat. Nicht ohne Grund lässt Amun sein Haus in Flammen aufgehen. Verachtet der Gott sein Haus, so verachtet er auch seine Diener.«

»Euer Sinn ist verwirrt!«, schrie Hatschepsut so laut, dass ihre gellende Stimme das Zischen und Prasseln des Feuers übertönte. »Oder glaubt ihr im Ernst, dass Amun sein Haus selbst angezündet hat?«

Einige der Kahlköpfigen richteten sich so weit auf, dass sie nun auf ihren Unterschenkeln saßen. Puemre, der die Königin erkannte, erwiderte mit erstickender Stimme: »Kein Träger der

Geheimnisse darf Amuns Haus ohne Befehl des Oberpriesters verlassen ...«

»Wo ist Hapuseneb?«, rief Hatschepsut.

Puemre deutete in eine Ecke, wo der Oberpriester an eine Säule gelehnt dalag und unverständliche Gebete lallte. Die Brandmale am Kopf und am ganzen Körper ließen keinen Zweifel, dass Hapuseneb nicht bei Sinnen war. Deshalb fasste sie ihn an beiden Armen und versuchte ihn hinauszuschleifen. Doch der wuchtige Körper war zu schwer, und in ihrer Verzweiflung schrie Hatschepsut mit aller Stimmkraft, deren sie noch fähig war: »Ich, Hatschepsut, die große Tochter des Amun, befehle euch, das brennende Haus des Gottes zu verlassen!«

Und als erwachten sie aus einem furchtbaren Traum, löste sich einer nach dem anderen vom Boden, erhob sich und taumelte dem großen Portal entgegen. Zwei von ihnen nahmen sich Hapusenebs an, trugen ihn nach draußen und legten ihn auf die Stufen der Säulenhalle, und der Oberpriester öffnete die Augen.

Man sah den Schmerz, den er empfand, in seinem verbrannten Gesicht. Die Mundwinkel zitterten. Doch im Angesicht der Königin unterdrückte er jeden Schmerzenslaut, der ihm Erleichterung gebracht hätte. Hatschepsut wandte sich ab, sie konnte den Anblick des grausam entstellten Körpers nicht ertragen. Der Gestank verbrannten Fleisches, der von ihm ausging, verursachte Übelkeit. Hapuseneb aber bäumte sich auf und rief laut, dass es von den Wänden hallte: »O unheilbringendes Blut des Re ...«

V

Seit urdenklichen Zeiten wiederholte sich jeden Morgen das gleiche Schauspiel. Wenn Re hinter den Bergen des Ostens seine rosaroten Strahlenhände gen Theben wandte, begann das Leben prall, bunt, aber ohne Hektik vor den östlichen Toren der Stadt, wo die Märkte waren, ganze Straßenzüge von rohgezimmerten Buden, Verkaufsständen und einem Heer fliegender Händler, die sich auf die durch die Tore quellenden Thebaner stürzten wie Mückenschwärme auf die Kadaver, die der Nil zur Achet-Zeit allerorts anschwemmte.

Diese kühle Stunde des Morgens war die Stunde der Sedschemen, der Hörenden, wie die Diener und Dienstboten genannt wurden, die hier ihre Einkäufe erledigten oder den Herrn beim Morgenspaziergang begleiteten. Manche kamen mit zwei Hörenden, einem Sandalen- und einem Mattenträger, der, verlangte sein Herr danach, das Schilfgeflecht auf der Erde ausbreitete, damit der Patron eine kurze Rast oder einen kurzen Plausch mit Freunden einlegen konnte. Mit einem Federwedel verjagte er dann die Fliegen, und der andere Diener löste die Sandalen.

Dazwischen grüßten sich die Hörenden: »Leben, Glück und Gesundheit!« oder »Ich bitte Re-Harachte, dir Gesundheit zu gewähren, dass ich dein Wohlergehen sehen und dich in meine Arme schließen möge«, und sie erzählten den neuesten Klatsch ihrer Herrschaft: »Man sagt, Sennofer, der Gemahl der Ti, treibe es mit Satamun, der Frau des Suti!« – »Oh!«

Den größten Zulauf hatten die Marktschreier, Händler und Quacksalber von den Dörfern, die den Thebanern allerlei Heilmittel andrehten wie jener, der hinter einem buntbemalten Klapptisch stand, Bauch und Arme eingeölt wie ein Totenpriester beim Tag des Ruderns, und sein Wundermittel anpries: »Wie man einen alten Menschen jung macht!« Gegen Röte im Gesicht, jedwede Art von Falten, gegen Kahlköpfigkeit und Sommersprossen sei seine Salbe aus den Schoten des Bockdorns, und die Thebanerinnen rissen sie ihm aus den Händen.

Man bezahlte mit Silberstückchen, Ringen aus verschiedenem Material. Man kannte nur den Materialwert, und nicht selten dauerte so ein Handel den ganzen Morgen.

Für die Nasen war der Markt von Theben eine Tortur. Duftete es aus dieser Ecke nach den köstlichsten Gewürzen und Essenzen, so vermischte sich dieses Entzücken ein paar Schritte weiter mit dem durchdringenden Gestank warmen Blutes, und Früchte und duftendes Getreide hatten gegen Fischgeruch anzukämpfen. Tiere wurden hier vor aller Augen geschlachtet, zerlegt, und jeder erwarb, was ihm gefiel: Rinder, Antilopen, Steinböcke und Gazellen, Tauben, Kranichvögel und Wachteln, Gänse und Enten. Gemüse war das Essen armer Leute: Lauch, Gurken, Kürbisse und wilde Melonen. Früchte gab es im Überfluss: Feigen und Trauben und rotleuchtende Äpfel, ein Fest für das Auge.

Ruja, die Frau des siegreichen Generals Ptahhotep, dem der Krieg mehr bedeutete als die Liebe, schlenderte in Begleitung ihrer Sklavin über den Markt und machte vor einem kleinen Stand halt, an dem ein freundliches Mädchen Ziegenkäse feilbot. Ein Tuch, an vier Stangen geknüpft, schützte den Käse, der zu runden Ballen geformt war, vor den immer stärker werdenden Strahlen des Re. Man zählte den Beginn des Monats Mesore, wo die Bäume gelb und das Gras braun zu werden begannen.

»Darf ich probieren?«, fragte Ruja und streckte den Zeigefinger ihrer Rechten aus. Das Mädchen nickte.

»Welch köstlichen Geschmack hat der Gott deinem Käse verliehen!«, sagte Ruja, nachdem sie gekostet hatte.

»Es wird der letzte sein für lange Zeit«, erwiderte das Mädchen, »das Gras ist ausgedörrt, und meine Ziegen geben kaum noch Milch.«

»So reiche mir die Hälfte dieses Batzens!«, bat Ruja. Und während das Mädchen den Ziegenkäse in ein fächerförmiges Blatt, so groß wie ein Sonnenwedel, einwickelte, fiel Rujas Blick auf ein kleines Amulett am Hals des Mädchens.

»Welch hübsches Amulett deinen Hals ziert!«, begann sie schmeichelnd.

Das Mädchen lachte: »Nichts Besonderes. Ich habe es gefunden, es lag achtlos im Sand«, und mit dem Kopf zeigte es nach Westen: »Ich komme von jenseits des Nils.«

»Also liegt dir nicht viel an dem Amulett?« Das Mädchen hob die Schultern: »Ich sage doch, ich habe es gefunden.«

»Verkaufe es mir! Ich will dich gut entlohnen!«

»Wenn du meinst.« Das Mädchen zögerte. Doch als Ruja in den Beutel ihres Gürtels griff und drei Silberstücke hervorholte, da nahm es das Schmuckstück vom Hals und reichte es zusammen mit dem Käse über den Tisch.

Ptahhotep entdeckte am Abend das Amulett am Hals seiner Gemahlin und erschrak. »Beim falkenköpfigen Month, der alle meine Wege begleitet«, rief er, »wie kommst du in den Besitz dieses Amuletts?«

»Eine Händlerin verkaufte es mir auf dem Markt vor den Toren der Stadt«, antwortete Ruja. »Gefällt es dir?«

Da riss Ptahhotep das Amulett vom Hals seiner Frau und stürzte in höchster Erregung aus dem Haus. Sein Ziel war der königliche Palast, wo er Thuti aufsuchte, den Goldschmied und Obersten der Steuern des Reiches.

Wortlos legte Ptahhotep das Amulett vor Thuti auf den Tisch.

Der sah ihn fragend an; dann ergriff er das Schmuckstück, begutachtete es von allen Seiten und sagte: »Das Schwein der Göttin Nut!«

»Wie viele Amulette dieser Art stammen von deiner Hand?«

»Dieses eine und kein anderes, ich schwöre es bei der Neunheit der Götter!«

Da trat ein langes Schweigen ein. Thuti und Ptahhotep dachten das Gleiche, aber keiner wagte den furchtbaren Verdacht auszusprechen. Schließlich begann der General: »Ich habe es oft genug an der Brust des Pharaos – er lebe ewig – gesehen. Und ich erinnere mich gut, wie er es in beiden Händen hielt und von Nut, der Himmelsgöttin, erzählte, die die Gestalt eines Schweines annahm und jeden Morgen die Sterne verschlang, um sie am Abend, wenn Re hinter den Bergen des Westens verschwunden war, wieder auszuspucken.«

»Man hat es ihm mit ins Grab gegeben«, sagte Ptahhotep, und Thuti nickte. Der Sem-Priester, der das Leichenbegängnis des alten Pharaos ausgerichtet hatte, verschaffte letzte Gewissheit: Das Amulett stammte aus dem Grab des alten Thutmes im Tal der Schakale.

Der erste Verdacht richtete sich gegen Kija, die Ziegenhirtin, und zunächst glaubte ihr niemand, dass sie das Schmuckstück im Sand gefunden habe; doch als sie den General, den Goldschmied und Ineni, den Baumeister, zu der Stelle führte, wo sie das Amulett aufgehoben hatte, da machten sie eine weitere Entdeckung: Im Umkreis eines Steinwurfes lag ein halbes Dutzend Grabbeigaben verstreut, die hier offensichtlich im Schutze der Nacht als Beute aufgeteilt worden waren. Daraufhin schickten sie Kija heim zu ihren Ziegen und stiegen den Saumpfad bergan, der zum Tal der Schakale führte, und schon von weitem sahen sie das Loch, das im Felsgestein klaffte, und Thuti klagte laut: »O Ka des Pharaos, der zu Osiris ging, warum hast du deinen Herrn verlassen? Haben wir dir nicht Nahrung reichlich ins Grab gestellt und Opfergaben vom Feinsten?«

Von den Felswänden hallte das Echo. Eine Antwort gab es nicht. Da traten die Männer den Rückweg an. Sie weinten. Teti, der Magier, begehrte, den Oberpriester zu sprechen. Doch Puemre, der zweite Prophet des Amun, wehrte ab, das Feuer des Tempels habe ihn entstellt, sein Anblick sei keinem Menschen erträglich, worum es sich handle.

»Worum es sich handelt?« Teti schnaubte. »Mann des Amun, der den falschen Rauch opfert, du fragst nach meinem Begehren? Der Tempel steht in Flammen, Ngata, meine Sklavin, kommt darin um, und das Blut des Re ist aus meinem geheimen Schrein verschwunden! Vielleicht kann mir das Orakel des Gottes eine Antwort geben.«

Puemre wehrte ab: »Beschwöre nicht den Zorn Amuns auf dein Haupt. Sein Wirken beginnt dort, wo deine Künste enden.« Puemre sah Teti an. Der starrte auf einen Vorhang, der den Raum von einer Säulenhalle trennte. Puemre senkte den Blick. Zielstrebig ging Teti auf den Vorhang zu und riss ihn mit festem Griff zu Boden.

»Dachte ich mir ...«, sagte Teti; doch die Worte blieben ihm im Halse stecken. Vor ihm saß das Zerrbild eines Menschen. Ein breiter Streifen Haut wie die eines Krokodils verlief von der Stirne bis zum Bauch, dazwischen, von klumpigem Fleisch umgeben, Augen, Nase und Mund – oder was davon übriggeblieben war: Hapuseneb, der Oberpriester.

Teti empfand Grauen, und es dauerte eine Weile, bis er sich wieder in der Gewalt hatte. »Du bist gezeichnet«, sagte der Magier wie zur Entschuldigung.

Hapuseneb, der schräg auf einem schwarzen Sessel aus Ebenholz lag und die Beine von sich streckte, zeigte keine Regung. Das machte den Augenblick noch unheimlicher. Doch auf einmal bewegten sich die wulstigen Lippen des Oberpriesters und sie formten mühsame Worte: »Du bist stark wie der Stier, Teti, und deine Gedanken sind hell wie die Strahlenhände des Re. Du hast Hapuseneb besiegt, den ersten der Propheten. Amun, den Ersten der Götter, wirst du nicht besiegen!«

»Ich habe das leuchtende Blut des Re!«, antwortete Teti triumphierend, »und damit werde ich mächtiger sein als der Pharao und mächtiger als Amun!«

Die kahlköpfigen Priester, die hinter dem Magier dem Gespräch lauschten, warfen sich heftig zu Boden und schlugen mit ihren Köpfen auf die Erde ob des Frevels, den der Magier ausgesprochen hatte.

Und mit erhobener Stimme verkündete Teti: »Ihr könnt Mörder gegen mich dingen und mein Haus in Flammen aufgehen lassen, während ich schlafe; aber das Blut des Re wird euch dann ewig ein Geheimnis bleiben, denn das Versteck mit der Formel des flüssigen Lichts kennt nur einer, und zwar der, der hier vor euch steht.«

Hapuseneb krächzte: »Dein Wunsch ist uns bekannt, Magier. Sei versichert, wir würden alles tun, um dir gefällig zu sein und den Pharao zu beseitigen; aber der König steht in der Kraft seiner Jahre, und er hat mehr Parteigänger als je zuvor. Du musst Geduld haben, Teti.«

»Geduld, Geduld!«, ereiferte sich der Magier und stampfte auf den Boden. »Geduld ist die Tugend der Schwachen. Teti aber ist stark wie der Stier. Er will Pharao werden, und er wird es erreichen. Beim Amun, der euch heilig ist.«

»Gib uns Zeit bis zum Monat Pharmuti, wenn die Saat in der Erde ist. Bis dahin wird viel Wasser den Nil hinabgeflossen sein.«

Auf der Suche nach dem Verräter des Grabversteckes im Tal der Schakale stieß Senzemab, der Wesir und Oberrichter, auf den Namen Senenmuts. Er war zuallerletzt in das Geheimnis eingeweiht worden, sodass der Verdacht nahelag, er sei an dem Grabraub beteiligt gewesen. Ein Frevel, der mit dem Tode bestraft wurde.

Zwei Speerträger der Palastwache führten Senenmut vor den Wesir. An der Seite der von hohen Papyrussäulen umrahmten Gerichtshalle hatten Pharao Thutmes und Königin Hatschepsut Platz genommen, Priester, Schreiber und Beisitzer saßen ihnen mit angewinkelten überkreuzten Beinen gegenüber. Zuhörer waren nicht zugelassen, denn niemals war Gleiches geschehen seit der Vorzeit, dass eine geheime Sache des zu Osiris gewordenen Pharaos verhört wurde.

Zunächst berichtete der Fürst des Westens, der über das jenseitige Ufer des Nils regierte, wie er in Begleitung des Obersten der Palastwache das aufgebrochene Grab besichtigt und die Mumie des Königs – er lebe ewig – vorgefunden habe. Schmuck, Amulette und Ringe seien herausgerissen, der Hausrat, alle kleineren Stücke, entwendet worden.

Dann wandte sich der Oberrichter an Senenmut: »Du bist der Sohn des Ramose und der Hatnefer, in der Gunst des Königs, beim Bau des Grabes für die Erste der Edelfrauen, die Amun umfängt?«

»Ich bin es.«

»Du, den der Pharao groß machte vor beiden Ländern, bist ein Kenner der Geheimnisse durch Ineni, den Baumeister?«

»Ich bin es.«

»Du kanntest also den Ort, an dem Thutmes – er lebe ewig – bestattet wurde?«

»Ich kannte ihn.«

»Warum hieltest du dich in den letzten Tagen mehrmals an

diesem Ort auf? Der Fürst des Westens benennt Zeugen unter seinen Leuten, die dich täglich an der Stelle des Grabes gesehen haben.«

Senenmut wurde heftig: »Hatschepsut, die große königliche Gemahlin, hat mich mit dem Aushub ihres Grabes im Tal der Affen beauftragt, und mein Herz jauchzte über das Vertrauen. Als treuer Diener an der Stätte der Wahrheit kontrollierte ich an jedem Tag die Arbeiten vom Aufgang des Re bis zu seinem Niedergang. Dabei führte mich der Weg zwangsläufig in die Nähe des Grabes des Pharaos.«

»Man sah dich dort verweilen ...«

»Jeder Läufer, der einen Berg erklimmt, macht kurze Rast, wenn ihm das rasende Herz aus dem Hals zu springen droht. Man soll mir Nase und Ohren abschneiden, man soll mich pfählen, wenn ich mit dem Verbrechen gegen Osiris etwas zu tun habe.«

Auf einen Wink des Oberrichters führten die Gerichtsdiener Horischere, den Sohn des Amennacht, herein, der für Senenmut als Vorarbeiter Dienst tat. Horischere war ein alter Mann, der schon unter dem Pharao Amenhotep gedient hatte, und er ließ sich von dem jungen Senenmut ungerne maßregeln. Deshalb war es schon oft zu Spannungen gekommen. »Du kennst diesen Mann?«

Senenmut nickte: »Er ist mein Vorarbeiter an der Stätte der Wahrheit.«

Der Oberrichter setzte ein hämisches Lächeln auf: »Dieser Mann hat zu Protokoll gegeben, er habe dich am Abend des vierten Tages des Monats Epiphi vor dem Grab im Tal der Schakale gesehen.«

»Er lügt!«, rief Senenmut zornig. »Der stinkende Atem des Seth, der die Würmer aus dem Innern der Erde lockt, soll über ihn kommen!«

»Horischere schwört es beim Leben seines Vaters Amennacht, er schwört es zehnmal!«

»Und wenn Horischere millionenmal schwört, es bleibt eine Lüge. Wie können meine Füße auf dem felsigen Boden des Tals im Westen wandeln, wenn ich mich an diesem Abend diesseits des Nils aufgehalten habe?«

»So schwöre zehnmal, wo du gewesen bist!« Senenmut hielt den Kopf gesenkt. Er schwieg.

»Du schwörst nicht?«

»Ich kann es nicht.«

»Also bist du schuldig!«

»Bei Maat, der Göttin des Rechts und der Wahrheit, nein! Der Sohn des Amennacht hat zehnmal falsch geschworen!«

»So schwöre du die Wahrheit!« Senzemab ergriff das goldene Amulett mit der Feder, der Hieroglyphe der Maat, auf seiner Brust, hielt es dem händeringenden Angeklagten entgegen und rief mit lauter Stimme: »Senenmut, Sohn des Ramose, sprich die Wahrheit im Angesicht der göttlichen Feder.«

Die Schreiber sahen von ihren Papyrusrollen auf. Alle Augen waren auf Senenmut gerichtet. Der aber schwieg mit schmalen Lippen wie ein Kind mit der Seitenlocke, das bei einer Lüge ertappt wird. Noch immer stand die schneidende Stimme des Oberrichters im Raum, noch immer hielt Senzemab das Amulett in die Höhe, da erhob sich Hatschepsut, die das Verhör bisher regungslos verfolgt hatte. Sie trug das goldene Diadem mit der leuchtenden Uräusschlange auf dem dichten Haar, und um den Hals lag ein breiter Kragen aus türkisblauen Steinen.

»Lass ab von Senenmut, dem Sohn des Ramose, der nicht schwören will, wohin er seine Schritte lenkte am Abend des vierten Tages des Monats Epiphi«, sagte die Königin und stieg die Stufen zu dem Angeklagten hinab.

Dann stellte sie sich mit dem Rücken vor Senenmut, streckte ihre Arme aus und sprach: »Dieser Mann schweigt nicht, weil er die Unwahrheit gesprochen hat. Bei Maat, welche Speise und Trank ist für Re, Senenmut kann an jenem Abend gar nicht im Tal der Schakale gewesen sein, weil er ihn im Palast des Pharaos verbracht hat!«

Die Schreiber notierten eifrig, die Priester rückten unruhig auf dem Boden hin und her.

»Ich kann mich nicht erinnern, dem Mann im Palast begegnet zu sein!«, rief der Pharao dazwischen.

Da drehte Hatschepsut sich zur Seite und erwiderte mit einem Lächeln, das dem Sphinx ähnelte, den Pharao Chephren vor über tausend Jahren errichtet hatte: »Sein Besuch galt nicht dir, Pharao, sondern der großen Gemahlin des Königs.«

»O Erste der Edelfrauen, die Amun umfängt«, begann Senzemab, der Oberrichter, umständlich, »kein Mensch zwischen den Stromschnellen des Nils und seiner Mündung in den unendlichen Ozean darf an der Wahrheit deiner Worte Zweifel hegen; aber gestatte die Frage, warum Senenmut nicht von dem abendlichen Besuch im Palast berichtet hat?«

Senenmut wollte etwas sagen, aber die Königin hielt noch immer die Arme vor ihm ausgebreitet wie Nechbet in der Gestalt des heiligen Geiers. »Es war kein kurzer Besuch«, erwiderte Hatschepsut, »als Senenmut von mir ging, drangen die Strahlenarme des Re über die Berge im Osten und färbten das westliche Gebirge rosa.«

Da hielten die Schreiber inne, und die Priester starrten entsetzt auf die Schönheit der Königin, und die Augen des Pharaos wurden schmal wie ein Strich. Thutmes sprang auf, machte einen Schritt auf Hatschepsut zu, doch ihr triumphierender Blick zwang ihn zur Umkehr, und der Pharao verschwand schnellen Schrittes in den hohen Säulen der Gerichtshalle. Senenmut aber war frei, und ein jeder im Lande wusste, dass die Gunst der Königin dem jungen Baumeister gehörte.

Der Hüter des Darmausganges des Königs wurde gerufen, das Innere seiner Majestät sei aufgewühlt wie ein Acker, über den der Pflug gegangen ist. Der Hüter des Darmausganges kam und fand Thutmes auf seinem Lager. Sein Körper krümmte sich vor Schmerz, und er presste beide Hände gegen den Bauch.

In einer Schatulle führte der Medizinmann allerlei Kräuter und Tränklein mit sich. Daraus mischte er in einem bauchigen Glas eine gelbgrüne Tinktur, flößte sie dem fiebernden Pharao ein, und Thutmes begann ruhiger zu werden.

»Sprich, Hüter des Darmausganges des Königs«, erkundigte sich Minhotep, der Hof- und Zeremonienmeister, »welch böser Geist ist in die Gedärme des Königs gefahren?«

Der Medizinmann machte eine Handbewegung, der Zeremonienmeister, die Hofbeamten und Diener mögen sich gedulden, und mit ausgestreckten Fingern tastete er über den Bauch des Pharaos. Immer wenn er eine bestimmte Stelle berührte, wand sich der König vor Schmerz. Der Hüter des Darmausganges nickte: »In seinem Innern haben die bösen Geister Kot hinterlassen. Der Ort trägt den Namen Galle und hat die Form eines Schlauches, mit dem die Bauern das Wasser befördern, nur viel kleiner. Der Kot der Geister ist hart wie Stein aus den Granitbrüchen und führt nicht selten zum Tod.«

Iset, die kleine Gemahlin des Königs, die den Worten des Medizinmannes aufmerksam gelauscht hatte, raufte sich die Haare und begann mit tränenerstickter Stimme zu klagen: »Der Pharao stirbt, der Pharao stirbt. O Amun, Mut und Chons, lasst nicht zu, dass er in so jungen Jahren zu Osiris eingeht!«

Dienerinnen stützten Iset, aber sie weigerte sich, vom Lager des Pharaos zu weichen. Unterdessen berieten Minhotep, der Beamtenvorsteher Weser, der Wesir Senzemab und Thot, der zwergenhafte Freund und Mundschenk des Königs, wie Thutmes zu retten sei.

»Du hattest Erfolg mit deinem Heiltrank!«, sagte Minhotep voll Bewunderung. Der Hüter des Darmausganges winkte ab: »Ich habe dem Pharao eine Mixtur aus Kräutern von den sauren Hängen des östlichen Gebirges verabreicht. Sie wirken betäubend; von Heilung kann keine Rede sein. Lass ein paar Stunden vergehen, und der tödliche Schmerz wird Seine Majestät erneut übermannen.« Der Medizinmann zögerte. Dann fuhr er fort: »Man muss die Steine aus dem Körper schneiden!«

Die Höflinge wurden blass, und die Sklaven weinten bitterlich. Iset aber klammerte sich an eine ihrer Dienerinnen, ihr drohten die Sinne zu schwinden.

»Ich kenne«, sprach der Hüter des Darmausganges, »das Innere des Menschen wie der Landmann seine Felder. Ich werde den Bauch des Königs an der Stelle öffnen, wo der versteinerte Kot der unheilvollen Geister abgelegt ist. Doch dazu brauche ich einen Magier, der den Pharao in tiefen Schlaf versetzt, damit er keinen Schmerz verspürt.«

»Der Magier Teti soll kommen!«, rief Minhotep, und die Diener eilten. »Schafft auch den Magier Nesper herbei«, rief der Hofmeister den Boten nach, »und sagt ihnen, dass der Leib des Pharaos geöffnet werden soll. Höchste Eile tut not!«

Nesper war nicht zu finden, aber Teti kam eilends herbei und trat vor das Lager des Königs.

Der Blick des Magiers schien stumpf, beinahe teilnahmslos, und niemand konnte ahnen, was hinter diesen Augen vor sich ging.

Teti hatte abenteuerliche Pläne gefasst, den Pharao zu beseitigen; doch nun, da er unerwartet dem schwerkranken Thutmes gegenüberstand, nun, da der König ihm ausgeliefert schien, überkamen ihn Zweifel, ob er die Situation benutzen sollte, ob er, umgeben von den Großen des Reiches, den König töten konnte, ohne erkannt zu werden. Doch die Gier nach Macht, die Vorstellung, verehrt wie ein Gott die beiden Länder zu regieren, drängten die Bedenken beiseite. Im Staub liegen sollten alle Menschen vor ihm, die Menschen des Südens wie des Nordens, Ägypter ebenso wie fremde Völker.

Du bist ein Mann der Wissenschaft, hämmerte es in seinem Gehirn, deine Weisheit ist größer als das Wissen aller Priester im Land; denn was in ihren Köpfen steckt, ist ererbt. Du aber, Teti, Sohn des Antef, hast all dein Wissen selbst erworben, und es ist größer als alles bisher Bekannte. Deshalb bist du, und nur du, ausersehen, das Reich als Pharao zu regieren. Und deshalb muss Thutmes sterben.

Die Stimme Minhoteps holte den Magier in die Wirklichkeit zurück: »Man sagt, Teti, du vermagst kraft deines Geistes Menschen in Schlaf zu versetzen, dass sie keinen Schmerz verspüren, selbst wenn man ihnen ein Glied abschneidet. So gib denn den Pharao in die Arme des Schlafes, damit der Hüter des Darmausganges des Königs sein Werk verrichten kann.«

Da nahm der Plan des Magiers seinen Lauf. Er erklärte, jede Öffnung des Leibes sei mit einem hohen Risiko verbunden, und der Medizinmann stimmte ihm zu. Deshalb sollte man zuvor jede andere Möglichkeit ausgeschöpft haben. Er kenne ein geheimes Mittel, das sei stark wie das Feuer und verbrenne den versteinerten Kot böser Geister im Innern des Königs.

Die Großen des Reiches staunten und zollten der Weisheit des Magiers ihre Bewunderung. Teti aber verschwand und kehrte mit einer Phiole giftgrünen Inhalts zurück. »Sprecht ein Gebet«, sagte Teti und hielt das Glasrohr in die Höhe, »damit sich das Wunder im Leib des Pharaos vollziehe.« Und während die Höflinge um das Lager des Königs auf die Knie sanken, trat aus dem Hintergrund Hapuseneb hervor, der gezeichnete Oberpriester des Amun.

Ihre Blicke trafen sich, und für einen Augenblick standen sich beide in starrer Haltung gegenüber. Hapusenebs unerwartetes Auftauchen schien den Magier zu verwirren. Der Gezeichnete aber trat auf Teti zu und nahm dem Verdutzten die Phiole aus der Hand. Statt sie jedoch sogleich dem kranken Pharao an die Lippen zu setzen, reichte er das Glas dem Mundschenk Thot, und der gab es an seinen Vorkostersklaven weiter, der jede Speise und jedes Getränk prüfte, das der König zu sich nahm. Und noch ehe der Magier eingreifen konnte, noch ehe Teti erklären konnte, dass es sich hierbei um ein über jeden Zweifel erhabenes Heilmittel handelte, hatte der Vorkoster vorsichtig einen Schluck genommen.

Das Ganze schien Routine und fand auch kaum Beachtung; doch dann auf einmal sank der Vorkoster lautlos ohne einen Ton des Klagens in sich zusammen. Nun wandten sich alle Blicke dem Magier zu, fragend zuerst, prüfend, ungläubig ahnend, dann vorwurfsvoll, Aufklärung fordernd, und mit einem Mal umringten die Großen des Reiches Teti wie Hunde das erlegte Wildbret bei der Jagd.

Thot, der Mundschenk, nahm die Phiole mit der giftgrünen Lösung in die Hand. Nun trat er auf den Magier zu und hielt ihm das Glas unter die Nase. Er solle selbst kosten, bedeutete das. Teti sah sich in die Enge getrieben. Wie sollte er sich verhalten? Sollte er Unwissenheit heucheln, die Flucht ergreifen oder das Ganze als Verwechslung abtun? Teti wusste es nicht. Er wusste nur, dass er nicht kosten durfte! Und in dieser Zwangslage tat der Magier etwas Unüberlegtes: Er schlug dem Mundschenk das Glas aus der Hand, dass es zu Boden fiel und zerbrach. Und für jene, die noch zweifelten, ob der Magier wirklich einen Giftanschlag auf den toten König begangen hatte, wurde der Verdacht zur Gewissheit.

Auf einen Wink des Oberpriesters näherten sich die Speerträger des Pharaos, und bevor sie ihn gefangennahmen und abführten, sahen sich Hapuseneb und Teti noch einmal in die Augen. Der Blick des Oberpriesters schien zu sagen: Das hast du falsch angepackt, Herr der Weisheit des Lebens! Und der Magier erwiderte ihn mit einem kaum wahrnehmbaren Lächeln, als wollte er sagen: Nun gut, der Erfolg war nicht auf meiner Seite; aber solange das Blut des Re in meinen Händen ist, fürchte ich nicht um mein Leben.

Der heilige See lag grün und ruhig wie ein Spiegel. Nicht einmal die zahllosen Lotosblüten, die schon beim leisesten Windhauch wie Schiffchen durch das Wasser pflügten, rührten sich. An diesem goldenen Abend des Sommermonats Mesore schwiegen sogar die Singvögel, die tausendfach durch den Papyrushain flatterten; nur vereinzelt klatschte ein Frosch vom steilen Ufer ins Wasser, um im Sprung eine Fliege zu erhaschen. Und über allem lag der schwere Duft von süßen Blüten, von Sykomoren und Terebinthus-Harz.

Auf der dem Amuntempel zugewandten Seite des Gewässers standen zwölf schakalköpfige Gottheiten mannshoch aus schwarzem Stein, als wollten sie die breiten Stufen aus grünem Marmor zum See des Lebens hinabsteigen, und man konnte nicht erkennen, wo der glänzende Stein in das Wasser überging – so angeglichen waren die Farben. Hatschepsut und Senenmut hatten vor den Göttern auf der obersten Stufe Platz genommen. Der Marmor strahlte die Wärme des sinkenden Tages, und Juja, die Dienerin, fächelte den beiden mit flaumigen Straußenfedern Kühle zu.

Mit spitzen Fingern zerpflückte die Königin eine Lotosblüte und sah jedem Blütenblatt nach, das in schnellen Drehungen hinab auf das Wasser kreiselte. »Ich habe meinen Vater Thutmes nie geliebt«, sagte sie sinnend, »deshalb hat mich das Verbrechen an seiner Mumie auch nicht sonderlich erschüttert.« Ein Krokodil zog geradlinig wie ein Baumstamm seinen Weg durch den See.

»Aber er war dein leiblicher Vater!«, wandte Senenmut ein.

»Er hat mir einen Gemahl zur Seite gegeben, den ich nur verachte, einen Bastard, der mich quält und erniedrigt.«

Senenmut legte seine Hand auf die der Geliebten. »Das aber«, entgegnete er schließlich, »rechtfertigt nicht die Schändung seines Grabes. Der niedrigste Sklave hat ein Recht auf Ruhe im Jenseits.«

Hatschepsut schwieg. »Wir gehen unruhigen Zeiten entgegen. Das Volk ist unzufrieden. Wer arm geboren ist, stellt die Frage, warum; warum bin ich nicht so begütert wie der Großgrundbesitzer in seinem Landhaus vor den Toren der Stadt? Die Zeiten, in der ein Reicher aus dem Haus gehen konnte, ohne die Türe zu verschließen, weil er Diebe nicht fürchten musste, diese Zeiten sind vorbei. Für Geld und funkelnde Steine werden Menschen gemordet und Mumien geschändet. Wie können die Götter das nur zulassen?«

»Es war eine Verkettung unglücklicher Umstände, die zur Schändung des Grabes deines Vaters führten«, erwiderte Senenmut. »Die wahren Täter sind gefasst. Man wird sie verurteilen und sie mit dem Sichelschwert töten, wie das Gesetz es vorschreibt.«

»Man soll sie den Krokodilen vorwerfen, und alle Thebaner sollen Zeugen sein!« Hatschepsuts Augen funkelten zornig, und Senenmut erschrak vor der Kälte, die bei diesen Worten von ihr ausging. »Jeder Einzelne, der an meinem Grab mitgearbeitet hat, soll sterben, jeder Einzelne, so wie ihre Namen auf der Lohnliste verzeichnet sind!«

Senenmut faltete die Hände und presste sie gegen die Stirne. »Gerade das ist der falsche Weg«, sagte er, »du weißt, dass von den Arbeitern an der Stätte der Wahrheit, die deinem Vater Thutmes – er lebe ewig – dienlich waren, keiner überlebt hat; aber dennoch fiel sein Grab Räubern zum Opfer. Eine Ziegenhirtin, jung und dumm, hatte ihr Herz an einen der Grabarbeiter verloren. Sie forschte nach ihm und wurde Zeuge des Massakers, und natürlich konnte sie das Geheimnis nicht für sich behalten. So wurde der Standort des Grabes bekannt und geriet auch in jene Köpfe, denen Seth mit den roten Augen nahesteht.«

Die Königin nickte. »Als die Hirtenkönige aus den Steppen Asiens unser Land mit Pferden und Wagen überrannten, da verwüsteten sie nicht nur unsere Städte und Felder, nein, ihr böser Gott Seth, der Feind des Osiris, zerstörte auch unsere Köpfe. Denn noch nie seit der Zeit unserer Ahnen war der Zweifel an den Göttern Ägyptens so groß wie heute. Das verdanken wir ihnen, den Hyksos, mit ihren fremden Göttern, die sie uns aufgezwungen haben.«

»Doch du wirst den Zweifel an den alten Göttern nicht mit Grausamkeit und Strenge ausrotten. Das war die Sprache der Fremdvölker. Und deshalb halte ich es für falsch, die Grabarbeiter nach verrichteter Arbeit zu töten. Was heute noch ein Gerücht ist, wird morgen schon Gewissheit sein, und du wirst keinen Sklaven mehr finden, der auch nur einen Fuß in das westliche Gebirge setzt.«

»Was willst du tun?«

»Ich werde eine Schutztruppe aufstellen wie die Speerträger des Pharaos. Sie soll in Zukunft das westliche Gebirge bewachen. Meine Grabarbeiter aber sollen sich am Fuße der Berge ein eigenes Dorf bauen, und es wird kein Geheimnis mehr geben um die Art ihrer Beschäftigung; denn jedermann weiß, es sind die Diener an der Stätte der Wahrheit.«

Senenmuts Rede überzeugte die Königin, und sie antwortete: »Dein Aussehen, Geliebter, entspricht der Zahl deiner zwanzig Lenze, deine Gedanken jedoch sind die eines weisen Mannes, dessen Jugend lange zurückliegt, und ich hege Zweifel, was ich mehr an dir schätze, dein Alter oder deine Jugend.« Und als Senenmut schwieg und nur verlegen lächelte, fuhr Hatschepsut fort: »Ich brauche deine Nähe wie das Küken, das die Wärme der Sonne sucht. Deshalb will ich dich zu meinem Haushofmeister machen, der stets in meiner Nähe ist ...«

Da fiel Senenmut der Frau des Pharaos ins Wort: »O halte ein, Erste der Edelfrauen, die Amun umfängt! König Thutmes hat einen Hof- und Zeremonienmeister, der ihm jeden Wunsch von den Augen abliest. Minhotep ist stark wie der Stier, schlau wie die Schlange, und sein Verstand gleicht dem des Nilpferdes, das den speereschleudernden Feind noch nach Jahren erkennt. Niemand kann ihm den Rang streitig machen.«

»Es ist wie du sagst«, entgegnete Hatschepsut, »Minhotep ist der Hof- und Zeremonienmeister des Königs, aber nicht jener der Königin. Mein Leben verläuft in eigenen Bahnen und anders als das des Pharaos. So wie der Mondgott Chons und Re in der Sonnenbarke getrennte Wege gehen, so unterscheidet sich *mein* Weg von dem des Königs. Und gerade deshalb brauche ich einen eigenen Haushofmeister, den Mann meines größten Vertrauens.«

Senenmut überlegte. »Was wird der Pharao sagen, wenn er von deinem Plan erfährt?«

»Thutmes ist ein kranker Mann. Sein Leib ist der eines Greises, seit ihm der versteinerte Kot böser Geister unter Qualen entfernt wurde, und es würde mich nicht wundern, wenn er die nächste Nilschwemme nicht überlebte.«

»Chnum erhalte seinen Ka!«, rief Senenmut betroffen, und Juja, die Dienerin, vergaß einen Augenblick, den Federfächer zu bewegen.

»Es ist gut«, sagte Hatschepsut, zu der Dienerin gewandt, »nun soll die Kühle des Abends deine Arbeit fortsetzen.« Juja verneigte sich und verschwand, der Himmel färbte sich rosenrot, und die Frösche, die heiligen Tiere der Heket, begannen ihr allabendliches Konzert, zaghaft zuerst wie ein Harfner, der sein Instrument stimmt, dann aber heftig, mit Inbrunst, als wollte einer den schalen Gesang des andern übertreffen.

Senenmut lauschte dem Quaken mit offenem Mund. »Die Propheten des Amun, sagt man, verstünden die Sprache der Frösche. Sie sagten die Zukunft voraus, Leben und Tod, Glück und Unglück!«

»Auch ich verstehe die Sprache der Frösche«, lachte die Frau des Pharaos, »nicht jedes Wort, aber doch so einiges.«

»So sage mir denn, Geliebte, was die Frösche erzählen!«

Hatschepsut legte einen Finger auf den Mund und blickte zur Seite, als versuchte sie tatsächlich aus dem fürchterlichen Gebrüll etwas herauszuhören. Dann begann sie stockend zu sprechen: »Hatschepsut, die Amun umfängt, trägt in sich die Fruchtbarkeit des Min. Sie wird einen Horus gebären in zweihundert Tagen ...«

Und wie auf ein geheimes Zeichen des Magiers steigerten die Frösche die Lautstärke ihres Gesanges zur Unerträglichkeit, brüllten wild durcheinander, und wer es hörte, dem drohten die Sinne zu schwinden ob des orgiastischen Konzertes.

»Sprichst du die Wahrheit?«, schrie Senenmut gegen das tausendfache Quaken an.

Hatschepsut schlug die Augen nieder und nickte.

Da warf Senenmut seinen Kopf in den Schoss der Geliebten. Er wühlte sich in das zarte Gewand, das sie umhüllte, und küsste ihren Leib durch das dünne Gewebe, hundertmal, ›millionenmal‹, bis er erschöpft liegenblieb, den Kopf zwischen ihren Schenkeln, und in diesem Kopf formte sich nur der eine Gedanke: Diesmal wird es ein Sohn sein.

Teti, der Magier, ging in seinem Gefängnis unruhig auf und ab, sieben Schritte vor, sieben Schritte zurück, schwarze Granitwand am einen, schwarze Granitwand am anderen Ende, dazwischen eine trichterförmige Luke, durch die kaum Licht drang, Luft noch weniger. Seit Tagen konnte der Magier keinen Schlaf finden, nicht, weil die spröde Schilfmatte in der Ecke hart und unbequem war, sondern weil es ihn beunruhigte, dass die Priester des Amun bisher keinen Kontakt mit ihm aufgenommen hatten.

Sie konnten ihn in diesem furchtbaren Verlies verenden lassen wie einen Hund, der in die Zisterne gestürzt ist. Aber dann hätten sie auch jede Chance verloren, an das Blut des Re heranzukommen. Die Priester, jene großen Blender, lebten aber von scheinbar unerklärlichen und verwunderlichen Dingen. Ihre Vorhersage der letzten Mondfinsternis, am siebten Tag des Monats Pharmuti, hatte ihr Ansehen und ihre Allmacht so gesteigert, dass ihr geheimnisvoller Lebenswandel für Jahrzehnte über jede Kritik erhaben schien. Und mit Hilfe einer kleinen Phiole die Nacht zum Tag zu machen und die Finsternis zum Licht, das musste den Priestern den Ruf der Göttlichkeit einbringen.

Umgekehrt bestand die Gefahr, dass ein anderer die Formel des flüssigen Lichtes fand, schließlich basierte sie auf nichts anderem als wissenschaftlichen Erkenntnissen. Nein, Teti schmunzelte, die Priester des Amun würden ihn aus dem Gefängnis befreien. Sie würden nicht zulassen, dass er verurteilt und hingerichtet würde, nicht, solange er ihnen die Formel vorenthielt.

Seit die Priester ihn mit Hilfe der schwarzen Sklavin zu überlisten versucht hatten, war Teti vorsichtig geworden. Es gab kein Glas mehr mit dem Blut des Re, nur die Formel, eine lange, komplizierte Anleitung, nach der das leuchtende Blut gemischt wurde; aber die hatte der Magier geschickt verwahrt. Beim Amun, dem Herrn von Karnak, so dumm konnten die Priester nicht sein, ihn hier unten zugrunde gehen zu lassen!

Fünf Tage, sieben Tage – er wusste es nicht – mochte Teti in dem steinernen Geviert auf und ab gegangen sein. Er presste die Stirne gegen das Gemäuer, wenn seine Gedanken ausweglos erschienen. Und plötzlich, irgendwann einmal in der vernichtenden Einsamkeit, erkannte der Magier vor sich das Gesicht des zweiten Propheten Puemre. Eine Öllampe zeichnete hohe Schatten von Augenbrauen und Backenknochen und ließ sein Gesicht wie eine Fratze erscheinen.

»Hapuseneb schickt mich«, sagte die Fratze und reichte dem Magier einen Krug mit Wasser. Teti trank gierig, ohne den unheimlichen Propheten aus den Augen zu lassen. »Er bietet dir die Freiheit an«, fuhr Puemre fort, »wenn du uns deine Formel verrätst, kannst du fliehen.«

Teti setzte den leeren Krug ab und schwieg. Schließlich meinte er: »Das widerspricht unseren Abmachungen ...«

»Ich weiß!«, fiel ihm Puemre ins Wort. »Aber du hast dich ungeschickt verhalten. Die Großen des Reiches wurden Zeuge deines Anschlages. Das hat alle unsere Pläne zunichte gemacht. Würden wir heute den Pharao beseitigen, so zweifelte niemand daran, dass die Priester des Amun mit dem Magier gemeinsame Sache machten.«

»Und wenn ich die Formel nicht verrate?«

Puemre lachte hämisch: »Dein Leben, Magier, ist weniger

wert als ein Sandkorn in der Wüste. Du wirst verhungern, verdursten, und man wird deinen ausgemergelten Körper den Krokodilen zum Fraße vorwerfen. Das ist die Strafe, die Attentätern zuteil wird.«

Der zweite Prophet des Amun sprach bedächtig, ohne jede Gemütsregung, und Teti erkannte sofort, dass er es ernst meinte, dass er nicht mit sich handeln ließ. Kein Zweifel, die Priester hatten einen Plan gefasst, und es erschien sinnlos, ihn umzustoßen.

Das Zögern des Magiers verärgerte Puemre, und er sprach warnend: »Versuche nicht ein zweites Mal, die Priester des Amun zu übertölpeln. Hapuseneb hätte das beinahe mit dem Leben bezahlt. Das Blut des Re hat ihn für das ganze Leben gezeichnet. Er kann deinen Namen nicht hören, ohne in Raserei zu verfallen.«

»Er wird mir nach dem Leben trachten, sobald das Blut des Re in seinen Händen ist!«

»Du erhältst Gelegenheit zur Flucht. Lass alles im Stich, was dich in Theben hält!«

»Mein Haus, meinen Besitz, alles?«

»Dein Haus existiert nicht mehr«, sagte der Priester mit ernstem Gesicht. »Wir haben es Stein für Stein abgetragen, um die Formel zu finden, aber die Mühe war vergeblich.«

Da überfiel den Magier ein Schauer hilfloser Wut, und er zitterte am ganzen Körper. Er wollte schreien, sich auf den Priester stürzen, ihm die Augen ausdrücken wie einem untreuen Sklaven, aber er fühlte sich schwach. Seine Kehle schien zugeschnürt wie ein Getreidesack, und die Glieder waren schwer wie ein Schlauch mit Wasser. Der Magier taumelte, rang nach Luft und sank geschlagen auf die Knie.

»Dies wird dir eine Hilfe sein!«, sagte Puemre und warf einen Beutel mit Goldstäbchen neben Teti auf den Boden. Teti ergriff ihn, ließ das Gold von einer Hand in die andere gleiten und kam zu der Einsicht, dass es, wollte er überleben, keinen anderen Ausweg gab: Er musste auf die Forderungen der Priester eingehen.

»Und wer garantiert mir, dass ich frei bin, wenn ich euch die Formel verrate?«

»Ich«, erwiderte Puemre knapp und reichte dem Magier Hand und Arm: »Nimm mein Wort, das Wort des zweiten Propheten des Amun.«

Teti ergriff den Arm des Priesters, richtete sich auf und sprach: »Hör zu, Kenner der Geheimnisse, nimm den Weg nilabwärts bis zur Biegung des Flusses, wo die schwarzen Vögel in den Höhlen des Ufers nisten. Dort findest du einen einzeln stehenden Ölbaum mit knorrigem Stamm und vielverschlungenen Ästen, den schon die Könige Menkauhor und Unas gesehen haben. Steige in das wispernde Geäst, und blicke nach Westen, dann wirst du eine seltsame Frucht entdecken: An einem der Zweige hängt eine Sandale aus kostbarem Leder gefertigt wie die des Pharaos. Binde sie ab, und trage sie hierher; denn auf der Sohle ist eingeschnitten die Formel des flüssigen Lichtes.«

Puemre konnte sein Staunen nicht verhehlen. Er sah den Magier an und zweifelte keinen Augenblick an der Richtigkeit seiner Worte. »Nun gut«, rief er im Gehen, »wenn ich zurückkomme, bist du frei!«

Senenmut bemerkte schon von weitem, dass irgendwas nicht stimmte. Im Tal der Affen, wo sonst das Echo der Steinäxte und polternden Steinbrocken von den Wänden hallte, herrschte gespannte Ruhe wie in dem Augenblick, der dem Ausbruch des Wüstenwindes vorausgeht. Der Grabeingang, hoch über der Talsohle, lag verwaist. Senenmut blickte nach allen Seiten, konnte jedoch keinen der Grabarbeiter entdecken. Deshalb kletterte er den schmalen Pfad empor zum Grat des Gebirges, seilte sich mit Hilfe zweier herabhängender Taue zu der Felsnase ab, wo der Grabeingang in den Berg führte, und suchte den Weg in das Innere, das Fackeln notdürftig erhellten.

Einen Steinwurf, nicht weiter, ging ein Felskorridor schräg nach unten. Er war nicht hoch, aber an Decken und Wänden übersät mit Darstellungen Hatschepsuts: die Königin mit der Geierhaube, die große königliche Gemahlin mit dem Federdiadem, Hatschepsut als Gottesgemahlin. Und dazwischen kündeten Hieroglyphen in schmeichlerischen Texten: Die Erbprinzessin, groß an Gunst und Lieblichkeit, die Herrin aller Länder, Königstochter, Königsschwester, Gottesgemahlin, die Amun umfängt, sie lebe ewig. Senenmuts Liebeserklärung.

Am Ende des Ganges tat sich eine Vorkammer auf. Senenmut hatte nicht erwartet, hier noch jemanden anzutreffen; doch auf einmal sah er sich von seinen Arbeitern umringt, den Steinhauern, Schleifern und Polierern, den Bildhauern, Malern und Schreibern, und er blickte in lauter feindselige Gesichter.

»Was hat das zu bedeuten?«, fragte Senenmut mit mutiger Stimme und ging ein paar Schritte auf die Reihe der finster blickenden Männer zu. Als er keine Antwort erfuhr, wiederholte er seine Frage, diesmal jedoch eindringlicher. Da sauste eine Steinaxt an seinem Kopf vorbei und fiel klingend zu Boden. Senenmut machte ein paar Schritte in die Richtung, aus der das Geschoss gekommen war, packte den Nächstbesten an den Schultern, schüttelte ihn wie einen leeren Sack und brüllte, dass es von den Wänden hallte: »Ihr Hunde des Seth, wollt ihr mir endlich mitteilen, was das alles zu bedeuten hat?«

Ein kleiner Steinschleifer, Senenmut kannte nicht einmal seinen Namen, antwortete zaghaft: »Herr, Horischere hat angekündigt, du würdest uns alle töten, nachdem wir unsere Grabarbeit vollendet haben ...«

Jetzt begriff Senenmut, und er schrie wütend: »Wem glaubt ihr mehr, Senenmut, eurem Herrn, der euch gut entlohnt, nährt und kleidet, oder dem Vorarbeiter Horischere, den ich hinausgeworfen habe, weil er seinen Herrn fälschlich beschuldigt hat?«

Die Männer schwiegen. »Ihr wisst genau wie ich«, fuhr Senenmut fort, »dass Horischere von bösem Charakter ist, dass er mich, der ihm Brot gab und seiner Arbeit Anerkennung zollte, einer Tat beschuldigte, die ich nie begangen habe. Die wahren Täter sind längst gefasst. Und dennoch glaubt ihr diesem Verbrecher mehr als mir?«

»Nein, Herr«, entgegnete der Steinschleifer, »ich möchte dir glauben. Sage, dass uns kein Leid geschehen wird, wenn das Grab der Königin vollendet ist, und ich bin auf deiner Seite.«

»Und die anderen?« Senenmut blickte in die Runde der ablehnenden Gesichter.

»Ich werde dir auch glauben«, sagte der Steinmetz Weser. »Ich auch«, Hapi, der Schreiber. »Ich ebenfalls«, der Bildhauer Seminre. Und einer nach dem anderen ließ das Beil, den Hammer oder das Werkzeug, mit dem er sich bewaffnet hatte, fallen.

Senenmut aber sprach: »So hört mir zu. Ich habe mit Hatschepsut, der großen königlichen Gemahlin, gesprochen, und sie hat meinen Plänen zugestimmt. Ihr sollt am Fuße des Felsengebirges ein Dorf errichten, und jeder im Land darf wissen, dass ihr Diener an der Stätte der Wahrheit seid. Und eure Kunst soll besser entlohnt werden als die der Diener im Palast. Denn jeder von euch soll einmal im Monat 300 Maß Weizen erhalten und 110 Maß Gerste. Außerdem Öl, Fett, Fisch und Fleisch in angemessener Menge alle zehn Tage, Kleinholz nicht zu vergessen. Dieser Beschluss wird in einem Dekret kundgetan, das in Stein gemeißelt und in eurem Dorf aufgestellt werden soll. Und ihr werdet glücklich sein vor meinen Augen.«

Da fielen die Grabarbeiter Senenmut zu Füßen und vergossen Tränen, die nicht enden wollten wie das Wasser des Nils. Weser raufte sich die Haare und rief: »Seth mit den roten Augen hat unsere Herzen verwirrt, o möge Thot die glühende Wut unseres Herrn beschwichtigen!« Und Hapi streute weißen Steinstaub auf sein Haupt und klagte: »O könnten wir ungeschehen machen, was wir an der Türe des Grabes mit rotem Herzen geplant haben. Ihn, dem das Gold des Lobes gebührt, wollten wir erschlagen wie einen streunenden Hund; nun bringt er uns Glück und Zufriedenheit für Millionen Jahre, weil er die Angelegenheit unseres Herzens kennt. O züchtige uns, Senenmut, Herr in der Gunst der großen königlichen Gemahlin!«

Da hob Senenmut jeden einzelnen der weinenden Männer auf, zog ihn an sich und küsste ihn auf die Stirne. Und wie die Mumie unter dem heißen Atem des Osiris zu neuem Leben erwacht, strahlte aus ihren Gesichtern auf einmal Freude und Zuversicht. Senenmut aber bestärkte sie mit den Worten: »Trauert nicht über das Vergangene; denn nichts ist törichter. Was vergangen ist, ist nicht zu ändern. Nicht mit Tränen und nicht im Zorn eines roten Herzens.«

»Aus ihm spricht der Gott!«, riefen die Arbeiter wie mit einer Stimme, und sie beschlossen in ihren Herzen, Senenmut ein Grab zu bauen für die Ewigkeit, tiefer und schöner als jenes des Pharaos.

Teti, der Magier, atmete erleichtert auf, als sich gegen Mitternacht Schritte näherten. Puemre trug eine Fackel, die sein Gesicht leuchten ließ; er nickte. Puemre hatte die Formel gefunden.

Stumm trottete Teti hinter dem Propheten her. Der schmale lange Gang war aus schwarzen Quadern gefügt, und eine steile Treppe führte in mehreren unergründlichen Windungen zwischen hohen Papyrussäulen an die Oberfläche. Teti atmete tief. Er wusste nicht, wo er war, er wusste nur, dass er das unterirdische Verlies nicht durch diesen Eingang betreten hatte.

Der Magier blieb stehen, um sich in der Dunkelheit zu orientieren. »Wo bin ich, Mächtiger des Amun?«

Puemre antwortete nicht, machte mit der Fackel eine große wegweisende Handbewegung und sagte: »Komm!«

»Wo wir sind, will ich wissen, beim Amun und allem, was dir heilig ist!«, rief Teti zornig und stampfte auf den warmen Boden.

Da trat der Priester auf den Magier zu, hielt ihm die Fackel unter das Gesicht und sagte: »Du wirst es früh genug erkennen. Und wenn nicht, dann ist es ohne Bedeutung.«

Während er dem Propheten des Amun folgte, blickte er misstrauisch um sich, ob sich nicht aus der Nacht eine Gestalt löste. Und je weiter sie gingen, desto mehr wurde in Teti der Verdacht zur Gewissheit, dass man ihm eine Falle stellte. Angstschweiß trat auf seine Stirn. Hinter jeder Säule konnten Häscher lauern und ihn umbringen, weil die Priester sich nun im Besitz des Blutes des Re wähnten.

Da hielt Teti es nicht mehr aus. Er packte den Kahlkopf von hinten an der Schulter. Puemre drehte sich um. »Ihr könnt Teti nicht betrügen«, stammelte der Magier, und der Priester blieb stehen und sah ihn fragend an. »Ich meine, ihr könnt mich jetzt nicht einfach umbringen wie einen Hund ...«

»Warum?«, fragte Puemre ruhig, und die Frage versetzte den Magier vollends in Panik.

»Weil ihr nun zwar im Besitz der Formel seid; aber es ist nicht die ganze Formel, hörst du! Jeder Mensch hat zwei Füße, so auch Teti. Folglich habe ich auch zwei Sandalen von derselben Art. Ihr habt nun die eine mit der einen Hälfte der Formel, aber die andere Sandale mit der anderen Hälfte ist noch in meinem Besitz, und nur ich weiß, wo diese Sandale zu finden ist.«

Puemre stand da wie zur Salzsäule erstarrt, und der Magier versuchte, irgendeine Reaktion in seinem Gesicht zu erkennen. Da wandte sich der Priester ab, die lodernde Fackel stürzte zu Boden, und Puemre rannte schreiend in die Dunkelheit. »Nein!«, brüllte er immer wieder, »nein, tut es nicht!«, dass es von den Wänden hallte. Doch die, denen sein Rufen galt, verstanden ihn nicht.

Auf den Mauern des großen Hofes tauchten Bogenschützen auf, und mit einem Mal war ein Wald von Pfeilen auf den Magier vor der lodernden Fackel gerichtet, der regungslos, fassungslos dastand.

Wie scheue Vögel im Schilfbett des Nils huschten die Pfeile durch die Luft und trafen Teti mit hartem Schlag, sodass er lautlos zu Boden sank.

VI

Siebenmal war der Nil über die Ufer getreten und hatte das gelbe Land braun gefärbt und fruchtbar gemacht für die Saat. Und Re hatte die Länder sieben Jahre mit seiner Liebe erfüllt. Abends, wenn er unterging am westlichen Horizont, legten sich die Menschen zur Ruhe und verhüllten ihre Häupter, als ob sie gestorben wären, und ihre Nasen waren verstopft, bis Re am östlichen Horizont mit neuem Leuchten erschien.

Sieben Jahre wechselten Achet, Peret und Schemu, die Zeit der Überschwemmung, der Saat und der Ernte, in unerklärlichem Rhythmus, und die Bäume trieben Blüten, das Vieh lebte zufrieden auf den Weiden, und die Vögel flatterten voll Lust über den Sümpfen.

Die Feinde Ägyptens lagen seit sieben Jahren im Staub, und keiner wagte es, den Pharao herauszufordern. Im Gegenteil, einmal im Jahr lieferten die Länder des Nordens und des Südens den Tribut der Unterjochten, kostbare Hölzer und Felle, Gold und funkelnde Steine.

Sieben Jahre musste jeder, der die Vorhalle des Amuntempels betrat, seine Sandalen lösen, so er welche trug, und die Priester musterten prüfend jede Sohle in der Hoffnung, die fehlende Hälfte der geheimnisvollen Formel zu entdecken; aber vergebens.

Amun-Re, der Allgewaltige, der den Samen in den Männern macht, hatte Königin Hatschepsut, der Ersten aller Edelfrauen, die Schönheit des Horizonts, die Weisheit des Affen und die Leidenschaft der Himmelskuh gegeben; den heißersehnten Horus-

Sohn aber hatte er ihr versagt. Die Paarung mit dem heiligen Apis-Stier blieb ebenso erfolglos wie ihre liebende Hingabe an Senenmut: Nach der älteren Tochter Nofrure hatte Hatschepsut ein zweites Mädchen zur Welt gebracht, das sie Meritre nannte. Beide Töchter liebte sie mit dem Herzen einer Mutter; ihr Verstand jedoch hasste sie. Denn jede von ihnen war der lebende Beweis ihrer Unfähigkeit, einen Horus zu gebären. Wie oft hatte sie Hathor mit dem Rindergehörn und der Sonnenscheibe auf dem Haupt angefleht, sie, deren Name »Haus des Horus«, bedeutet, möge ihr diesen Horus zuteil werden lassen. Im Tempel von Dendera, wo von den Säulen Frauenköpfe mit Kuhohren herabblickten, hatte sie bis zur Erschöpfung das Sistrum geschwungen, das Rasselinstrument der Liebesgöttin, und auf Knien gefleht, sie möge männlichen Atem in ihren Leib hauchen. Doch der Opferrauch weißer Tauben und Lämmer blieb von der Gottheit unbeachtet, er sank matt zu Boden wie das Segel des Fährmanns, das von den Ruderknechten eingeholt wird, bevor das andere Ufer erreicht ist.

Der junge Thutmes aber, vom Pharao gezeugt und von der Dienerin Iset geboren, erhielt eine Erziehung, die der eines Prinzen ebenbürtig war. Die Priester des Amun lehrten ihn im Tempel, weihten ihn in die Zeremonien ein und machten ihn, obwohl er die Nilschwelle noch nicht achtmal erlebt hatte, zum Propheten, der Großes versprach vor den Menschen.

Hatschepsut aber, die Amun umfängt, im dritten Jahrzehnt des Lebens und der Blüte ihrer Jahre, beobachtete das Königskind mit Argwohn. Dem uralten Brauch folgend, der seit Generationen Anwendung fand, hätte ihre Tochter Nofrure den jungen Thutmes heiraten und damit zum Pharao machen können, sobald ihr kränkelnder Gemahl als Leichnam sein Leben fortsetzte in der unteren Welt.

Allein die Vorstellung brachte sie zur Raserei, und sie badete ihren schönen weißen Leib in der Milch der Hap-Kuh und besprengte ihn mit dem Weingeist der Göttin Tenemit, und so gestärkt, setzte sie die weiße Krone auf ihr Haupt und atmete den beißenden Weihrauch, um rein zu sein wie ein Fisch im salzigen Ozean für das, was die Götter ihr aufgetragen.

Mit dem ersten Strahlenarm, den Re frühmorgens über das östliche Gebirge sandte, verkündete der Priester mit langgezogenen Rufen von den Zinnen des Tempels den Beginn des Opet-Festes. Man schrieb den fünfzehnten Tag des Monats Paophi, der Nil strömte in milchigweißem Dunst, ein heißer Tag kündigte sich an, und noch ehe der Prophet die Lobpreisung Amuns beendet hatte, brodelte in den Straßen der Stadt das Leben.

König Thutmes lag darnieder, und so nahm Königin Hatschepsut seine Stelle ein, wie sie es oft in den letzten Jahren getan hatte. Gott Amun aus schwarzem Granit bestieg bei diesem Fest der Feste die heilige Barke Userhat, um, verborgen den Blicken der Sterblichen, vom Tempel in Karnak zum südlichen Harem getragen zu werden, dem Tempel in Luxor. Und wo immer am dichtgesäumten Weg die Barke mit den Widderköpfen an Bug und Heck auftauchte, fielen die Menschen zu Boden und rieben vor dem Gott die Stirne im Sand.

Mit Paukenschlägen peitschten fellbekleidete Priester den Rhythmus der Tempelmusikanten an, und die Sängerinnen des Amun, langsam schreitend in langen durchsichtigen Gewändern, antworteten in schrillen Tönen den einzigen Chor: »Amun, heilig bei seinen Schritten! Amun, heilig bei seinen Schritten!«

Die Sistren klangen hell wie das Geschirr asiatischer Pferde, und die Trompeter blähten die Backen wie Frösche, schwarze Tänzerinnen ließen ihre weißen Schleier fliegen, dass man ihre geschmeidigen Leiber sehen konnte, und Gefangene der Neun-Bogen-Völker legten den Weg auf allen vieren zurück, aneinandergekettet wie Hunde.

Der ersten Barke mit dem Götterbild Amuns, die dreißig kahlköpfige Priester schleppten, folgte eine zweite, kleinere mit dem Standbild der Mut, dahinter eine dritte mit der kleinen Chonsstatue. Nur die Großen des Reiches, die Amun-Priester und die große königliche Gemahlin nahmen an dem Festzug teil. Hofstaat, Beamte, ja sogar die Familie des Pharaos säumte in vorderster Reihe den Festweg.

Hatschepsut schritt im großen Ornat des Pharaos, die Kronen von Ober- und Unterägypten auf dem streng gescheitelten Haar, hinter den heiligen Barken.

Zu ihrer Linken Hapuseneb, der gezeichnete Oberpriester, der sein entstelltes Gesicht unter einem präparierten Pantherkopf versteckte, zur Rechten, zwei Schritte zurück, Senenmut, der Haushofmeister der Königin.

Im Vorbeigehen berührte Hatschepsut mit dem goldenen Szepter die Opfergaben auf den Altären am Wegesrand, geviertelte Mastochsen und gerupfte Gänse, Früchte und seltene Blüten, Milch, das von Amun bevorzugte Trankopfer, Weihrauch und Duftstoffe aus den entlegenen Provinzen; und die Menschen jubelten bei ihrem Anblick: »Seht die Herrscherin, die ihren Vater Amun zum südlichen Harem geleitet.«

Kaum einer in der vieltausendköpfigen Menge bemerkte, wie die Königin bisweilen unsicher Senenmuts Hand suchte und für Augenblicke festhielt. Und Senenmut drückte die Hand der Geliebten und machte ihr Mut mit den Worten: »Dich hält Tum bereit, und Geb hat dich zum Nachfolger erwählt. Du wirst auf den Thron deines göttlichen Vaters Re steigen und Macht haben über beide Länder.«

Die Königin lächelte kaum merklich und setzte ihre hochgeschnürten Sandalen auf rosafarbene Lotosblumen, und in ihrem Herzen wuchs der Gedanke, dass der Tag nicht mehr fern sei, an dem sie ihren persönlichen Triumph feiern könne wie Horus den Sieg über Seth und seine Dämonen, und sie fühlte Göttlichkeit in ihrem Herzen.

Hapuseneb blieb plötzlich stehen, warf ihr einen verächtlichen Blick zu, als habe er ihre Gedanken erraten, setzte dann aber schlurfend seinen Weg fort. Dieser Mann, das wusste Hatschepsut sehr genau, war das größte Hindernis auf dem Wege zum Thron, und wenn es überhaupt jemanden gab, den Hatschepsut fürchtete, dann war es Hapuseneb. Der Oberpriester hatte die Falschheit der Katze und die Gefährlichkeit der Schlange, und seine Gegnerschaft war wie ein Pfeil vor dem eigenen Auge.

Und während die Königin ihre Lippen bewegte und zu Amun betete, er, der den Gang der Dinge bestimmt seit Millionen Jahren, möge ihr heißes Flehen erhören und ihr den Zutritt gewähren auf den Thron beider Länder, verebbten auf einmal Gesang und Tanz. Die Musikanten ließen ihre Instrumente sinken, und die Barken-Träger blieben stehen, als lähmte der Blitz ihre Glieder.

Hatschepsut fühlte aller Augen auf sich gerichtet, und ängstlich tastete sie nach Senenmut. Da löste sich Neferabet, der Schreiber des Pharaos, aus der Menge, trat vor die Königin und sprach: »O Erste der Edelfrauen, die Amun umfängt, trete mich wie einen Hund, schlage mich wie einen Sklaven, stoße meine Nase in den eigenen Kot, all das habe ich verdient mit der Nachricht, die ich überbringe: Pharao Thutmes, dein Gemahl, wurde mit den Göttern eins. Der wilden Gans gleich, flatternd, steigt er nieder zum Reich des Osiris. König Thutmes – er lebe ewig!«

Die Königin blieb teilnahmslos. Sie hatte andere Gedanken: Bin ich nicht selbst der Horus? Trage ich nicht in mir die Keime der Götter? Gott Re lebt in meinem Haupt, und Tum webt in meinen Gliedern.

Ich sehe, wie die Erde sich ausstreckt vor mir, wie ich den Stürmen gebiete und zuschlage mit meinem Schwert, wo es nötig ist. Ich bin der löwenköpfige Gott Re, ich bin Horus und der Rächer meines Vaters Amun!

Das alles sagte sie nicht, sie dachte es nur. Hapuseneb, der Gezeichnete, aber fand als Erster die Sprache wieder: »Seht das Zeichen des Gottes!«, rief der Oberpriester mit lauter Stimme, »Amun in seiner heiligen Barke machte gerade vor jenem halt, den er zum Nachfolger erwählt hat!«

Die Menschen am Rande des Prozessionsweges stellten sich auf die Zehenspitzen, sie kletterten auf Bäume, und jene, die nicht sehen konnten, wo Gott Amun stand, erreichte die Botschaft wie ein Lauffeuer: Amun, der Herr von Karnak, hat vor Thutmes, dem Sohn der Iset, haltgemacht, der noch im Nest ist wie das Gänschen der Gans.

Hatschepsut erwachte wie aus einem Traum. Sie war versucht vor Wut zu schreien, lauthals zu protestieren, das Komplott der Priester anzuprangern; doch Senenmut legte von hinten beide Hände auf ihre Schultern und dämpfte so ihren Zorn. Und während Thutmes, das achtjährige Kind mit der Seitenlocke, vor Amun im Staub lag, schleppten Priester des Amun, die im Hintergrund gewartet hatten, Kälber und Wild aus der Wüste herbei, um es auf lodernden Altären darzubringen zum Dank für die Offenbarungen des Gottes des doppelten Horizontes auf seinem geheimnisvollen Himmelsweg.

Hapuseneb aber setzte ein goldenes Diadem mit der Uräusschlange auf das wellige Haar des Kindes und sprach vor den Ohren der Einwohner des Landes: »Dein Vater Amun-Re Harachte hat dich auf den Horus-Thron erhoben. Nun regiere du die beiden Länder, wie Aacheperenre es getan hat.«

Bei diesen Worten trafen sich die Blicke Isets und Hatschepsuts, und sie hatten sich mehr zu sagen, als der kurze Augenblick erlaubte. Seit Jahren hatte die große königliche Gemahlin es trefflich verstanden, der kleinen Königin Iset auszuweichen. Sie hatte es abgelehnt, am selben Tisch zu speisen, wenn Iset auf Wunsch des Pharaos anwesend war, sie hatte die Nebenbuhlerin verachtet, mehr noch, sie hatte so getan, als gebe es sie überhaupt nicht. Und wenn sie, die Dienerin niederer Herkunft, trotz ehrlicher Zuneigung des Königs nie in der Öffentlichkeit auftrat, so war das Hatschepsuts Verdienst, die ihr beim kleinsten Anlass den Rang streitig machte. So kam es, dass die große königliche Gemahlin zu unbedeutenden Gedenkfeiern oder Festlichkeiten erschien, aus Furcht, Iset könnte hier oder dort ihre Stelle einnehmen. Das Volk aber, dem diese geheime Rivalität verborgen blieb, schätzte die Freundlichkeit der großen königlichen Gemahlin.

Was nützt das Sonnenblut in deinen Adern, schien Isets Blick zu sagen, wenn dir Hathor den ersehnten Horus verweigert? Ich, von niedriger Geburt und dem Ansehen der Unterjochten, öffnete einmal die Schenkel vor dem göttlichen Pharao, und aus mir kam der Horus, der nun das Reich regieren soll. Bei der Weisheit des Thot, wer von uns beiden hat nun gesiegt?

Hatschepsut schien jedes dieser Worte zu verstehen.

Ihre Augen blitzten finster wie der kostbare schwarze Stein aus der Wüste. Sie sandten Giftpfeile aus mit der Kraft der singenden Sehne, als wollten sie Iset, die kleine Königin, an Ort und Stelle töten.

Und *ihre* Antwort, die Iset sehr wohl verstand, lautete: Du irrst, wenn du glaubst, Hatschepsut würde sich geschlagen geben. Siebenmal nein. Mein Vater Amun, der im Himmel ist, hat mich nicht gezeugt, damit ich die Kronen Ober- und Unterägyptens einem Bastard überlasse, der noch die Seitenlocke der Kindheit trägt. Sieh mich an, sieh dieses Szepter, sieh diese Krone. *Ich* bin der Pharao, *ich,* Hatschepsut, die Amun umfängt!

Da zerschnitt die Stimme des Oberpriesters die erwartungsvolle Stille. Sie schmerzte in den Ohren der Königin wie ein Dorn aus der Wüste im Fleisch: »Heil dir, Herr der beiden Länder«, rief Hapuseneb, »Sohn des Re, Regent von Theben!«

Die Thebaner antworteten erst zaghaft, dann aber wurden ihre Lobpreisungen lauter und lauter, und als die Priester den kleinen Thutmes auf ihre Schultern hoben, da wollte der Jubel kein Ende nehmen. Hatschepsut aber presste beide Hände gegen die Ohren, und in ihren Augen sammelten sich Tränen des Zorns.

Die Zeit der Nilschwemme war vorüber und hatte der milden Zeit der Saat Platz gemacht, die das Fruchtland bevölkerte an den kürzer werdenden Tagen. Man hatte den Pharao Thutmes in Hatschepsuts Grab beigesetzt, das von Senenmut notdürftig umgearbeitet worden war; denn Inenis Werk blieb unvollendet, und die Königin meinte, nun, da sie, auf dem goldenen Thron sitzend, die Doppelkrone auf dem Haupt, die beiden Länder regiere, stehe ihr ein Grab nahe dem ihres Vaters im Tal der Schakale zu, das fortan Tal der Könige heißen solle.

Es gab überhaupt keinen Zweifel, wer das Reich regierte, auch wenn der kleine Thutmes den Titel »Herr der beiden Länder« führte. Thutmes lebte ein bemitleidenswertes Schattendasein. Die Priester des Amun unterrichteten ihn in der Weisheit des Lebens, und von den Schreibern des Hofes erfuhr er die Kunst des Schreibens und Lesens und die Entstehung des Reiches von Menes an. Nicht anders als ein Grammetvogel hinter den goldenen Gitterstäben seines blumenverzierten Käfigs lebte

Thutmes gefangen im Palast, ein gedemütigtes Wesen mit gebrochenem Willen.

Indes nahm Hatschepsut den Thron ein mit über der Brust gekreuzten Armen, die eine Hand hielt die Peitsche, die andere den Krummstab, und ihr Fuß ruhte auf einem goldblinkenden Schemel, und jeder, der sich ihr näherte, auch der Kind-Pharao, musste dies auf den Knien tun, die Stirne auf dem Boden. Der Königin bereitete es Lust und Vergnügen.

Obwohl sich eine senkrechte Falte in ihre Stirne geschrieben und der Tonfall ihrer Stimme das Herrische eines Predigers angenommen hatte, war Hatschepsut eine schöne Frau. Der blaue Schimmer ihres langen Haares, das sie mit Vorliebe offen trug, der funkelnde Glanz ihrer Augen dem Sothis gleich, die leicht hervortretenden Backenknochen und die edelgeformte Nase mit dem Höcker, der allen Ahmessiden eigen war, machte die Pharaonin zu einer göttergleichen Erscheinung, die von den Stromschnellen bis in die Niederungen des Deltas gerühmt wurde.

Senenmut verehrte die Königin mit der Hingabe eines Liebenden, und er war der Einzige, dessen tagtägliche Nähe Hatschepsut überhaupt duldete. Vergessen schien aber die Leidenschaft, das Feuer ihrer Sinnlichkeit und die fordernde Lust, mit der Hatschepsut den Geliebten einst umgarnt, gefangen und verschlungen hatte, und die Abende im Schilf des Flusses, wenn Nehsi, der Schwarze, der die Barke durch das Wasser stakte, zum stummen Zeugen ihrer Liebe wurde. Jetzt überkamen Senenmut bisweilen Zweifel, ob seine Liebkosungen und seine ungezügelte Leidenschaft die rechte Erwiderung fanden, ob sie sich derer nicht manchmal wie einer lästigen Pflicht entledigte. Und eines Abends, als sie beim Weine saßen, stellte Senenmut die Königin zur Rede.

»Du bist schön, Geliebte«, sprach er, »und nicht einmal Hathor mit dem Kuhgehörn vermag den Liebreiz deiner Glieder zu übertreffen. Doch Amun, der im Himmel ist, hat dich beauftragt, das Reich zu regieren nach seinem Willen. Nun bist du große königliche Gemahlin und Pharao zugleich, Frau genauso wie Mann, und es würde mich nicht wundern, wenn du die heißen Schwüre deines Liebhabers belächeltest.«

Da leuchteten die dunklen Augen der Königin wie der purpurne Abend hinter dem westlichen Gebirge, und sie antwortete: »Welch dummes Geschwätz entweicht deinem rosenfarbenen Mund! Habe ich dich je abgewiesen, wenn du dich zwischen meine Schenkel drängtest? Gingst du auch nur ein einziges Mal unbefriedigt von mir fort?«

»Nein«, erwiderte der Geliebte, und noch ehe er der Königin erklären konnte, dass er Verständnis aufbringen würde, wenn sie ihn vernachlässigte, weil die Belange des Reiches wichtiger seien als seine ungezügelte Leidenschaft, drängte sie Senenmut auf ihr Lager und zog ihm den feingefalteten Lendenschurz vom Leib. Mit ihrem großen Mund umschloss sie seinen Obelisken, und Senenmut bäumte sich auf wie unter dem Riemen einer Peitsche.

Hatschepsut empfand Lust, wie sie den Geliebten in Ekstase versetzte, wie er keuchte und stöhnte, als durchführe peinigender Schmerz seine Glieder, und sie reizte ihn noch heftiger, ließ ihre heiße Zunge spielen, und sie schien ihn zu verschlingen wie ein Krake des nördlichen Meeres, der die Nahrung in sich aufsaugt. Und als sie seinen Obelisken für einen Augenblick freigab, da schien er zum Bersten gewachsen, hochaufgerichtet wie eine Säule im Tempel, und das Lotoskapitell leuchtete rot wie das Auge des Seth.

»O beende jetzt nicht dein Spiel«, flehte Senenmut voll Demut wie ein Sklave, der seine Strafe verdient hat, »nicht jetzt, du Göttin der Morgenröte und des Abendrots!« Da huschte ein triumphierendes Lächeln über das Gesicht der Pharaonin, die es auch in diesem Augenblick genoss, die Stärkere zu sein, und sie begann auf seinem Obelisken mit ihren langen flinken Fingern zu spielen wie auf einer Flöte aus Memphis. Senenmut aber warf seinen Oberkörper von einer Seite auf die andere, als suchte er ihren zärtlichen Berührungen zu entkommen; in Wirklichkeit aber hätte er laut geschrien vor Zorn und Enttäuschung, hätte sie jetzt von ihm abgelassen.

Dieses Fest für die Sinne war farbenprächtiger als die Sed-Prozession, die ein Pharao nur alle dreißig Jahre erlebte, erregender als das Neujahrsfest, bei dem zur Vereinigung von Ka und Ba die Götterbilder von Amun und Hathor den ersten Strahlen der aufgehenden Sonne ausgesetzt werden, und lauter als das Fest von Abydos, bei dem Sterben und Wiedergeburt des Osiris nachvollzogen wurden. Senenmuts Körper sprang und tanzte und schrie vor Lust, dass es von den kahlen Wänden hallte wie der Ruf der Steinhauer im Tal der Schakale. »O könnte ich dir so beiwohnen für Millionen Jahre!«

Und während sie seinen Phallus hielt und streichelte, während sie sein Wimmern, Jammern und Klagen genoss, lüpfte sie ihr zartes langes Kleid, spreizte ihre Beine und kam kauernd über ihn, der Göttin Isis gleich, die das steife Glied ihres Bruders Osiris in sich aufnahm.

Stolz wie ein asiatischer Reiter, drückte sie sich mit ihren Schenkeln auf und ab, und ihr Kopf schwankte selbstvergessen und heftig wie der Wipfel des Sykomorenbaumes im Wind. Sie saugte den Geliebten in sich auf, zog ihn hoch in die Wolken des Himmels, um ihn sofort wieder fallen zu lassen, schwer wie einen Quader aus Granit. Und jedes Mal, wenn Hatschepsut den Osiris Gleichen an jenem Punkt wähnte, der selbst einen Pfeil in der Brust vergessen macht, hielt sie still, erstarrte zu einer weißglänzenden Marmorstatue in theatralischer Bewegung, und erst wenn Senenmut den Verstand wiedergewonnen hatte und, neuen Reiz suchend, gierig die Lenden bewegte, begann sie von neuem ihre Schenkel zu heben und zu senken.

Ein um das andere Mal wiederholte die Königin diesen Vorgang, und immer blieb sie Herr der Situation, um nie den Punkt, auf den Senenmut wie eine Erlösung wartete, zu überschreiten. »Zweifelst du noch immer«, zischte Hatschepsut, deren Bewegungen denen eines schlingernden Schiffes glichen, dessen Mast der Peret-Sturm von einer Seite auf die andere wirft, »oder willst du nun endlich glauben, dass meine Leidenschaft zu dir die gleiche ist wie vor einem Jahrzehnt?«

»Ja, ja, ja!«, rief Senenmut. »Ich glaube es, ich fühle es, ja!«

Wild wie ein feuriger Stier riss Hatschepsut sich das dünne Kleid über den Kopf, dass ihre Haare abstanden, als habe sie der Sturmwind zerzaust, und sie legte sich, nackt, nur mit goldenen Sandalen am Körper, auf den bebenden Senenmut und verfiel in eine leichengleiche Starre wie eine festumwickelte Mumie. Doch diese Starre war es, die Senenmut vollends um den Verstand brachte. Er wand und drehte und bäumte sich, um den marmornen Körper geschmeidig zu machen, und je mehr er dies versuchte, desto mehr näherte er sich seinem Ziel. Er stieß zu mit aller Kraft, die er noch aufzubringen vermochte, und mit ganzer Wucht versetzte er der Königin einen Stoß, dass sie aufschrie, vor Schmerz und Lust zugleich, und in diesem langen gequälten Schrei platzte sein Obelisk wie eine regenschwangere Wolke, der Amun tagelang verwehrt hat, sich über dem dürren Land zu entleeren.

Nichts, aber auch gar nichts hätte Senenmut in diesem Augenblick ablenken können, nicht der peitschende Gesang der Sängerinnen des Amun, die Körbe von Gold der Tributländer nicht und nicht das Erdbeben, das die Säulen des großen Tempels ins Wanken bringt. Senenmut fühlte, schwebte, flog schnell wie ein Adler durch die Lüfte, schoss wie ein Delphin durch das schwarzblaue Meer, schlug Purzelbäume wie ein Gaukler beim Opet-Fest und schien befreit von der Schwerkraft der Erde, die den Menschen gefangen hält.

Und als er zu sich kam, die Härte des Lagers zu spüren begann und den Schmerz in seinem Obelisken fühlte, da sah Senenmut die Geliebte neben sich liegend, den Kopf auf eine Hand gestützt. Hatschepsut betrachtete lächelnd seinen geröteten Phallus und sprach, als redete sie vor der Versammlung der Großen des Reiches: »Mein Vater Thutmes, der im Himmel ist, er lebe ewig, hat vor dem großen Pylon bei der Göttlichen Türe zwei Steinnadeln errichtet und sie mit feinem Gold beschlagen, auf dass sie über beide Länder hinwegleuchten wie die Scheibe des Aton. Ich will es ihm gleichtun ...«

Senenmut richtete sich auf und lauschte mit Verblüffung den weiteren Worten der Königin: »Hat mir mein Vater Amun schon mehr Macht verliehen als allen meinen Ahnen zu eigen war, so will ich diese Macht auch vor aller Welt zeigen, damit der Unwissende wie der Wissende davon Kenntnis habe.« Und wie der Jäger nach der Schlange, fasste Hatschepsut nach dem immer noch steil aufragenden Phallus des Geliebten, hielt ihn mit eisernem Griff und sagte: »Nimm diesen deinen himmelstürmenden Obelisken, und vergrößere sein Maß tausendmal in die Höhe und die Breite und lasse tausend Männer dies Ebenbild zweimal aus dem Granit des Südens schneiden. Versehen mit dem Gold aus den Barbarenländern, soll er dann strahlen in der Jubiläumshalle meines Vaters Thutmes.«

»Wie schön deine Gedanken sind! Doch die Halle ist lang und schmal«, entgegnete Senenmut, den der Plan in Verzückung versetzte, »zwei Reihen Papyrussäulen und Osiris-Pfeiler an den Wänden versperren den Weg. Nicht einmal ein Obelisk, wie ihn dein Vater errichtete, findet den Weg in diese Halle.«

Da presste die Königin das Glied in ihrer Hand, dass Senenmut leise aufschrie. »So breche die seitliche Mauer auf, reiße das Dach ein, und lege die nördlichen Säulen nieder! Ich will, dass die Abbilder deines Obelisken den großen Säulenhof zieren auf ewig!«

»Ja, Herrin«, entgegnete Senenmut kleinlaut, und Hatschepsut ließ seinen schmerzenden Obelisken los. Nun aber schwang sich die nackte Königin auf den Leib des Geliebten, ritt auf ihm wie auf einem Pferd und trommelte mit geballten Fäusten gegen seinen Brustkorb: »Niemand, hörst du, wird unser Geheimnis kennen, die Priester nicht und nicht die Großen des Reiches. Aber jedes Mal, wenn ich an einem der Obelisken vorüberschreite, werde ich den harten Drang zwischen meinen Schenkeln verspüren, der mir heute begegnet ist, und du wirst in mir sein bei jedem Mal.«

Senenmut versuchte ihre Handgelenke zu fassen, doch Hatschepsut schlug wie wild auf den Geliebten ein: »Und wenn du es wagst«, keuchte sie, »ein anderes Weib zu berühren oder zu beglücken, wie du mich beglückt hast, dann sollen deine Steinnadeln in der Säulenhalle des Tempels einstürzen, und ich werde das Zeichen der Götter erkennen.«

»Ich werde«, sprach Senenmut, nachdem er sich aus ihren Fängen befreit hatte, »die höchsten Steinnadeln errichten, die das Land je gesehen hat, und jeder, der davorsteht, wird sich klein vorkommen wie ein Skarabäus im Sand der Wüste. Ihre goldenen Spitzen sollen den Himmel durchbohren.«

»So soll es sein!«, rief Hatschepsut und klatschte in die Hände wie ein kleines Kind. »Dein Obelisk soll in den Himmel ragen!«

Iset kam als Bote verkleidet mit einem weiten Umhang, eine lederne Kappe tief ins Gesicht gezogen und bat die Türsteher an der Pforte des Tempels, die kleine Königin zu melden. Zwei Speerträger führten sie durch die lange Säulenhalle, über der der Sternenhimmel hing wie ein seidenglänzender Schleier, zum Saal mit den neun Türen für die Neunheit der Götter. Dort entledigte Iset sich ihrer finsteren Verkleidung und trat mutig in die Mitte der versammelten Priester, die sich wie geistesabwesend am Duft der Weihrauchfeuer labten.

»Ginge es nur um mich«, sprach Iset, nachdem sie vor den Priestern, die mit gekreuzten Beinen auf dem Boden saßen, Platz genommen hatte, »so wäre ich nicht gekommen. Nein, es geht um das Wohl der beiden Länder.«

»Zur Sache!«, mahnte Hapuseneb streng. »Was hast du zu berichten, kleine Königin?« Der Oberpriester sagte bewusst »kleine Königin«, um zu verdeutlichen, dass es eine besondere Gnade war, wenn die Priester des Amun eine Sterbliche empfingen. Doch schien der Anlass diesmal das Gebot der Stunde, denn es war kein Geheimnis, dass Iset und Hatschepsut einander hassten wie Seth und Osiris und dass die Priester des Amun auf Seiten der Iset standen. Schließlich war *sie* die Mutter des jungen Pharaos, des Pharaos von Gnaden der Priester des Amun.

Die Augen der kleinen Königin mit dem kurzgeschnittenen Blondhaar funkelten zornig, und sie sprach: »Ihr wart es, die meinen Sohn Thutmes zum Herrn der beiden Länder gemacht habt, obwohl er noch die Seitenlocke der Kindheit trug. Nun aber ist Thutmes unglücklicher als je zuvor. Seine Hände sind gebunden wie die der Neun-Bogen-Völker, die vor dem Pharao im Staub sind. Wo immer er sich aufhält, ob hier im Tempel oder drüben im Palast, überall schließen sich hinter ihm die Türen, und die Speerträger beziehen ihre Posten, als gelte es, einen Gefangenen zu bewachen und nicht den König.«

Hapuseneb, der die Worte Isets mit mürrischem Gesicht verfolgt hatte, erwiderte: »Thutmes ist unser König, aber seit du ihn geboren hast, ist der Nil erst achtmal über die Ufer getreten, und obwohl er gelehrig ist wie die Gans des großen Schnatterers und klug wie der Affe des Thot, so fehlt ihm doch aufgrund seiner jungen Jahre die Weisheit des Lebens, die vonnöten ist, um das Reich zu regieren ...«

»Doch bis dahin«, fiel Iset dem Gezeichneten ins Wort, »wird Thutmes nicht mehr König sein! Hatschepsut, die Erste der Edelfrauen, reißt jeden Tag mehr Macht an sich. Alle Ämter und Würden des Hofes sind doppelt besetzt. Es gibt einen Haushofmeister des Königs und einen ebensolchen der Königin, einen Schreiber des Königs und einen der Königin, einen Mundschenk des Königs und einen der Königin, und wo es nur einen Posten gibt, da steht dieser mit Sicherheit auf Seiten der großen königlichen Gemahlin. Das alles kann nicht dein Wille sein, o Erster der Propheten des Amun!«

Der Gezeichnete blickte verlegen zur Seite, und auch die Priester schlugen die Augen nieder, weil ihnen die Rede der kleinen Königin ihre eigene Unfähigkeit verdeutlichte. Die Rechnung schien nicht aufzugehen: Ihr Plan war es gewesen, den kindlichen Pharao wie eine Marionette an langen unsichtbaren Fäden zu führen und dabei das Reich am Nil zu regieren nach eigenem Nutzen und Gutdünken. Aber Hatschepsut, die Amun umfängt, erwies sich als viel zu stark. Sie hatte das Komplott der Priester längst durchschaut, ja es schien sogar, als sei sie darauf vorbereitet gewesen. Und hatten ihr die Propheten des Amun bisher nur die Schönheit des Re und die Sinnlichkeit der Isis zugebilligt, so mussten sie jetzt erkennen, dass die Königin auch die Weisheit des Thot und die Verschlagenheit des Seth in sich trug. Mehr noch, mit der Tatkraft des widderköpfigen Chnum drohte Hatschepsut nun den Einfluss der Propheten des Amun zu untergraben.

»Du sagst uns nichts Neues!«, entgegnete der Oberpriester

und versuchte den Bericht der kleinen Königin herunterzuspielen. Die aber fuchtelte mit den Händen in der Luft herum: »Leiht mir euer Ohr für das Wichtige! Eine Dienerin des Harems hat mir berichtet, dass Hatschepsut bei Juja einen Krönungsornat in Auftrag gegeben hat, und Thuti, der Goldschmied, fertigt eine goldene Doppelkrone mit Diadem und Uräusschlange, so hoch, dass sie ihr langes Haar darunter verbergen kann. Ich hoffe, ihr wisst, was das bedeutet?«

»Bei Amun, Mut und Chons«, rief einer der Kahlköpfe, »sie frevelt die Götter.« Und ein anderer pflichtete bei: » Sie setzt sich über uralte heilige Gesetze hinweg wie die Hirtenkönige im Delta vor hundert Jahren!«

Da erhob sich der Erste Prophet des Amun, und unter dem Pantherfell wurden die furchtbaren Brandspuren auf seinem Leib sichtbar. Mit zum Himmel gestreckten Armen rief er: »Ich bin es, Hapuseneb, der Größte der Großen, der Heiligste der Heiligen, der das Mysterium und die Geheimnisse der göttlichen Neunheit kennt, und ich bin es, der den Pharao krönt und kein anderer!«

Der laute Ruf des Propheten weckte die Kahlköpfe aus ihrem Delirium. Sie wälzten sich auf die Knie, rieben ihre Köpfe auf dem Pflaster und murmelten monoton: »Wie groß ist Amun und wie groß ist Hapuseneb, sein Erster Prophet!«

Iset aber erkannte, dass die Priester noch immer nicht begriffen hatten, dass sie nicht begreifen *wollten,* was Hatschepsut im Schilde führte, und sie sprach, und aus ihrer Stimme klang ohnmächtige Wut: »Gewiss bist du es, Hapuseneb, der den Pharao krönt vor den Göttern und Menschen nach uraltem heiligen Gesetz. Aber du hast auch Thutmes gekrönt, doch Hatschepsut regiert! Und es würde mich nicht wundern, wenn auch du bald einen Schatten bekämest, der deine Ämter ausführt nach dem Willen der Königin!«

Im Säulensaal wurde es still wie in einem Grab. Die Augen der Priester waren auf Hapuseneb gerichtet, der versteinert dastand, einer Götterstatue gleich. War es schon ein Frevel, diese furchtbare Vermutung nur in Erwägung zu ziehen, so kam es einem Verbrechen gleich, sie dem Oberpriester ins Gesicht zu schleudern.

Iset war sich dieser Situation bewusst. Sie wartete auf eine Antwort, eine Reaktion, einen Fluch. Aber Hapuseneb schwieg und starrte mit leeren Augen vor sich hin. Und so wandte die kleine Königin sich um und wollte schweigend die Versammlung der Priester verlassen, als sie die heftige Armbewegung des Priesters wahrnahm, mit der er zur Türe deutete. Da beschleunigte Iset ihre Schritte und verschwand.

Hapuseneb aber schien die Fassung wiedergefunden zu haben. Er erklärte mit ruhigen Worten: »Wäre Iset nicht die Mutter des Kind-Pharaos, man müsste sie dem Oberrichter Senzemab vorführen wegen eines Verbrechens gegen die heiligen Gesetze. Doch in dieser Situation muss das Verbrechen ungesühnt bleiben, und niemand darf davon erfahren. Denn wenn Iset auch frevlerisch gesprochen hat, so ist ihre Prophezeiung nicht einmal unwahrscheinlich. Wenn Hatschepsut wirklich vorhat, den Horusthron zu besteigen – Amun schütze uns davor –, so wird sie nicht davor zurückschrecken, einen neuen Propheten einzusetzen, wie sie es bei vielen anderen Ämtern getan hat.«

»Bei der Neunheit der Götter«, klagte der Priester zu seiner Rechten, »eine Frau auf dem Sonnenthron. Welch eine Zeit!«

»Ja, welch eine Zeit!«, wiederholte Hapuseneb. »Die Götter werden uns mit Verachtung strafen, Hirtenvölker aus den Steppen Asiens werden wieder über uns herfallen, und der Nil wird uns sein Wasser verweigern und nicht mehr über die Ufer treten, wenn wir diesem Frevel tatenlos zusehen.«

Der Kahlkopf zur Rechten aber rief: »O Herr der Geheimnisse, was sollen wir tun? Wie willst du dieser Frau begegnen, die stark ist wie der Stier?«

Und Hapuseneb antwortete: »Ich glaube, es gibt nur einen Weg!« Und sein faltiges Gesicht verfinsterte sich noch mehr. »Die Königin muss sterben, wenn unser Volk gerettet werden soll.«

Da ging ein Aufschrei durch die Reihen der kahlköpfigen Priester, aber keiner wagte eine Gegenrede.

»Nur muss es bald sein«, sagte der Oberpriester und richtete sein entstelltes Haupt zum nächtlichen Himmel, als erwarte er von dort die Erleuchtung, »am besten schon am Tage des Tributes, wenn die Stadt überquillt von fremden Völkern. Amun möge uns beistehen …«

In Gedanken versunken, starrte Senenmut auf das grüne Wasser des Nils. Fünf Tage dauerte die Fahrt stromaufwärts zu den Stromschnellen, wo er die Steinnadeln aus dem Granit schneiden sollte. Vierzig Sklaven hingen an dem Tau und zogen die Barke flussaufwärts; das ging langsam, aber es war viel bequemer als der Ritt am staubigen Ufer oder die Fahrt im holpernden Wagen. Ein Baldachin bot tagsüber Schutz vor der Sonne, und nachts, wenn die Sklaven im Schilf des Ufers rasteten, bereiteten Diener ihrem Herrn eine bequeme Liegestätte, und der Fluss schaukelte Senenmut sanft in den Schlaf.

Schon bald nach dem ersten Erwachen holten Reiter den Haushofmeister der Königin ein, und Senenmut erkannte am Ufer den zweiten Propheten des Amun, Puemre. Ob er auf sein Schiff kommen dürfe, rief der Kahlkopf, und Senenmut hieß die Ruderknechte, die Barke ans Ufer zu steuern. Und während die Sklaven der Aufforderung knurrend nachkamen, weil es große Schwierigkeiten bereitete, das Boot bei der Weiterfahrt wieder in die Strömung des Flusses zu bringen, machte Puemre einen hohen Satz auf das Vorschiff, dass die Barke wild zu schaukeln begann.

»Eile ist das Gebot der Stunde«, flüsterte der Amunpriester und setzte sich neben Senenmut auf eines der rotblau gestreiften Polster, sorgsam um sich blickend, ob sie keiner der Sklaven belauschte. Der Haushofmeister musterte den Kahlkopf misstrauisch und verwundert von der Seite.

»Die Königin ist in Gefahr«, begann Puemre unvermittelt, und als er erkannte, dass seine Nachricht das Misstrauen des Höflings nur noch vergrößerte, fuhr er fort: »Du kannst mir vertrauen, Schatten des Herzens der Königin, die Amun umfängt, ich, Puemre, der zweite Prophet des Amun von Karnak, bin auf eurer Seite. Ich schwöre es bei meiner Hand!«

Senenmut sah Puemre prüfend an. Zuerst dachte er an eine Falle, ob die Priester nicht einen Keil treiben wollten zwischen ihn und die Königin. Doch der Blick des Propheten schien offen und ehrlich, und als Puemre versicherte, sein Mund sei versiegelt über alle Geheimnisse des Tempels, doch das, was er zu berichten habe, betreffe nicht die Dinge des Gottes Amun, sondern gehe Hatschepsut an, die Erste der Edelfrauen, da öffnete er ihm sein Ohr und hörte die bestürzende Nachricht.

Die Priester, wusste der zweite Prophet zu vermelden, hätten sich in zwei Lager gespalten. Hapuseneb, der den jungen Thutmes eingesetzt habe, um mit dem Pharao leichtes Spiel zu haben, sei gescheitert, weil Königin Hatschepsut, der er mit seinem Schritt jede Macht entziehen wollte, heute stärker dastehe als je zuvor. Deshalb gebe es für den Oberpriester nur den einen Weg – die Königin zu beseitigen.

Die ruchlosen Pläne Hapusenebs seien bei einem Teil der Amunpriesterschaft, den er hier vertrete, jedoch auf harten Widerstand gestoßen. Schließlich sei Hatschepsut die legitime Erbin des Sonnenblutes, und es komme einem Göttermord gleich, sie zu töten.

Als er dies hörte, erschrak Senenmut zutiefst. Dass Hatschepsut die Priester des Amun nicht zu ihren Freunden zählen durfte, war hinreichend bekannt, dass diese Priester ihr jedoch nach dem Leben trachteten, brachte Senenmut so sehr aus der Fassung, dass er Puemre bedrohte, er würde ihn augenblicklich in den Fluss stoßen, wenn er nicht alle Einzelheiten der Verschwörung preisgebe.

Da wiederholte Puemre, er stehe auf Seiten der legitimen Königin, er schwöre es bei seiner Hand. Er sei hierhergekommen, um den Haushofmeister zu warnen.

Und Hatschepsut, ob die Erste der Edelfrauen Bescheid wisse? – Nein. Ob Hapuseneb Kenntnis habe von der Spaltung der Priesterschaft? – Nein. Darauf berichtete Puemre, der Oberpriester habe zwei asiatische Bogenschützen gedungen, die Hatschepsut am Tage des Tributes erschießen sollten.

Wie gelähmt vernahm Senenmut die Worte des Propheten. Konnte der Wahrer der heiligen Geheimnisse der Erbin des Sonnenblutes wirklich nach dem Leben trachten? Das würden die Götter nicht zulassen! Bei Amun, Mut und Chons, wie konnte er das Leben der geliebten Königin retten?

Puemre hob die Schultern: Er wäre nicht gekommen, wenn er selbst einen Rat gewusst hätte. Dabei schlug er mit dem Schwanz seines Leopardenfells gegen die Schiffswand, dass die Planken dröhnten.

Hapuseneb, so wusste der Priester zu berichten, habe die asiatischen Sklaven aus dem Gefängnis geholt, wo sie eine harte Strafe verbüßten, weil sie ihren Herrn, den Schiffsmeister Ipuwer, um das Gold des Lobes, das ihnen Pharao Thutmes – er lebe ewig – verliehen hatte, gebracht hätten. Der Oberpriester habe den Asiaten für den Fall, dass einer ihrer Pfeile die Königin töte, die Freiheit versprochen. Sollte der Anschlag misslingen, wollte Hapuseneb das Amun-Orakel missbrauchen, und der Gott sollte die Unschuld der Attentäter beweisen.

Ob Puemre die asiatischen Bogenschützen kenne, wollte Senenmut wissen. – Nicht mit Namen, entgegnete der Prophet; aber er kenne das Verlies, in dem sie dahindämmerten, und die Wärter seien demütig zu allen Propheten des Amun. Sie wüssten ja nicht, dass ihr Lager in zwei Parteien gespalten sei.

Immer und immer wieder schüttelte Puemre den Kopf. Tausend Gedanken marterten sein Gehirn. Die Suche nach einer Lösung wurde zur Qual. Was im nächsten Augenblick einleuchtend und praktikabel erschien, verwarf Senenmut wenig später. Fiebernd legte er beide Handflächen zusammen und presste die Daumen gegen die Stirne. Da überkam ihn die Weisheit des Thot, und er rief den Ruderknechten zu, sie sollten das Tau kappen und die Barke in die Strömung setzen, flussabwärts in Richtung Theben.

Alles war bis ins Kleinste vorbereitet. Hatschepsut würde am nächsten Morgen, eingerahmt von ihrem Hofstaat, unter dem goldenen Baldachin vor dem Palast Platz nehmen. Sie würde erhöht auf einem Podest sitzen. Zu ihrer Rechten Senenmut, der Haushofmeister, zur Linken, zwei Schritte hinter dem Thron, der junge Thutmes. Iset würde ihm wie gewohnt eine Hand auf die Schulter legen, und neben ihr würde sich Minhotep aufhalten, der Hof- und Zeremonienmeister des Kind-Pharaos.

Er und Iset waren die Einzigen, die die Priester des Amun eingeweiht hatten. Iset sollte das Kind möglichst fern von der Königin halten, was nicht besonders auffällig sein würde, da Hatschepsut es ohnehin verabscheute, wenn sich ihr jemand auf mehr als zwei Schritte näherte. Minhotep hingegen sollte sich sofort über die getroffene Königin beugen, um die Bluttat möglichst lange zu verdecken, damit die Asiaten Gelegenheit zur Flucht hätten.

Niemand würde die furchtbaren Bogen zu Gesicht bekommen, die die Kraft eines Stieres erforderten; denn sie steckten in zwei aus Papyrusschilf errichteten Triumphbogen, keine dreißig Schritte vom Thron der Königin entfernt.

Minhotep sollte die Regentschaft übernehmen, so lange, bis Thutmes in der Weisheit des Lebens unterrichtet war; doch hatte Hapuseneb unmissverständlich klargemacht, dass *er* es sein würde, der die beiden Länder regierte, nach dem heiligen Willen des Amun. Er selbst wollte die Asiaten aus dem Verlies geleiten, wenn der Morgen graute.

So kam der Tag des Tributes, und durch die Tore drängten die Abordnungen der Länder des Nordens und des Südens, des Schwarzen und des Roten Landes, der Völker der Neun Bogen, der Hirten Asiens und der Nubier, die im Sand sind. Sie hatten die Nacht vor den Mauern verbracht, zwischen hochlodernden Feuern ihre Schätze bewachend, weil es nicht erlaubt war, dass Fremde in der Stadt logierten.

An diesem einen Tag erwachte der Nationalstolz der Ägypter, und sie kamen von weither, von den Bergen des Westens und des Ostens, von der Küste des Meeres und von den Katarakten am Oberlauf des Nils, um zu sehen, was die Fremdlinge freiwillig gaben, geben mussten, weil sie unterjocht worden waren. Da hatte dann jeder Einzelne den Sieg über die Feinde errungen, hatte ihre Städte und Stämme zerstört, Gefangene genommen und Gerste geraubt. Und wenn der Pharao mit lauter Stimme verkündete: »Seht her auf meinen Reichtum, den mir mein Vater Amun gegeben hat!«, da füllte sich die Brust eines jeden mit Stolz.

Zwei Speerträger schritten dem Oberpriester Hapuseneb

voran, der im Morgengrauen das Verlies der Asiaten aufsuchte. Als der Wächter die schwere Türe öffnete, rief Hapuseneb leise das Kennwort: »Der Tag des Tributs ist gekommen!«

Ein paar Augenblicke verstrichen, ohne dass etwas geschah. Schließlich nahm der Oberpriester dem Wächter die Lampe aus der Hand und leuchtete in das Verlies. Die beiden Asiaten lehnten in einer Ecke, die Arme über der Brust verschränkt. Erst glaubte Hapuseneb, sie schliefen; doch dann sah er ihre offenen Augen, und er leuchtete den beiden ins Gesicht. Und auf einmal sah er die Pfeile in ihrer Brust, jeder genau an der Stelle, an der das Herz schlägt. Ungläubig rüttelte der Oberpriester den einen an der Schulter und rief noch einmal leise: »Der Tag des Tributs ist gekommen!« Da sackte der Asiate zur Seite, stieß den anderen um, und beide klatschten zu Boden wie zwei frischgefällte Baumstämme.

»O Sohn des Re, Herr der Welt«, murmelte der Gezeichnete. »Dies kann nicht dein Wille sein.« Und er streckte die Arme zum Himmel, auf dass Amun ihm ein Zeichen gebe; aber es geschah nichts. Da begann Hapuseneb sich wie im Wahn um die eigene Achse zu drehen. Im Schein der Öllampe wurden seine Bewegungen schneller und schneller, und der Wächter sah, dass er sich nicht mehr lange auf den Beinen halten, dass er stürzen, gegen die Steinquader schlagen würde, und er trat auf den rasenden Oberpriester zu und fing ihn mit ausgebreiteten Armen auf.

Hapuseneb wimmerte wie ein geschlagener Hund und stampfte mit den Füßen auf den Boden wie ein zorniges Kind, und als sein furchtbar entstelltes Gesicht hinter den vorgehaltenen Händen zum Vorschein kam, fiel sein Blick auf den Wächter. Seine brauenlosen Augen wurden so weit, dass das Weiße hervortrat, und als habe ihn soeben der Ratschlag des Gottes getroffen, begann der Oberpriester mit beschwörenden Worten zu sprechen:

»Du, Elender, hast die beiden Asiaten getötet, nur du hattest Zugang zu dem Verlies!«

Verzweifelt versuchte sich der Wächter aus der Umklammerung des Gezeichneten zu befreien. Der aber hielt ihn an den Armen fest und fauchte wie ein vom Falleneisen getroffener Panther: »Mörder der unglückseligen Asiaten, man wird dir den Prozess machen, und ich werde Zeuge gegen dich sein, und man wird deinen nichtsnutzigen Körper den Krokodilen vorwerfen, und dein Ka wird schreien vor Verzweiflung!«

Die Speerträger ließen zitternd die Waffen sinken und starrten gebannt auf den gebrochenen Wächter. »Was glotzt ihr hier herum?«, herrschte sie Hapuseneb an. »Verschwindet an eure Plätze!« Da entfernten sich die Speerträger schnell, weil sie den Blick des Obersten Propheten nicht ertragen konnten. Und die Stimme Hapusenebs veränderte sich wie der Klang der Harfe unter den geschmeidigen Fingern des blinden Harfners, und er sprach: »Es gibt nur einen Weg, dein Leben zu retten, du ungetreuer Wächter des Verlieses!«

»So sprich, Herr von Karnak«, fiel ihm der Wächter ins Wort, »sprich, und ich werde tun, was du mir aufträgst.«

Hapuseneb tat einen Schritt auf den Wächter zu und sagte: »Der Tag des Tributes ist gekommen!«

»Ich weiß«, antwortete der Wächter, »die Menschen der Fremdländer bevölkern die Stadt wie Fliegen das Aas, das der Nil anschwemmt.«

Der Oberpriester trat noch näher an den Wächter heran, dass ihre Augen sich in kürzestem Abstand begegneten, und er sprach eindringlich langsam und leise: »Dränge dich durch das Volk der Neun Bogen vor den Baldachin, in dem die Königin die Tribute empfängt. Zur Linken und zur Rechten wirst du zwei Triumphbogen finden, ein jeder aus dem Schilf der Papyruspflanze gebunden. Greifst du forschend in das Schilf, so wirst du in jedem einen asiatischen Bogen entdecken vom kräftigen Holz der Zeder.« Ohne den Wächter aus den Augen zu lassen, wich Hapuseneb ein paar Schritte zurück, tastete, ohne hinzusehen, nach dem Pfeil in der Brust des einen Asiaten, zog ihn mit einem heftigen Ruck heraus und hielt ihn, mit der blutigen Spitze nach oben, dem Wächter hin: »Diesen Pfeil wirst du in den Bogen aus Zedernholz spannen und im Schutz der Papyrusgarben auf das Herz der Königin zielen wie ein Bogenschütze in der Schlacht.«

»Wie ein Bogenschütze in der Schlacht«, plapperte der Wächter nach.

»Du wirst den Bogen mit aller Kraft spannen, die in deinen starken Armen ist, und du wirst den Pfeil erst schnellen lassen, wenn Federn und Spitze des Pfeiles und das Herz der Königin eine gerade Linie bilden!«

»Eine gerade Linie bilden ...«

»Und nach vollendeter Tat wirst du den Bogen in das Schilf zurückstecken und auf dem schnellsten Wege hierher zurückkehren. Solltest du jedoch ergriffen werden, so fürchte nichts, denn hinter dir steht Hapuseneb, der Hohepriester von Karnak.«

»Der Hohepriester von Karnak ...«

»Nun aber geh!« Noch einmal verfinsterten sich die brauenlosen Augen des Gezeichneten, und sein stierer Blick drängte den Wächter aus dem Verlies. Der wich zuerst stampfend zurück, dann wandte er sich um, verbarg den Pfeil unter dem Lendenschurz und begann zu laufen, den schmalen Gang entlangzuhasten, die enge steinerne Treppe empor, und von ferne hörte man sein dumpfes Rufen: »Der Tag des Tributes ist gekommen!«

Im Trubel und Getümmel des grauenden Morgens fiel der eilige Wächter nicht auf. Einheimische Gaffer und fremdländische Gesandte drängten sich vor dem Königspalast, und jene, die Körbe mit exotischen Früchten oder seltene Tiere aus fernen

Ländern mit sich führten, ernteten Beifall auf offener Straße. Königin Hatschepsut hatte soeben unter dem Baldachin Platz genommen. Der Aufmarsch der Unterjochten begann.

Senenmut und Puemre bewachten die beiden Papyrusbogen. Ihre Blicke schweiften unruhig über die Menge, um die Asiaten zu entdecken. Da plötzlich gab Puemre dem Haushofmeister der Königin ein Zeichen: Da, der Mann neben dem rechten Schilfbogen! Jetzt sah es auch Senenmut. Ein Unbekannter suchte im Schilf nach dem Bogen. Aber war das nicht einer der Wächter des Verlieses? Beim Amun, was war geschehen?

Senenmut trat näher heran. Kein Zweifel, es war der Wächter! Wie geistesabwesend bewegte er, während er im Papyrusschilf herumwühlte, die Lippen, und auf einmal zog er den Bogen hervor, nahm seinen Pfeil in die Hand und versuchte ihn in die Sehne zu spannen. Das misslang. Der Wächter schien überhaupt nicht zu bemerken, dass die Sehne des Bogens durchgeschnitten war und wie ein trockener Grashalm herabhing.

»Der Tag des Tributes ist gekommen!«, rief er mit irrem Blick, und die Umstehenden, die es hörten, empfanden die Äußerung als Jubelschrei, wie er an diesem Tag tausendmal ausgestoßen wurde. Jetzt schien der Wächter den desolaten Zustand seines Bogens zu bemerken. Ohne ein Zeichen der Erregung steckte er die Waffe in das Schilf zurück und drängte hinüber zu dem jenseitigen Schilfbogen, um nach der zweiten zu suchen. Aber auch hier schien der Wächter die gekappte Sehne des Bogens zunächst nicht zu bemerken. Immer wieder legte er seinen Pfeil in die Führung und versuchte die herabhängende Sehne mit Daumen und Zeigefinger zu fassen.

Senenmut warf Puemre einen fragenden Blick zu. Sklaven zerrten blökende Ochsen am Baldachin der Königin vorbei. Der Duft erlesener Kräuter würzte die kühle Frische des Morgens, musste aber schon im nächsten Augenblick dem unangenehmen Gestank einer staubaufwirbelnden Ziegenherde weichen. Puemre nickte verständnisvoll, als habe er die Situation durchschaut, als wollte er sagen: Keine Gefahr!

Der Wächter indes machte verzweifelte Anstrengungen, den Pfeil in eine nicht vorhandene Sehne einzuspannen. Seine Beschwörungen wurden lauter, sodass sie von den Umstehenden gehört werden konnten: »Wie ein Bogenschütze in der Schlacht!«, stieß der Wächter hervor und: »Der Tag des Tributes ist gekommen!« Und jene, die seine Worte verstanden, lachten und amüsierten sich über sein ungeschicktes Verhalten.

Puemre aber trat auf den Haushofmeister zu und sagte: »Was auch immer geschehen sein mag, nicht er, sondern die asiatischen Sklaven sollten das Attentat vollbringen!«

Senenmut schüttelte den Kopf: »Der Wächter macht den Eindruck, als seien seine Sinne verwirrt. Er gebärdet sich wie ein Tolpatsch beim großen Opet-Fest, der für Speise und Trank Grimassen schneidet, um die Leute zum Lachen zu bringen.«

»O nein«, entgegnete der kahlköpfige Priester, »der Wächter steht unter Hypnose, einer Kunst der Augen, die jeder Kenner der Geheimnisse beherrscht. Er würde seinen Auftrag rücksichtslos erfüllen, fehlte nicht jene Kleinigkeit im Ablauf des Geschehens, die Sehne des Bogens. Und da sein Sinn nur auf die Erfüllung des Auftrages ausgerichtet ist, wird er bis zur Erschöpfung versuchen, den Pfeil in die nicht vorhandene Sehne einzuspannen, und er wird nichts anderes tun als dies.«

Immer hektischer wurden die Bewegungen des Wächters, und immer mehr Menschen wurden auf ihn aufmerksam. Da trat Puemre, der Prophet des Amun, vor ihn hin, hielt die Rechte mit gespreizten Fingern vor seine Augen und schnippte kurz mit Daumen und Mittelfinger.

Als hielte er glühende Eisen in seinen Händen, warf der Wächter Pfeil und Bogen zu Boden, und nun sah er die neugierigen Blicke der Menschen auf sich gerichtet. Wie ein gehetztes Wild in letzter Not gegen die Reihe der Treiber anrennt, so stieß er die Gaffer beiseite und kämpfte sich durch das Menschengewühl, bis er in der Menge verschwunden war.

Senenmut sah nach der Königin, die huldvoll die Tribute der Fremdländer entgegennahm. Von dem gescheiterten Attentat hatte Hatschepsut nichts bemerkt.

Hapuseneb aber versammelte, als der Wächter unverrichteter Dinge zurückkam, die Priester des Amun um sich und sprach: »Siebenunddreißig Menschenalter sind vergangen, seit Menes die beiden Reiche vereinigt hat, und mehr als zweihundert Oberpriester und Könige haben bisher das Land regiert zur Freude der Götter, und nie war eine Frau unter ihnen. Nun aber wird eine Frau den Horusthron besteigen und beide Kronen tragen, und es scheint der Wille der Götter zu sein; denn alle Versuche, Hatschepsut zu beseitigen, sind gescheitert. Aber nichts ist von Dauer auf der Welt. So wie innerhalb dieser Zeit die Sonne viermal nicht an der gewohnten Stelle aufgegangen ist, sondern dort, wo sie jetzt untergeht, so schickt sich nun eine Tochter des Amun an, den Horusthron zu besteigen, und wir können sie nicht daran hindern.«

VII

Als der Sothis-Stern am ersten Tag des Monats Thot zum ersten Mal am östlichen Himmel erschien, ließ Senenmut den Vorlesepriester kommen und verkündete, Vater Amun habe seine Arme auf seinen Sproß gelegt, Hatschepsut, die Erste der Edelfrauen, sei ausersehen, das Reich zu regieren im Schmuck der Kronen von Ober- und Unterägypten, vereint auf ihrem Haupt. An allen Bauwerken sollten Siegel mit ihrem Namen angebracht und die Götterstatuen von Süden bis Norden geschmückt werden, auf dass jedermann erkenne, wie groß die Freude sei unter den Göttern des Reiches. Lotos und Papyrus, die Pflanzen des Südens und des Nordens, sollten allerorts gebunden werden, um die Einheit beider Länder zu demonstrieren. Und die Großen des Reiches senkten die Häupter, und das Volk staunte ehrfürchtig schweigend: Eine Frau auf dem Horusthron!

Hatschepsut aber trat aus der Herrlichkeit ihres Palastes in den von hohen Säulen umrahmten Hof, wo sich die Edlen des Reiches, die Priester, Höflinge und hohen Beamten eingefunden hatten, um das Wunder zu erfahren. Und auf den höchsten Zinnen, wo Schlangenköpfe mit geblähtem Hals das Gebälk einrahmten, erschien Puemre, der zweite Prophet, als Gott Amun verkleidet mit der doppelten Federkrone, und rief hinab auf die vornehme Versammlung: »Diese meine Tochter Hatschepsut soll meinen Platz einnehmen auf Erden. Wahrlich, sie ist es, die meinen Thron besteigen wird. Sie ist es, die euch führen wird. Und der, der sie preisen wird, wird leben. Wer aber Schlechtes über sie sagt, wird sterben. Denn sie ist euer Gott, die Tochter des Gottes, der zu euch spricht, Amun!«

Da fielen die Großen des Reiches vor Hatschepsut nieder und küssten die Erde zu ihren Füßen. Und für alle in dem weiten Rund sprach der Priester Junmutef mit bebender Stimme: »Du hast dich auf den Horusthron erhoben, du bist der Führer aller Lebenden. Dein Herz jubelt vor Freude. Dein Ka lebe ewig wie Re!«

Und von den Zinnen tönte die Stimme des Gottes Amun: »Dir, meiner Tochter Hatschepsut, gebe ich alle Freude und Gesundheit. Alle Opfergaben des Landes, alle Ebenen und Gebirge sind dein, weil ich, Amun, im Horizont dich liebe.«

Noch hingen aller Augen an der unwirklichen Erscheinung, da trat aus den Säulen der ibisköpfige Gott Thot mit der Mondsichel in seiner Hand und rief in alle vier Himmelsrichtungen viermal die großen Namen der Pharaonin: »Wie mächtig ist dein Ka, blühend an Jahren, Maatkare, Herrlichste der Edelfrauen, die Amun umfängt.«

Hatschepsut verharrte regungslos. Sie trug das lange weiße enggefaltete Gewand mit einem Wildstierschwanz als Gürtel. Ihr schwarzes Haar war verhüllt von dem rot-blau gestreiften Nemes-Kopftuch, das schon ihr Vater getragen hatte, und die Füße steckten in Sandalen, auf deren Sohlen die Feinde des Reiches abgebildet waren. Und jeder Schritt, den Hatschepsut tat, drückte die Feinde in den Staub.

So nahm denn die Pharaonin, geleitet vom Haushofmeister Senenmut, den schwarzgepflasterten Prozessionsweg zur roten Kapelle des Tempels mit dem Götterbild Amuns aus rotem Quarzit, um im Angesicht des Gottes zu baden. Juja, die Dienerin, geleitete Hatschepsut in das Innere, reichte weißes Leinen und in Minze getränkte Tücher; dann zog auch sie sich zurück.

Auf einem wuchtigen Marmorsockel standen zwei flachgewölbte eherne Schalen, jede so groß wie das Vorsegel einer Nilbarke, die eine gefüllt mit lauwarmer Kuhmilch, die andere mit kühlem duftenden Rosenwasser. Und niemand durfte Zeuge sein, wie die Königin in die Schale mit der Milch der Kathor-Kuh stieg, die Schenkel spreizte und jeden Makel von ihrem Geschlecht wusch nach dem Willen des Amun. Danach bestieg sie die Schale mit Rosenwasser, um sich zu erfrischen, wie sie es fünfmal am Tag gewöhnt war – dreimal während des Tages und zweimal während der Nacht.

Angetan mit dem festlichen Ornat, trat Hatschepsut sodann vor die rote Kapelle, wo sie der Priester in der Maske des Gottes Amun erwartete. Er nahm Hatschepsut bei der Hand und führte die Pharaonin langsam und würdig ausschreitend, wie es einem Gott zukam, über den von Menschen überfüllten Hof zur Säulenhalle des großen Tempels. Die Königin trug nun die kleine blaue Krone mit der goldenen Uräusschlange über der Stirne, während Gott Amun von der doppelten Federkrone auf seinem Haupt geschmückt wurde, so hoch wie die Ähren der Felder im Fruchtland, und einem sorgsam geflochtenen Bart, so lang wie der Obelisk eines Stieres. Eine Maske aus Gold verbarg sein Gesicht.

Gott Amun und seine auserwählte Tochter hatten den Blick in die Ferne gerichtet, und keiner sah den anderen an. Während sie feierlich einen Schritt vor den anderen setzten, bewegte Hatschepsut kaum merklich für die Menge am Wegesrand die Lippen: »Verbirgt sich nicht hinter der Maske meines Vaters Amun Puemre, der zweite Prophet?«

»Es ist die Wahrheit«, kam es kalt hinter der Goldmaske zurück.

»Man hat mir hinterbracht, dass du zum Hüter meines Lebens wurdest, als Hapuseneb eine Verschwörung gegen mich angezettelt hat.«

»So ist es, Maatkare.« Der Mann hinter der Maske sprach sie zum ersten Mal mit ihrem Königsnamen an, und die Pharaonin registrierte es mit Wohlwollen.

»Sag, warum hast du das getan? Ich habe dir keinerlei Versprechungen gemacht.«

»Ich musste es tun, weil das, was Hapuseneb vorhatte, Unrecht war ...«

Hatschepsut schwieg, während sie weiterschritten und die kniefälligen Huldigungen der Menschen am Wegesrand scheinbar unbeeindruckt über sich ergehen ließen.

»Du bist das Sonnenblut«, nahm der Priester seine Rede wieder auf, »und kein Frevel kann so groß sein, eine Tat wie die des Oberpriesters zu rechtfertigen.«

Die Pharaonin drückte die Hand des Priesters heftig, als wollte sie ihrer Frage Nachdruck verleihen:

»Es ist also auch in deinen Augen ein Frevel, dass die Erste der Edelfrauen, die Amun umfängt, den Horusthron besteigt?«

Der Priester verweigerte die Antwort.

»Und Hetepheres«, begann Hatschepsut erneut, »die Tochter des Pharaos Huni und Mutter des Cheops? Regierte sie nicht das Reich zur Zufriedenheit der Götter und Menschen? Und Merit-Neith, die Große von Memphis, und Hotep-Neith, die Tochter des Narmer, haben sie nicht dafür gesorgt, dass das Sonnenblut auf dem Horusthron erhalten blieb? Und hätte Nefrusobek, die kluge Schwester des Amenemhet, den Thron nicht bestiegen, so wäre das Ende der Könige von Memphis früher gewesen.«

Da nickte Gott Amun stumm, sodass die hohe Federkrone schwankte wie der Wipfel einer Palme, und sie erreichten die große Halle der Diademe. Dort wurde Hatschepsut von einer Schar Dienerinnen entkleidet. Sie streiften das alte festliche Gewand ab und warfen es auf die Glut des in einer Schale lodernden Feuers, damit das Vergangene vergessen sei. Und Juja reichte Hatschepsut den enggefalteten Lendenschurz, einen handbreiten Halskragen aus roten und grünen Fayencesternen, der Oberkörper blieb nackt und schmucklos bis auf die großen Knospen ihrer vollen Brüste. Dann steckte ihr eine Dienerin die Sandalen mit den Symbolen der Feinde an die Füße und streifte goldene Spangen in den Windungen einer Schlange über ihre Arme. Senenmut reichte die nach außen gebogene Bartperücke, die mit zwei Bändern an den Ohren befestigt wurde, und so gekleidet wie ein Mann trat Hatschepsut vor den Oberpriester Hapuseneb, der die Doppelkrone Ägyptens in seinen Händen hielt.

Hatschepsut zögerte einen Augenblick, als fürchtete sie sich, dem feindseligen Propheten gegenüberzutreten; aber sofort hatte sie sich wieder in der Gewalt, und festen Schrittes ging sie auf den Gezeichneten zu und suchte den hohlen Blick seiner Augen. Und siehe, der Oberpriester schien sich hinter der hohen Krone in seinen Händen zu verstecken. Die Königin bemerkte Hapusenebs Verlegenheit, tat einen Schritt zur Seite und sah nun dem Propheten fest in die Augen. Das verunsicherte den Oberpriester noch mehr. Nicht wissend, ob die Pharaonin seine hinterhältigen Pläne kannte, ob er nicht seinerseits von einem Attentat bedroht sei, blickte er hilfesuchend um sich, als suchte er Rückhalt bei den Priestern an seiner Seite. Der Pharaonin in die Augen zu sehen, wagte er nicht.

Erst als Hatschepsut ohne zu zögern Anstalten machte, dem Propheten die Krone aus den Händen zu nehmen und sich selbst aufs Haupt zu setzen, da hob Hapuseneb die schwere Krone in die Höhe und rief mit schwacher Stimme: »Komme, du Ruhmreiche, und empfange die Würde deiner Krone. Uta, die Göttin Unterägyptens, und Nechbet, die Göttin Oberägyptens, sind nun vereint auf deinem Haupt. Dein ist nun die Herrschaft über beide Länder.«

Und während die Pharaonin die rot-weiße Doppelkrone zurechtrückte, jubelten die Großen des Reiches vor Freude, und ihre Herzen hüpften. Hatschepsut aber blieb ernst. Durch Hapuseneb hindurchblickend, als sei er eine Erscheinung des Luftgottes Schu, ging sie, bedächtig ausschreitend wegen des Gewichtes der hohen Krone, auf die Stirnwand des Tempels zu, wo auf einem schmucklosen Podest der Horusthron stand, das Ziel ihrer Wünsche.

An der Wand hinter dem Thron leuchteten die Namensringe ihrer Vorgänger, die alle bereits zu Osiris geworden waren, wie auch sie dereinst Osiris werden würde, und als letzter stand in goldenen Hieroglyphenzeichen der ihre: Maatkare, Hatschepsut, die Amun umfängt.

Die Pharaonin nahm Platz. Und als ihr Senenmut Krummhaken und Peitsche reichte, die uralten Machtsymbole des Pharaos, als sie beide über ihren nackten Brüsten kreuzte, und als der Jubel unter den Großen des Reiches kein Ende nehmen wollte, da wurde zum ersten Mal der Anflug eines Lächelns auf dem ernsten Gesicht der Königin sichtbar, und ihr war, als trüge sie Re in seiner Sonnenbarke, begleitet von seinem Wesir Thot und seiner Tochter Maat, in den morgendlichen Horizont des Himmels. Und als hätte sie Angst abzustürzen aus dem weiten Himmelsozean, suchte sie die Hand Senenmuts zu ihrer Rechten, damit er ihr Halt verleihe wie der Vater seinem Kind.

Neferabet, der weiseste unter den Schreibern des Hofes, genoss ein Ansehen, höher als das der Priester des Amun; denn Neferabet war, wie jedermann wusste, menschenfreundlich und unbestechlich. Er lebte in absoluter Bedürfnislosigkeit und verteilte das Gold des Lobes, das ihm Thutmes – er lebe ewig – verliehen hatte, unter die Armen der Stadt. Und selbst die ältesten Einwohner von Theben konnten sich nicht erinnern, den Schreiber jemals in anderer Kleidung gesehen zu haben als im schlichten Lendenschurz mit nacktem Oberkörper. Dazu trug er die stufenförmig geschnittene breit ausladende Perücke, die ihm der Pharao einst geschenkt hatte, als er ihn zum Vorsteher aller Schreibarbeiten des Königs machte.

Der weise Schreiber hatte schon mehr als sechzig Mal die Wasser des großen Stromes anschwellen und fallen sehen, und viele, die Jahrzehnte später als er geboren worden waren, hatten ihr Leben bereits verwirkt wie Thutmes, der Pharao, und Teti, der Magier. So kannte Neferabet die Weisheit des Lebens wie kein Zweiter im Land, und die Schreiber des Palastes zeichneten seine Worte mit flinken Binsen auf Papyrus, wenn Neferabet, die Beine gekreuzt, auf dem Boden hockte und von Göttern und Menschen berichtete.

Einmal pro Woche unterrichtete Neferabet den künftigen König in der Weisheit des Lebens, was ihm den Titel »Gottesvater« einbrachte, und er hatte, wie üblich, einen weiteren, gleichaltrigen Jungen zum Unterricht hinzugezogen, Amset, den Sohn des Generals Ptahhotep und seiner Frau Ruja. Nicht anders als die Kinder der Höflinge mussten Thutmes und Amset sich mit Schreibtafel und Binsen bei dem weisen Schreiber einfinden. Der Unterschied bestand nur darin, dass die Täfelchen nicht aus Holz, sondern aus Elfenbein gefertigt waren und dass Thutmes nur das Lob und Amset nur den Tadel einsteckte. Denn den künftigen Pharao zu tadeln war selbst Neferabet nicht erlaubt. So schimpfte denn der Schreiber, hatte Thutmes einen Fehler gemacht, den armen Amset, obwohl Thutmes gemeint war.

Auch während des Unterrichts hockte Neferabet mit gekreuzten Beinen auf dem Boden, und weil er dies seit Jahrzehnten tat, zierten seinen Bauch drei tiefe Falten. Die Schüler lauschten dem Lehrer in der gleichen Haltung. Zur Rechten

Neferabets stand ein Götterbild des ibisköpfigen Thot, zur Linken eines der Seschat mit dem siebenstrahligen Stern im Haar, den Göttern der Weisheit und der Schreibkunst.

Thutmes machte einen bedrückten Eindruck. Er begriff nicht, was in den letzten Tagen vorgegangen war. Er verstand nicht, dass *er* der Pharao war und seine Stiefmutter Hatschepsut gleichzeitig zum König gekrönt wurde. O wenn sein Vater Thutmes noch lebte, er hätte ihm das alles erklären können! Iset, seine Mutter, sah er nur an wenigen Tagen im Jahr. Und ob sie die rechte Erklärung gefunden hätte? So blieb nur Neferabet, der das Vertrauen des unglücklichen Kind-Pharaos genoss, obwohl er der Erste der Schreiber der Königin war.

Und noch ehe der junge Thutmes den weisen Schreiber mit Fragen bestürmen konnte, erklärte Neferabet, das Schicksal eines jeden Menschen sei vorbestimmt, auch das des Pharaos, und man könne sein Leben zwar durch allerlei Umtriebe beeinflussen, ändern aber könne es niemand. Und um das zu beweisen, erzählte er das folgende Märchen:

»Es war einmal ein König, dem gebar seine Frau einen Sohn, wie er es gewünscht hatte. Und die Göttinnen des Schicksals kamen, um sein Leben und Sterben zu bestimmen, und sie sagten: ›Dieser Knabe stirbt durch das Krokodil oder durch die Schlange oder durch den Hund.‹

Als der König dies hörte, wurde er sehr traurig, und er ließ für das Kind ein steinernes Haus in der Wüste bauen, mit Dienern und Hausrat des Palastes ausgestattet, und der Junge verließ das steinerne Haus nie. So wuchs der Knabe heran. Eines Tages stieg er auf das Dach seines Hauses und erblickte einen Windhund. Da rief er seinen Diener und fragte: ›Sieh das schöne Tier, was ist denn das?‹ Der Diener antwortete: ›Das ist ein Windhund.‹ Und der junge Prinz meinte: ›Man soll mir auch einen Windhund bringen! Als dies der Diener dem König erzählte, sagte dieser: ›Bringt ihm einen jungen Windhund, der ihm nie gefährlich werden kann!‹ Und so geschah es.

Die Jahre vergingen, und der Prinz wurde groß in allen seinen Gliedern. Er schickte einen Boten zu seinem Vater und fragte: ›Wozu dient es, dass ich hier sitze? Sieh, ich bin doch den drei Schicksalen zugeteilt. Lasse mich tun, was mir gefällt, die Götter lassen sich dennoch nicht von ihrem Willen abbringen.‹

Da gab ihm der König Wagen, Pferde, Waffen und einen Begleiter und sagte: ›Geh hin, wohin du willst!‹ Und der Prinz zog am östlichen Ufer nilabwärts und weiter nach Norden und kam zum Fürsten des Landes der zwei Ströme.

Der Fürst hatte eine Tochter, die lebte in einem Palast, dessen Fenster siebzig Ellen vom Erdboden entfernt waren. Er bat alle Prinzen der umliegenden Länder zu sich und sprach: »Wer bis zum Fenster meiner Tochter hinaufkommt, erhält sie zur Frau.‹

Als der Prinz aus Ägypten ankam, badeten sie ihn, salbten ihn und gaben seinem Gespann Futter. Und auf die Frage, woher er komme, sagte er: ›Ich bin der Sohn eines einfachen Soldaten aus Ägypten. Meine Mutter starb, und mein Vater nahm sich eine andere Frau. Als sie begann, mich zu hassen, floh ich vor ihr.‹ Da umarmten ihn die Leute im Land der zwei Ströme und küssten ihn auf all seine Glieder. Und als er von dem Versprechen des Fürsten hörte und sah, dass die anderen Prinzen alle erfolglos blieben, beschwor er seine Füße und stieg die Mauer empor in schwindelnde Höhe und erreichte das Fenster der Prinzessin. Die aber küsste und umarmte ihn.

Kaum hatte der Fürst erfahren, dass der Soldatensohn das Fenster seiner Tochter erreicht hatte, da wurde er wütend und rief: ›Soll ich meine Tochter dem ägyptischen Flüchtling geben? Nein, er soll fortgehen!‹

Doch die Tochter des Königs fasste den Ägypter am Arm und

schwor: ›Bei Re-Harachte, nimmt man ihn von mir, so werde ich nicht mehr essen und nicht mehr trinken. Ich werde sterben.‹

Da gab der Fürst sich geschlagen und erklärte beide zu Mann und Frau und gab ihnen Äcker und Diener und alles Gute. Der Ägypter aber machte seiner Frau das Geständnis: ›Ich bin drei Schicksalen zugeteilt, dem Krokodil, der Schlange und dem Hund.‹ Die Frau vernahm es mit Furcht und entgegnete: ›So lass den Windhund töten, der dich auf Schritt und Tritt begleitet.‹ – ›Beim Re‹, antwortete der Prinz, ›ich lasse meinen Hund nicht töten, den ich aufgezogen habe, als er noch klein war.‹ Von da an behütete die Königstochter ihren Gemahl voll Sorge.

Die Tage gingen hin, und der Prinz wanderte mit seiner Frau nach Ägypten, um ihr das Land seiner Väter zu zeigen. Und sie kamen an ein Gewässer, in dem ein Krokodil hauste, das jeden verschlang, der des Weges kam. Deshalb sprach die Frau aus dem Land der zwei Ströme: ›Lass uns nachts an dem See vorbeischleichen, damit das Krokodil uns nicht sieht.‹ Und so geschah es, und beide erreichten wohlbehalten das Land.

Und wieder gingen die Tage hinweg, und sie waren zurückgekehrt und vergnügten sich in ihrem Haus im Land der zwei Ströme. Als nun die Nacht gekommen war, da bemächtigte sich der Schlaf aller Glieder des Prinzen, und er verschmähte das Bier, das seine Frau neben ihn hinstellte. Und siehe da, eine Schlange kam aus den Ritzen der Mauer, um den Prinzen zu beißen. Doch als sie das Bier roch, trank sie und wurde betrunken und schlief ein. Da erwachte die Frau und hackte das Tier in Stücke, und als ihr Mann erwachte, sagte sie: ›Dein Gott hat dir eines von deinen Geschicken in die Hand gegeben. Er wird dir auch die anderen geben.‹ Da opferte er dem Gott und pries ihn täglich.

Und wieder gingen die Tage dahin, und er glaubte nicht, dass ihn eines der drei Schicksale ereilen könnte. Und er tollte mit seinem Windhund durch Garten und Haus, und als sein Hund in weitem Sprung über den Brunnen setzte, da wollte er es ihm gleichtun; doch seine Füße verfehlten das Ziel, und er stürzte in die tiefe Zisterne. So hatte sich die Prophezeiung der Göttinnen des Schicksals erfüllt – wenngleich auf unerwartete Weise.«

Der junge Thutmes schwieg und versuchte, die Lehre aus dem Märchen zu ziehen. Neferabet aber erhob sich, ohne ein Wort zu sagen, und ließ Thutmes und Amset allein mit ihren Gedanken.

Alle Menschen hatten die Köpfe geschüttelt und gesagt, sogar die Götter würden in lautes Gelächter ausbrechen, wenn sie erführen, dass Senenmut, der Baumeister und Haushofmeister der Pharaonin, zwei Steinnadeln aus dem Fels brechen wollte, hundert Ellen lang eine jede, in einem einzigen Stück. Jetzt hallte die Stimme Senenmuts laut wie der Ruf eines Nilpferdes durch das Tal bei den Stromschnellen. Er hielt eine große eherne Schale vor das Gesicht und stand mit dem Rücken zum Fluss. So konnten fünfmal tausend Mann, Sklaven und kräftige Männer aus dem ganzen Land, seine Kommandos hören: »Auf und ab und Amun-Re und Maatkare und hebt und zieht und Kraft und Glück dem Pharao!«

Und im Takt seiner Stimme glitten die gewaltigen Steinnadeln, die Senenmut auf wundersame Weise aus dem Granit geschnitten hatte, Handbreit um Handbreit zum Ufer. Mannsdicke Balken, mit denen die Obelisken umgeben waren, ächzten unter dem Zug der tausend Seile. Und ein Gebräu aus Milch, Wasser und Sand schäumte unter den Kolossen wie gäriges Bier. »Auf und ab und hebt und zieht!«, hallten die Kommandos.

Wie Tiere hingen die unbekleideten Sklaven in den Tauen.

Ihre Gleichheit und Vielzahl, der gleichmäßige Rhythmus ihrer Bewegungen verwandelte sie in ein gigantisches Urwelttier, das, an tausend Seile gefesselt, seinen Weg suchte, fauchend, pustend, stöhnend. Viele der Männer übermannte die unmenschliche Anstrengung. Sie übergaben sich und spieen Erbrochenes in weitem Bogen auf den Vordermann. Ein jeder gab sein Äußerstes, obwohl keine Peitsche zum Einsatz kam; denn Obelisken galten als etwas Heiliges, etwas, was nur der Pharao in Angriff nehmen konnte zum Lobe der Götter. Und so zog, zerrte, hob, stemmte und schob ein jeder für die unsterblichen Götter. Sie würden es sehen und ihr Werk mit auf die Waage legen, wenn es dereinst galt, Gutes und Böses im Leben des Menschen gegeneinander aufzuwägen.

Senenmuts Stimme zitterte, denn mit jedem Schritt, den die Steinnadeln dem Ufer näher kamen, wuchs die Wahrscheinlichkeit, sie ans Ziel, fünf Tagereisen flussabwärts, zu bringen. Barst einer der Obelisken auf den letzten Schritten, dann war die monatelange Arbeit von fünftausend Menschen umsonst, und es erschien fraglich, ob Senenmut noch einmal von vorne begonnen hätte. Viele, besonders die Priester des Landes, waren gegen ihn. Sie verurteilten das frevlerische Tun, die Herausforderung an die Götter. Anders, so behaupteten sie, könne man Senenmuts Vorhaben, zwei Obelisken, hoch wie der Himmel, zu errichten, nicht nennen.

Zu denen, die zweifelten, gehörte auch Ineni, Senenmuts alter Lehrmeister, der nun, auf einen Stock gestützt, hinter ihm stand und mit dem Jungen bangte. Ineni, dessen kahlen Kopf ein großer buschiger weißer Bart umrahmte, neidete Senenmut den Erfolg nicht, er liebte ihn wie seinen Sohn und sprach zu ihm mit Stolz. Aber die Erfahrung des Alters sagte ihm, dass ein Steinquader von dieser Größe und diesem Gewicht einfach brechen *musste.* Der alte Baumeister hatte oft genug erlebt, dass allein die Spannung zwischen der sonnenbeschienenen Seite eines Quaders und jener, die im Schatten lag, Steine zum Bersten brachte, Steine nicht halb so groß wie diese beiden Obelisken. Und so murmelte Ineni ein frommes Gebet zu Amun-Re, er möge das Werk mit Wohlgefallen betrachten, weniger aus Überzeugung, dass seine Fürbitte erhört würde, als aus dem Grund, gegen seine eigene Spannung anzukämpfen, die allmählich unerträglich wurde.

Mit dem Rücken zum Fluss sah Senenmut nicht, wie die Sklaven reihenweise umfielen. Die Überanstrengung raubte ihnen das Bewusstsein, spitze Steine drangen wie Pfeilspitzen in ihre nackten Sohlen; und stürzte einer, dann trampelten die anderen über ihn hinweg, als bemerkten sie ihn nicht. So sehr peitschte sie die Stimme Senenmuts an, und das immer wiederkehrende Kommando: »Auf und ab und Amun-Re und Maatkare und hebt und zieht und Kraft und Glück dem Pharao!« Einmal, tausendmal, bis zur totalen Erschöpfung.

Ineni betrachtete Senenmut von der Seite, und ihm schien es, als hätten Ka und Ba diesen Mann verlassen, als schrie und stampfte da ein seelenloser Körper, der durch nichts zum Stillstand gebracht werden könne, es sei denn durch die Vollendung seines Werkes, das er sich in den Kopf gesetzt hatte. Senenmut gönnte den Sklaven keine Pause; denn verlor ein solcher Koloss erst einmal seine Bewegung, war es schwer, ihn wieder aufzunehmen, ihn aufs Neue zum Gleiten zu bringen. Das konnte Tage dauern, und niemand wusste, wie lange der hohe Wasserstand des Monats Paophi erhalten blieb.

Vollends verwirrte den Alten jedoch, dass Senenmut sich nicht einmal umwandte, um den Transport zu beobachten, ob seine einpeitschenden Kommandos überhaupt in die Tat umgesetzt wurden. Als blickte er in einen Spiegel, fixierte Senenmut das Innere der ehernen Schale, aus der seine Stimme mit mächtigem Schall zurückgeworfen wurde: »Auf und ab und hebt und zieht ...«

Nie war dem greisen Ineni die Hilflosigkeit des Alters mehr bewusst, nie hatte er den Stock in seiner Hand, der ihn aufrecht hielt, mehr gehasst als in diesem Augenblick. Er wollte hinzuspringen, eines der armdicken Taue fassen und, beseelt von der Kraft des Re, das schwere Gestein zu den Schiffen schleifen. Doch Ineni spürte nur, wie seine Knie sich im Takt der Kommandos Senenmuts bogen und streckten. Man war versucht zu glauben, die Stimme des Gottes tönte aus der ehernen Schale, so laut, so bestimmend, so bezwingend klangen die Rufe des Baumeisters.

Jetzt trennte die Steinnadeln nur noch die eigene Länge von den Schiffen. Die Rampe führte längs des Flusses geradewegs auf einen Lastkahn zu, in dem die Säulenhalle des Amun im Tempel von Karnak Platz gefunden hätte, so gigantisch waren seine Ausmaße. Vom hochgeschnäbelten Bug bis zum Heck maß er dreihundert Ellen und annähernd hundert Ellen in der Breite. Senenmut hatte das Fahrzeug, das mit vier Rudern auf Kurs gehalten wurde, eigens für diesen Zweck in den Werften der alten Reichshauptstadt Memphis bauen lassen. Allein für die vier Ruder wurde eine Expedition in das Land der Zedern geschickt, um vier Bäume zu schlagen, ein jeder gerade gewachsen wie die Strahlenarme des Re und hoch wie der Himmel. Da hatten die Schiffsbauer gewarnt, nicht einmal Cheops, der ein halbes Jahrhundert regierte und das größte von Menschenhand Geschaffene erbaute, habe es gewagt, ein Transportfahrzeug von solchen Ausmaßen zu bauen, weil es gegen den Willen der Götter sei, und dabei habe Cheops ein Gebirge errichtet inmitten der Wüste. Doch Senenmut hatte derartige Warnungen in den Wind geschlagen, gelacht und mit der Überzeugung seiner unerfahrenen Jugend gesagt, das sei vor tausend Jahren gewesen, als Amun und Re noch in Fehde lagen und jeder die höchste Ehre für sich beanspruchte. Heute gebühre Amun-Re die höchste Ehre, und die übrigen Götter fügten sich, und was zur Ehre des obersten Gottes geschehe, das habe den Segen und müsse gelingen – nicht anders als ein Tonkrug auf der Scheibe des Töpfers. Doch als die Menschen zu beiden Seiten des Flusses sahen, wie der Lastkahn von gewaltigen Ausmaßen im Schlepp von 27 Nilschiffen, zu je dreien vertäut, mit 864 Rudern in den Riemen, nilaufwärts bugsiert wurde, da hatten sie sich zu Boden geworfen und aus Furcht Sand über ihre Häupter gestreut, weil sie glaubten, die Sonnenbarke des Re ziehe an ihnen vorüber.

Nun lagen die Ruderschiffe wiederum bereit; und obwohl die Fahrt flussabwärts ging, befürchtete Senenmut, beladen mit zwei Obelisken würden auch vier gewaltige Ruder das Lastschiff nicht manövrierfähig halten. Deshalb sollten die Ruderknechte den Kahn mit höchster Kraftanstrengung flussabwärts ziehen. Es waren kraftstrotzende Kerle, die Senenmut im Delta, wo es mehr Wasseradern als Wege gab, rekrutiert und einen Monat mit dem hellen Fleisch von hundert Kälbern gemästet hatte. Jetzt brannten sie darauf, sich in die Riemen zu legen, wie beim Tag des Ruderns im zehnten Monat des Jahres, wenn der Pharao bei Anbruch des Tages den Berauschten auf dem Wasser zuruft: »Auf zum Westen, ergreift die Ruder!«

Wo, so fragte sich Ineni, während er den schreienden, tobenden, herrischen Kommandos ausstoßenden Senenmut von der Seite betrachtete, wo lagen die Grenzen dieses Mannes? Es war doch noch gar nicht so lange her, dass er den Jungen die Grundlagen des Steinschleifens gelehrt hatte, dass der härtere stets den weicheren Stein glättet und dass der Stein des Südens härter war als der des Nordens. In der Zwischenzeit hatte dieser Senenmut ihn, den Berater und Baumeister dreier Könige, der mit dem Gold des Lobes ausgezeichnet wurde ob seiner Verdienste, längst überflügelt. Von der Gunst der Königin getragen, war er zum Haushofmeister aufgestiegen, zum Verwalter der doppelten Kornkammer des Amun, zum Schatzmeister und Leiter aller Arbeiten für den Gott. Wo würde er enden?

Es schmerzte in den Ohren wie der Tadel der Götter vor dem Totengericht, wenn die Stemmbalken krachten und splitterten wie zierliches Spielzeug, und die Rampe bebte, wenn einer der glitzernden Steinkolosse niedersank wie eine Kuh, der vor dem Opferaltar die Vorderläufe abgeschlagen werden mit dem Schwert des Priesters. Das Werk *musste* gelingen. Jetzt, da die erste der Steinnadeln nur ein paar Schritte von den Schiffen trennten, ergriff auch die letzten das Hochgefühl des nahen Erfolges. Jedes Auf und Ab brachte die Kolosse dem Ziel eine Handbreit näher. Ja, in ihrem Übermut über das gelungene Werk versuchte sogar die Mannschaft, welche den zweiten Obelisken transportierte, näher an den ersten heranzukommen, rückte, indem sie den Koloss bei jedem Kommando etwas höher hob und weiter schob, bis auf zwei kleine Schritte an den ersten heran. Und als der Vorarbeiter der ersten Mannschaft, der breitbeinig auf der Steinnadel stand, um die kleinste Richtungsabweichung durch Zuruf zu korrigieren, die Annäherung bemerkte, da wurde seine Stimme, mit der er das Kommando Senenmuts an die Sklaven weitergab, lauter, einpeitschender, und die Männer begriffen, stemmten sich fester gegen die Balken, krallten die Zehen härter in den Sand und scheuerten sich ihre Schultern blutig an Stein und Gebälk.

Und plötzlich verstummten die Anfeuerungsrufe Senenmuts. Als hätte er die Schritte der Sklaven gezählt und jeden Ruck der Kolosse in seinem Gehirn registriert, als kenne er jede Handbreit des Geländes, drehte sich Senenmut um und sah das vollendete Werk. Der erste Obelisk lag genau in Höhe des Schiffes parallel zum Fluss, und eine Brücke aus mannsdicken

Balken war aufgebaut, über die der Koloss seitlich auf das Schiff geschoben werden konnte.

Taumelnd und erschöpft wie Tiere nach tagelangem Wüstenritt standen, lehnten und lagen die Sklaven herum, denen erst jetzt, nach erbrachter Leistung, das Übermenschliche ihrer Tat zu Bewusstsein kam. Und es dauerte eine ganze Weile, bis der erste in zaghaften Jubel ausbrach: »Freue dich, Amun-Re!« Dann aber fielen die übrigen in das Freudengeschrei ein: »Freue dich, Maatkare! Dein Wunsch ist Wahrheit geworden!« Und die Männer, vor Augenblicken noch dem Tode näher als dem Leben, begannen zu springen, zu tanzen, sich übermütig auf die Schultern zu schlagen, und sie ergriffen Senenmut, hoben ihn auf ihre Schultern und trugen ihn um die Obelisken wie einen siegreichen Feldherrn, der den Granit des Südens besiegt hat.

Senenmut aber sprang auf den ersten Koloss und rief, und der Jubel verstummte abrupt: »Amun selbst führte die Taue, da ihr den Stein des Südens bezwungen habt. Und in Millionen Jahren wird man dieser eurer Tat gedenken und euch Bewunderung zollen für diese Leistung. Aber noch ist das Werk nicht vollbracht. Greift mutig zu den Hebebalken, und schleift die Kolosse auf das Schiff!«

Da brach ein wildes Geschrei los, und als hätten die Worte des Baumeisters den Sklaven neue Kraft verliehen, stürmte ein jeder an seinen Platz, ergriff Tau oder Balken und wartete auf das Kommando.

»Auf!«, brüllte Senenmut, als sollte seine Stimme jedem Einzelnen bis ins Innerste fahren. »Auf!« Aber obwohl die Hebel krachten wie der Donner nach einem Blitz über dem Delta des Flusses, obwohl die Taue ächzten wie die Weiber bei der Totenklage, rührte sich der Obelisk nicht vom Fleck.

»Beim Seth mit den roten Augen!«, fluchte Senenmut und

entdeckte mit prüfendem Blick, dass der Koloss während der kurzen Pause auf der Rampe eingesunken war, ja, man konnte sogar beobachten, wie das Erdreich um den Obelisken weiterhin langsam nachgab. Jetzt ging es um Sekunden; denn jeden Augenblick, in dem der Koloss tiefer einsank, wurde die Arbeit schwerer und schwerer und schließlich, wenn der Obelisk tiefer als die Brückenkonstruktion lag, sodass er nicht mehr mit Muskelkraft emporgehievt werden konnte, sogar sinnlos und unmöglich. Dann mussten sie eine neue Rampe bauen, und das gefährliche Spiel von neuem beginnen.

»O du Herr der Götter, ein Opfer für deinen Ka! Und dir, Hathor, ein Tempel in der Wüste!« Das Stoßgebet Senenmuts kam aus der Tiefe seines Herzens. So kurz vor dem Ziel *durfte* das Werk nicht scheitern!

Da kam Ineni und rief, Senenmut solle alle Hebelbalken auf der rechten Seite ansetzen, dort sei der Obelisk am wenigsten tief eingesunken, und in seiner Aufregung trieb er die Sklaven, einen nach dem anderen, mit seinem Stock von ihrem Platz und schickte sie an das andere Ende.

Als Senenmut sah, was der Alte vorhatte, und als er den Sinn seines Tuns nicht erkannte, da schrie er Ineni an: »Haben die Götter dein altes Gehirn schon ganz im Stich gelassen? Scher dich weg, sonst werde ich dir Beine machen mit deinem eigenen Stock!«

Doch Ineni ließ sich nicht beirren, trieb alle Sklaven zum anderen Ende und befahl, die Balken hier anzusetzen; und nicht die Drohung eines Gottes hätte ihn von seinem Tun abbringen können. Und auf einmal hob sich das eine Ende des Kolosses eine Handbreit aus dem Sand. »Höher!«, brüllte Ineni mit bebender Stimme. »Noch höher!« Und als die nötige Höhe erreicht war, rammten sie Balken unter die Steinnadel, und der Alte kommandierte die Sklaven nun zum anderen Ende. Langsam und träge wie ein Krokodil in der Sonne bewegte sich der Obelisk aus dem Sand. Senenmut staunte.

Er hörte noch das Krachen eines Balkens, der unter der Last des Obelisken splitterte wie ein trockenes Schilfrohr. Senenmut nahm auch gerade noch wahr, wie ein Ende des Stammes wie ein Geschoss durch die Luft flog; doch was dann geschehen war, erkannte Senenmut erst, als er vor Ineni stand, der niedergestreckt auf der Rampe lag mit einer so tiefen Wunde auf der Stirne, dass man eine Faust hineinlegen konnte.

»Ineni!«, sagte Senenmut leise, und auf einmal überschlug sich seine Stimme: »Ineniii!« Nun wurden auch die anderen aufmerksam, und es bildete sich ein Kreis um die beiden aus neugierig gaffenden Gesichtern. Senenmut kniete nieder und legte ein Ohr auf die Brust des Alten. »Ineni«, stammelte er. Da öffnete Ineni die Augen, und sein Mund formte ein mühsames Lächeln, und er sagte unter großer Kraftanstrengung: »Senenmut, es war das Letzte, was ich für dich tun konnte. Ich möchte im Gefolge der Hathor sein.«

Die letzten Worte waren gurgelnd aus seinem Mund gekommen, und während er ruhig die Augen schloss, als legte er sich müde zum Schlafen, trat ein dunkles Rinnsal aus dem geöffneten Mund hervor und benetzte seinen schlohweißen Bart.

Senenmut aber weinte wie ein Kind, und während er mit dem nackten Unterarm über das Gesicht wischte, stammelte er immer wieder: »Ineni, verlass mich nicht. Verlass mich nicht, Ineni ...«

VIII

Iset erschrak, als sie Hatschepsut gegenübertrat: Wären ihre vollen Brüste nicht gewesen, die sie unbedeckt trug, man hätte sie für einen Mann halten können. Die Kurzhaarperücke mit dem Uräus an der Stirne, der einfache Halskragen und der die Hüften umspannende Lendenschurz, das war die Kleidung, die König Thutmes getragen hatte, wenn er sich in seinem Palast aufhielt.

»Ich habe dich kommen lassen«, begann die Pharaonin ohne Umschweife, »weil deine Anwesenheit am Hofe unerwünscht ist.«

»Aber König Thutmes – er lebe ewig –, er hat mich ...«

»König Thutmes – er lebe ewig – ist tot«, unterbrach Hatschepsut die Rede von Iset, »und wie du siehst, habe ich sein Erbe angetreten. Es ist nicht meine Absicht, das Vergnügen seiner einsamen Nächte auf Lebenszeit zu honorieren.«

Die kleine Königin hielt den Kopf gesenkt, denn sie wusste, dass jeder Widerspruch sinnlos war bei der Härte dieser Frau. »Und Thutmes, der Sohn des Pharaos«, fragte sie schließlich zögernd, »was wird mit ihm geschehen?«

»Neferabet unterrichtet ihn in der Weisheit des Lebens, und die Priester des Amun lassen ihm die Erziehung zukommen, die einem Sohn des Königs gebührt – selbst einem Bastard!« Hatschepsut sprach das Wort aus, als spuckte sie dabei auf die Erde. »Er hat seine Mutter bisher nicht vermisst, obwohl die Propheten ihn fernhalten von dir.«

»Ich weiß«, entgegnete Iset, »aber es genügt, seine Nähe zu wissen. Er ist doch mein Sohn!«

Hatschepsuts Augen verfinsterten sich, und über der Nasenwurzel erschien eine senkrechte Falte. »Beim Amun«, rief sie mit einem künstlichen Lachen, »er ist dein Sohn, und niemand will ihn dir nehmen.«

»Aber du trennst die Mutter von ihrem Sohn«, rief die kleine Königin voll Zorn. »Das Küken bleibt bei der Ente, bis es in der Lage ist, sich selbst zu ernähren, das Fohlen wird erst von der Stute getrennt, wenn es eigene Wege geht, und jeder Hirte im Fruchtland hält die Hand über seine Kinder, bis er sicher ist, dass ihnen nichts geschehen kann.«

»Es war nicht meine Idee, das Kind zum Pharao zu machen«, erwiderte die Königin, »das hast du zusammen mit den Priestern des Amun ausgeheckt. Aber ihr alle habt Hatschepsut unterschätzt, die Amun umfängt. Solange *ich* lebe, werde *ich* regieren auf dem Horusthron als Pharao Maatkare, und niemand wird mir meine Herrschaft streitig machen. Schon gar nicht der Sohn einer ehemaligen Dienerin des Palastes.«

»Pharao Thutmes hat ihn gezeugt, er lebe ewig!«

»Ja, ja«, entgegnete Hatschepsut unwillig, »wäre eine Ziegenhirtin vom Westen des Flusses vorübergekommen, verteidigte *sie* heute hier ihre Mutterschaft.«

Iset hob die Hände: »Ich verteidige mich nicht, es ist mir auch gleichgültig, was du mit mir vorhast. Ich fordere nur Recht für meinen Sohn Thutmes, das Kind des Pharaos!«

Da verlor Hatschepsut die Beherrschung, sprang auf und ging mit kurzen Schritten auf und ab. »Recht, Recht! *Ich* bin es, der die Gesetze gibt in diesem Land. Und deshalb bin *ich* das Recht, ich, Maatkare. Und *ich* werde deinen stumpfsinnigen Sohn Thutmes in die Verbannung schicken, wenn es mir gefällt, oder ich werde ihn zu meinem Nachfolger ernennen, wenn es mir Freude macht. Freude aber bereitet es mir, Maatkare, *dich* in die Verbannung zu schicken in das Delta des Flusses, wo der Nil seine Wasser in fünf Adern verteilt wie die Finger einer Hand.«

»Nein«, schluchzte Iset.

»Doch. Du wirst Dienerin im Tempel von Bubastis sein. Die kahlköpfigen Priester der Löwengöttin Bastet sind weit weniger begütert als die Fettsäcke des Amun von Karnak. Sie vermieten ihre Dienerinnen den Besuchern des Tempels, und davon leben sie.«

»O große Mutter von Karnak, das darf nicht geschehen!«

»Es wird geschehen, weil der Pharao es befiehlt! Schließlich bist du es gewohnt, dich fremden Männern hinzugeben. Oder ist es nur der Pharao, der deine Schenkel auseinanderbringt?«

Iset sah die Pharaonin prüfend an, und mit dem Mut der Verzweiflung trat sie vor Hatschepsut hin und sprach: »O Maatkare, Herrin beider Länder, warum verschwendest du all deinen Hass gegen mich, deine Dienerin Iset? Meine Eltern haben dem Pharao gedient, und deren Eltern ebenso, und auch mir kam es nie in den Sinn zu herrschen ...«

Hatschepsut lachte hämisch: »Dir nicht, Dienerin Iset, dir nicht; aber deinem Sohn Thutmes!«

Da rief Iset mit erregter Stimme: »Aber Thutmes ist doch noch ein Kind!«

»Er ist Pharao nach dem Willen des Amun! Oder nach deinem!«

»Nicht nach dem Willen des Gottes«, entgegnete Iset, »und schon gar nicht nach meinem Willen. Die Priester haben Thutmes zum Pharao gemacht, weil sie hofften, leichtes Spiel mit ihm zu haben. Hapuseneb wollte selbst regieren, er glaubte Macht und Einfluss der Priester zu vergrößern, indem er Thutmes vorschob, selbst aber alle Fäden in der Hand hielt. Mich schreckte dieser Schritt am meisten; denn ich bin eine Mutter wie jede andere, die wünscht, dass ihr Kind wohlbehütet aufwächst und seinen eigenen Weg geht, der seinen Fähigkeiten entspricht. Die Propheten aber haben mir mein Kind entrissen, um es für ihre finsteren Zwecke zu missbrauchen.«

Bei Amun, Mut und Chons! Isets Worte verwirrten die Königin. Welches Spiel trieb diese Hure? Als steckte sie nicht mit Hapuseneb und seiner Anhängerschaft unter einer Decke! Als sei es nicht ihr, Isets, ureigenes Interesse gewesen, den jungen Thutmes zum Pharao zu machen!

Iset erkannte die Gedanken der Pharaonin, und sie fuhrt fort: »Hätte ich Thutmes auf den Thron gewünscht, dann hätte ich gewartet, bis er erfahren ist in der Weisheit des Lebens und in der Lage, selbst zu regieren. So aber konnte von vornherein kein Zweifel bestehen, dass ein anderer für ihn regieren würde. Wozu also die Umschweife? Nein, Maatkare, allein der Ablauf der Dinge beweist, dass mein Kind von den Propheten missbraucht worden ist, und all mein Flehen, Thutmes die Kindheit zu bewahren, blieb vergeblich. Seither habe ich ungezählte Tränen geweint.«

»Deine Rede, Dienerin, klingt einsichtig«, antwortete Hatschepsut, »doch beweist sie nicht die Wahrheit deiner Gesinnung. Der Pharao ist gewohnt, Schmeicheleien entgegenzunehmen wie den Tribut des Jahres. Doch hat er dem Horusthron erst wieder den Rücken gekehrt, dann klagt der Bauer über die Höhe der Steuern und der Dieb über die Härte der Gesetze, und jener, der sagte, er bringe alle Abgaben mit Freude, nennt den Pharao einen Halsabschneider, und einer, der seine Hände ausstreckte, damit man sie abhacke, verflucht den König wegen seiner Grausamkeit.«

Iset schüttelte den Kopf. »Wir haben beide denselben Feind, Hapuseneb. Du hast dich offen als sein Gegner erklärt. Der Oberste der Propheten weiß es und wird danach handeln. Ich aber bin zu unbedeutend, als dass er mich als ernsthaften Feind betrachten würde. Er hat mir mein Kind geraubt und für seine Zwecke missbraucht. Gefragt hat er mich nie. Du, Maatkare, magst mich als Gegner betrachten, weil ich mich Thutmes – er lebe ewig – hingegeben habe. Aber sei versichert, das geschah nicht aus Berechnung. Was, bei der Neunheit der Götter, soll eine Dienerin tun, die dem Pharao über den Weg läuft, wenn der König sie begehrt? Habe ich nicht einen heiligen Eid abgelegt, dem Pharao gefügig zu sein bis zum Tode? Sprich, Pharao Maatkare, was habe ich dir geraubt? Den Gemahl? – Gewiss nicht.«

Die Königin lachte bitter. »Den Gemahl? Ha, den hätte ich dir zum Geschenk gemacht! Thutmes – er lebe ewig – war alles andere als ein Gemahl, der Eifersucht im Herzen einer Frau geschürt hat.«

»So ist mein einziges Verbrechen, einen Sohn geboren zu haben, den der Pharao gezeugt hat.« Iset senkte den Blick und schwieg, und Hatschepsut schien getroffen von den Worten der Dienerin, die die Wahrheit ausgesprochen hatte. Aber konnte sie eingestehen, dass allein die Geburt dieses Jungen sie verfeindet hatte wie zwei wildentschlossene Gegner in der Schlacht? Sie, die lobgepriesene Tochter des Amun, war der Dienerin des Königs unterlegen; ihr sehnlichster Wunsch, dem Volk einen Horus zu schenken, war unerfüllt geblieben wie der Traum vom ewigen Leben. Deshalb machte sie schnell eine abwertende Handbewegung, als wollte sie sagen: Schweig, du redest wirr!

»Morgen, bei Anbruch des Tages«, entgegnete die Königin barsch, »wartet am Ufer des Nils eine Barke, um dich nach Bubastis zu bringen.«

Nach dem Willen der Götter erreichte Senenmut die Hauptstadt des Reiches, ohne dass einer der beiden Obelisken zu Bruch ging. Und als die Steinnadeln auf die gleiche Weise, wie sie aufgeladen worden waren, über eine schräge Rampe abgeladen wurden, da wollte der Jubel kein Ende nehmen. Die Thebaner warfen Blumen in die Luft, wo immer Senenmut auftrat, und feierten ihn wie einen Helden.

Der Haushofmeister der Pharaonin aber lebte in Trauer über den Tod seines Lehrmeisters Ineni, ja, er fühlte sich sogar schuldig an dem tragischen Geschick, und es bedurfte vieler tröstender Worte, um ihn wieder aufzurichten. Nicht einmal Hatschepsut vermochte Senenmut zu überreden, die Arbeit fortzusetzen; denn der Baumeister weigerte sich, auch nur eine Hand zu rühren, solange Ineni nicht in einem fürstlichen Grab bestattet sei. Und so setzte er alle Arbeiter, die ihm für die Obelisken zur Verfügung standen, bei der Errichtung des Grabes für seinen Lehrmeister ein und baute ihm einen Palast in die Erde, größer als für einen König.

Decken und Wände der Säle und Korridore wurden mit Reliefs übersät, die schilderten, wie Ineni mit seiner Frau Ahhotep spazieren ging und im Schatten einer Sykomore rastete, von denen es dreiundsiebzig in seinem Garten gab, neben zweihundert Palmen, dreißig Perseabäumen, Apfelbäumen und Tamarisken. Und die besten und schnellsten Steinmetze des Landes versahen die Zwischenräume mit heiligen Schriftzeichen, in denen Ineni zu Wort kam: »Mein ganzes Leben habe ich in Frieden zugebracht, und es gab nichts Böses, das man mir zufügte, sodass ich alterte in der Güte des Herzens. Ich diente drei Königen und genoss ihre Gunst, indem ich mit ihnen von *einem* Tische aß, fettes Fleisch, Gemüse, Früchte, Honig und Kuchen, und Bier trank mit ihnen aus *einer* Schale.«

Und auf der gegenüberliegenden Seite zählte Ineni die Monumente auf, die er im Laufe eines langen Lebens errichtet hatte, die große Halle im Tempel von Karnak mit ihren Papyrussäulen, die Pylone zu beiden Seiten, den künstlichen See im

Westen der Stadt, das Grab des ersten Thutmes und alle Bauten des Reiches, bevor Senenmut kam. Und erst nachdem das Grab mit kostbaren Möbeln und Gold und Silber, das ihm drei Könige für seine Arbeit gezahlt hatten, ausgestattet war, nachdem Sklaven Körbe mit Früchten von seinen Ländereien und Krüge mit Wein und Öl herbeigetragen hatten, gab Senenmut das Grab zur Bestattung frei. Und ein Trauerzug mit dem Sempriester an der Spitze nahm seinen Weg über den Nil, nicht anders als würde ein Pharao zu Grabe getragen.

Senenmut aber begann nun, die Außenwand des Säulenhofes im Tempel einzureißen, um die Steinnadeln der Königin aufzustellen. Und die Hirten und Bauern von beiden Seiten des Flusses schleppten Schläuche, Krüge und Eimer mit Milch ihrer Kühe, Esel und Ziegen herbei, und schlugen die Milch mit Reisig, damit die Obelisken auf dem weißen Schaum besser glitten. Bis sie den Innenhof des Tempels erreicht hatten, vergingen sieben Monate, aus der Saat war die Ernte geworden, und der Monat Pachons machte die Menschen frösteln. Thuti, der Goldschmied, hüllte die Spitzen der Kolosse in pures Gold, den Tribut der Barbaren.

Noch aber lagen die Obelisken der Länge nach auf dem Boden, und jene, die zuvor gezweifelt hatten, ob Senenmut die Steinnadeln heil von den Stromschnellen des Nils zur Biegung des Flusses vor den Toren von Karnak bringen könnte, äußerten erneut Bedenken, Steintürme dieser Höhe könnten überhaupt nicht aufgerichtet werden, ein Lufthauch des Schu, ein Donner des Amun würde genügen, um sie zum Einsturz zu bringen wie eine dünne Mauer aus Nilschlammziegeln.

Unbeirrt und von seinem Erfolg überzeugt, setzte Senenmut die Arbeit fort. Wie aber staunten die Thebaner, als der erste der Obelisken eines Tages begann, sich wie von selbst aufzurichten. Beim Amun, wie hatte Senenmut dies vollbracht?

»Die Götter sind auf seiner Seite!«, ging es von Mund zu Mund, und hinter vorgehaltener Hand stieß manch einer die Warnung aus: »Hütet euch vor diesem. Er ist ein Zauberer und Magier!«

Dabei hatte sich Senenmut nur der Kraft des Erdgottes Geb bedient, aus dessen Mund das Wasser hervorquillt und der die Pflanzen auf seinem Rücken wachsen lässt. Er hatte das Erdreich unter der einen Hälfte des Obelisken angegraben, zwanzig Ellen tief, und diese Hälfte war eingesunken in das Reich des Geb, während die andere sich erhob zu Re, von unsichtbaren Armen gehoben. Dann erst brachte er einen Wald von Stützbalken zum Einsatz und Walzen und Rollen und armdicke Taue, und keiner der Arbeiter stellte sich taub gegen die Befehle Senenmuts, des größten unter den Großen des Landes. Denn jedermann wusste, dass er der wirkliche Liebling der Pharaonin war, und sie war ein Liebling der Götter. Und so kam der fünfte Tag des Monats Payni, und der erste der Obelisken stand aufrecht und zeigte zum Himmel, und am dreizehnten Tag des Monats Mesore ragte der zweite in die Wolken.

Senenmut aber lachte laut, und seine Stimme hallte in den Mauern des Tempels wie der Ruf des Fährmanns über den Nil. Er lachte voll Stolz, weil das herrliche Werk gelungen war, und vor Freude, weil nur er und Hatschepsut das Geheimnis kannten, das sich hinter den Obelisken verbarg. Schnellfüßig lief Senenmut deshalb zum nahen Palast, um das gelungene Werk zu vermelden. Doch am heiligen See, wo die Standbilder der Götter sich im grünen Wasser spiegelten wie eine Hure im polierten Silber, begegnete er zwei halbwüchsigen Jungen, die die Steinnadeln aus der Ferne bewunderten.

Thutmes, der junge Pharao, und sein Freund Amset stellten sich dem Baumeister in den Weg und baten mit gefalteten Händen, Senenmut möge schildern, wie er die hohen Kolosse aufgestellt habe, und sie ergriffen seine Arme und führten ihn zu einer steinernen Bank im Schatten zweier Sykomorenbäume. Da wollte Senenmut sich nicht länger bitten lassen, er setzte sich, und die beiden Jungen nahmen mit gekreuzten Beinen zu seinen Füßen Platz, und der große Aufseher aller Bauten des Pharaos berichtete, wie er mit Holzkeilen, vom Wasser zum Quellen gebracht, die Steinnadeln aus dem Granitfels gesprengt, sie auf den riesigen Lastkahn verladen und mit Hilfe der Kraft des Geb aufgestellt hatte.

Thutmes und Amset lauschten seinen Worten mit offenen Mündern. Auch als Senenmut geendet hatte, sagte keiner ein Wort. Erst nachdem er Anstalten machte, sich zu erheben, trat Thutmes vor den Baumeister hin, als wollte er ihn aufhalten. »Man hat meine Mutter nach Bubastis verbannt«, sagte der Junge unvermittelt. Es waren nicht Trauer oder Schmerz, die aus seinen Augen sprachen, eher die hilflose Wut eines Kindes.

Senenmut erschrak. Er wusste nichts von Isets Verbannung, und es war nicht schwer zu erraten, was Thutmes von ihm wollte. »Wann?«, erkundigte sich der Große.

»Heute Morgen bei Anbruch des Tages. – Was hat meine Mutter verbrochen, dass die Königin sie so behandelt?«

Senenmut schüttelte den Kopf, als wollte er sagen: Nichts hat sie verbrochen, nichts! Aber Senenmut blickte zu Boden und schwieg. Er hatte nie Verständnis aufgebracht für den Hass, den Hatschepsut gegen die kleine Königin hegte. Schließlich war sie dem Pharao nicht aufgrund einer Intrige nahegetreten, sondern Thutmes hatte sie als Beischläferin erwählt, wie sie, Hatschepsut, ihn begehrt hatte.

»Wenn du mir hilfst, meine Mutter zurückzuholen«, begann Thutmes von neuem, »werden wir dir ein Geheimnis verraten.«

Senenmut schmunzelte. »Ich verspreche es, ich will dir helfen; doch du darfst niemandem von unserer Begegnung berichten.«

Die beiden Jungen nickten, und Senenmut überlegte, wie er der unglücklichen Iset helfen könne. Es würde schwer sein, wenn nicht unmöglich, denn Hatschepsut würde der kleinen Königin nie verzeihen, dass sie dem Pharao Thutmes einen Sohn geboren hatte.

»Und das Geheimnis«, fragte der junge Thutmes, »das interessiert dich wohl überhaupt nicht, he?«

»Doch, doch!«, antwortete Senenmut geflissentlich und nahm wieder Platz.

Thutmes aber grüßte höflich: »Amun auf allen Wegen!«, und lief davon.

»Was hat er?«, erkundigte sich Senenmut bei dem zurückbleibenden Amset. Der schien nicht verwundert über die Haltung seines Freundes und meinte, *er* werde dem Haushofmeister das Geheimnis verraten.

Dann machte Amset eine Pause und holte tief Luft, als nähme er Anlauf für einen hohen Sprung: »Du kennst Ruja, meine Mutter«, sagte der Junge mit fester Stimme.

»Ja«, antwortete Senenmut zögernd, »ich mache kein Geheimnis daraus, dass ich ihr einmal sehr zugetan war.«

Da begannen die Augen des Jungen zu leuchten wie der Sothisstern zu Beginn des Monats Thot, und seine Hand suchte die des großen Senenmut und hielt sie fest wie etwas, das man nach langem Suchen endlich gefunden hat. »Du bist mein Vater«, sagte Amset leise. »Vater!«, wiederholte er schüchtern, so als habe er es hundertmal geübt.

Im ersten Augenblick wollte Senenmut entrüstet aufspringen, wollte lauthals protestieren, fragen, ob seine Mutter ihn geschickt habe; doch dann sah er an sich herab, sah die kleine Hand, die die seine festhielt, und das Einzige, das er hervorbrachte, war ein langes, gedehntes »Ich?«, und kaum hatte er es ausgesprochen, schämte er sich für seine dumme Reaktion.

»Mutter hat es mir gesagt, als Ptahhotep sie verließ«, erklärte Amset, »er ließ sie im Stich, nachdem er davon erfuhr. Und auf meine Fragen, warum Vater uns verlassen habe, sagte sie, Ptahhotep sei nicht mein Vater, sondern der große Senenmut, der Sohn des Ramose, und sie habe ihn sehr geliebt.«

Da nahm der Haushofmeister der Pharaonin, der Größte der Großen des Reiches, den Jungen in die Arme und drückte ihn an sich und sagte: »Mein Sohn Amset! Amset mein Sohn!« Dann schnürte Ergriffenheit seine Kehle zu, und beide schwiegen eine lange Zeit.

Schließlich erkundigte sich Senenmut: »Und wem hast du das Geheimnis bisher verraten?«

»Nur meinem Freund Thutmes!«, beteuerte Amset.

»Und wem hat sich Thutmes anvertraut?«

»Thutmes ist mein Freund«, entrüstete sich Amset, »sie könnten ihm die Zunge abschneiden, er würde das Geheimnis nicht preisgeben.« Und als er das skeptische Gesicht seines Vaters sah, sagte Amset: »Er war es, Thutmes, der mich überredete, ich solle mich dir anvertrauen; denn, so meinte er, ein Vater würde seinen Sohn nie verleugnen.«

»Nein«, wiederholte Senenmut, »ein Vater würde seinen Sohn nie verleugnen.«

»Nie?«

»Nie.«

»Dann darf ich jedem erzählen, dass Senenmut, der Größte der Großen des Reiches, mein Vater ist?«

Aber noch bevor Amset einen Sprung in die Luft machen konnte, fasste der Haushofmeister den Jungen bei den Armen und zog ihn an sich heran: »Amset, mein Sohn, hör zu. Ich sehe das Blau deiner Augen, die Locken deiner Haare und die Linien deines Mundes, und mir ist, als blickte ich in einen Spiegel. Es wäre töricht, dich als meinen Sohn zu verleugnen. Doch glaube deinem Vater, dass es Gründe gibt, die verbieten, unser Geheimnis preiszugeben – zumindest vorläufig.«

Amset sah seinen Vater an, als habe er ihn mit der Rute gezüchtigt, und in seinem Blick lagen alle Trauer und Enttäuschung, zu der ein Junge seines Alters fähig ist. Seine Augen baten, flehten, er möge zu ihm stehen. Doch Senenmut blieb hart: »Amset, mein Sohn«, sprach er mit großen Worten, »wenn du mich, deinen Vater, liebst, so sprich kein Wort über unser Geheimnis, bis ich dich vor aller Welt zeige. Versprich es bei der Neunheit der Götter!«

Da nickte Amset heftig, und Senenmut erkannte, dass seine Augen weinten.

Nehsi, der Schwarze, lenkte die königliche Barke durch das Schilf des Nildeltas. Er war Hatschepsut seit ihrer Kindheit treu ergeben, und die Pharaonin hatte ihn dafür mit dem Gold des Lobes überhäuft, wie es nur den Großen des Reiches zuteil wurde, und mit Ämtern und Titeln, die Neid hervorriefen unter den Höflingen des Palastes.

Senenmut saß im hohen Bug des schmalen Schiffes, das lautlos durch das Wasser glitt, und betrachtete Hatschepsut, die, das rechte Knie gebeugt, das linke auf dem Boden, den weitgeschwungenen Bogen aus dem dunklen Holz des Zedernlandes im Anschlag hielt wie der Jagdgott auf der Pirsch. Sie trug die runde blaue Kronenkappe mit der goldenen Uräusschlange auf der Stirne, Ober- und Unterarme waren von breiten goldenen Armspangen umgeben, und um ihren Hals lag ein breiter Kragen aus schimmernden Schriftzeichen, die das eine Wort Maatkare wiederholten. Der Oberkörper der Pharaonin war nackt, und ihre Brüste glänzten rot wie Granatäpfel zurzeit des Schemu. Sie trug den kurzen Lendenschurz wie ein Mann, ihre Füße steckten in Sandalen, deren Riemen mit Goldfäden durchwirkt waren, und sie glänzten wie das Netzwerk der Spinne im Morgentau.

Im vierten Jahrzehnt ihres Lebens stand die Königin nun, aber ihr sinnlicher Körper hatte nichts von seiner Faszination verloren. Im Gegenteil, seit sie sich wie ein Mann kleidete, um den Höflingen, Beamten und Untertanen deutlich zu zeigen, dass *sie* der Pharao war, der ebenbürtige Horus auf dem Thron, seither hatte sie für Senenmut sogar an Reiz gewonnen. Denn mochte die blaue Lederkrone auch ihr wallendes schwarzes Haar verhüllen, mochte sie die kunstvoll geflochtene Bartperücke an ihrem Kinn tragen, mochte sie ihre prallen Brüste ignorieren und tun, als trüge sie den muskulösen Oberkörper eines Mannes, so brauchte Senenmut doch nur unter ihren Lendenschurz zu fassen und mit flinken Fingern ihre Lotosblume zu tasten, um zu bemerken, dass Maatkare eine Frau war, eine Frau, die ihre Schenkel bereitwilliger öffnete als jede andere, die sich einem Mann leidenschaftlicher hingab als eine Hure aus der Vorstadt, die litt und wimmerte wie eine Katze unter den Bissen des Katers.

Doch der Haushofmeister und Geliebte der Königin fand immer weniger Gelegenheit, Hatschepsut seine Liebe zu zeigen, was ihn sehr schmerzte. In ihrer Rolle als Pharaonin fand Maatkare immer weniger Zeit, sich aus ihrem offiziellen Leben zu lösen. Es schien ihr von größerer Wichtigkeit als die Liebe eines Mannes, und Senenmut fürchtete, ihr Verhältnis könnte an dieser Tatsache zugrunde gehen.

Nehsi schüttelte den Kopf, als er die Anspannung der Pharaonin sah, und flüsterte: »Lege den Bogen beiseite, Herrin, hier im Schilf wirst du auf kein Nilpferd stoßen. Ich versuche nur, uns möglichst nahe an die Sandbänke heranzupirschen, dort haben die Tiere Spuren hinterlassen.«

Hatschepsut gehorchte und legte den Bogen auf die Planken. Ein Nilpferd zu erlegen war nur dem Pharao erlaubt und wurde stets mit einem großen Fest gefeiert. Es galt als Beweis für die Kraft und Stärke des Königs, und niemand durfte dem Pharao diesen Rang streitig machen. Maatkare hatte jedoch noch einen anderen Grund, ein Nilpferd zu töten: Die Nilpferdgöttin Toeris trug weibliche Brüste und menschliche Arme und galt als Symbol der Fruchtbarkeit. Die Ägypterinnen brachten ihr Bild an Betten und Kopfstützen an, um reichen Kindersegen zu erflehen. Hatschepsut litt noch immer unter dem Trauma, keinen Horus geboren zu haben. Nicht, dass sie ihre beiden Töchter Nofrure und Meritre hasste; aber Liebe war es nicht, die Mutter und Töchter verband. So bereitete ihr allein die Vorstellung Lust, das Tier der Fruchtbarkeitsgöttin Toeris mit giftigen Pfeilen niederzustrecken. Vielleicht würde sie dann ihr Selbstbewusstsein wiederfinden. Jedenfalls folgten in gebührendem Abstand Priester, Schreiber und Höflinge, die den Auftrag hatten, das Ereignis überall im Land bekanntzumachen, Maatkare, die Pharaonin, habe ein Nilpferd erlegt, das Tier der Göttin Toeris. An Tempelwänden sollte es prangen und an den Toren öffentlicher Häuser, dass die Pharaonin erreicht hatte, was ihrem Gatten, ihrem Vater und dessen Vater versagt geblieben war, und niemand mehr im Reich sollte Zweifel hegen, dass sich in Hatschepsut die Schlauheit der Wildkatze und die Stärke des Löwen paarten.

Senenmut zweifelte, ob es der Geliebten gelingen würde, ein Flusspferd zu erlegen. Er wünschte Hatschepsut sogar einen Misserfolg, denn er fürchtete, das Ereignis könnte sie nur noch mehr in ihrer Rolle bestätigen und ihm die Geliebte noch weiter entfernen.

»Mein Vater Ramose«, begann Senenmut, »erzählte mir, als

ich noch die Seitenlocke der Kindheit trug, Nilpferde seien sehr schlau und ihr Gedächtnis sei besser als das von uns Menschen. Und er berichtete von einem Jungen aus Memphis, der vor hundert Jahren einen Speer in den Rücken eines Nilpferdes schleuderte. Das Ungeheuer verschwand brüllend in den Fluten und ward nie mehr gesehen. Es gingen Jahre ins Land, und der Junge wurde zum Mann und saß eines Abends mit seiner Frau am Ufer des Nils. Da teilte sich vor ihnen das Wasser, und ein gewaltiges Flusspferd stürzte sich auf die beiden und zertrampelte sie wie ein Winzer, der den Saft aus den Trauben presst. Und im Rücken des Tieres steckte noch immer der Speer.«

Hatschepsut lachte, als wollte sie sich selbst Mut machen. »Du jagst mir keine Angst ein, getreuer Begleiter, denn ich ziele mit meinen Pfeilen nicht auf den Rücken des Tieres, der undurchdringlich ist wie der lederne Schild eines Asiaten. Zwischen den Schulterblättern liegt die verwundbare Stelle des Untieres! Triffst du diesen Punkt, so ist der Erfolg sicher.« Während die Pharaonin so sprach, funkelten ihre Augen bedrohlich wie die eines Kriegers, der bereit ist, furchtbare Rache zu nehmen.

Aufgescheucht von der königlichen Barke, flogen schwarzgrüne Wildenten aus dem Schilf und entfernten sich mit klapperndem Flügelschlag nach Westen. Und Hatschepsut griff spielerisch nach Pfeil und Bogen, spannte die Waffe, und mit heftigem Klang sauste der Pfeil auf der Führung und traf ein flatterndes Federvieh, dass es taumelte, noch ein paar verzweifelte Flügelschläge tat und wie ein Stück Holz auf die Wasserfläche klatschte.

Die Königin lächelte, Senenmut aber schwieg, und die Vögel priesen Re mit ihrem Gesang, und ab und zu plumpste ein Frosch in das ruhige Gewässer und schwamm mit zuckenden Bewegungen davon. Senenmut erinnerte sich der ersten Begegnung mit Hatschepsut. Es mochte zwei Jahrzehnte her sein, damals im Schilf von Theben, als sein verirrter Pfeil die Dienerin der Prinzessin traf und mit einem Schlag sein Leben änderte. Wie rätselhaft lenkten die Götter die Geschicke der Menschen!

Der unbeholfene Bauernjunge aus dem Fruchtland war nun der Größte unter den Großen im ganzen Land. Fünf oder sechs Dutzend Ämter und Titel vereinigte er in seiner Person, und die Menschen knieten vor ihm nieder. Seine Kunst, der unvergleichliche Mut, mit Gestein umzugehen wie kein anderer vor ihm, hatten ihm den Ruf eingebracht, ein Liebling der Götter zu sein, und Mütter reichten ihm ihre Kinder, weil sie glaubten, allein die Berührung des Größten der Großen bringe ihnen Glück.

Was hätte Senenmut tun sollen? Hätte er sagen sollen: Das Glück, das ihr euch versprecht, ist mir versagt geblieben? Man hätte gelacht, es einfach nicht geglaubt. Dabei war er, der Sohn des Ramose und der Hatnefer, tief im Herzen unglücklich. Die Frau, die er liebte, entfernte sich mehr und mehr von ihm. Gewiss, sie überhäufte ihn mit Gold und Ehren; aber Senenmut hätte alles Gold und alle Ehren hingegeben, wenn er dafür das erhalten hätte, wonach er sich sehnte – eine Frau.

Doch diese Frau hatte sich selbst zum Pharao ernannt. Nicht Zuneigung, Zärtlichkeit und Liebe erschienen ihr als erstrebenswerte Tugenden, sondern Härte, Macht und Anerkennung. Und wären da nicht die seltenen, einsamen Nächte gewesen, die sie klein wie eine Wüstenmaus in seinen Armen verbrachte, Senenmut hätte zweifeln müssen, ob Maatkare überhaupt noch eine Frau war.

Hatschepsut sah teilnahmslos zu, wie Nehsi die Ente aus dem Wasser fischte und den Pfeil aus dem Gefieder zog. Die Episode, wie sie Senenmut kennen gelernt hatte, hatte Maatkare längst vergessen. Die Götter hatten sie enttäuscht und ihr, der Tochter des Amun, alles Glück versagt. Der Opferrauch von hundert Rindern, ihre inbrünstigen Gebete und die zahllosen Götterbilder aus schwarzem Granit, all das hatte keinen Widerhall gefunden, es schien sogar, als hätten die Götter ihre Gaben verabscheut, als der Sturm im Tempel von Karnak den Rauch des Opferfeuers niederdrückte und es schließlich zum Erlöschen brachte wie die zaghafte Glut eines Hirten, der vergeblich versucht, aus dem feuchten Holz des Schwemmlandes ein Feuer zu machen.

Was, bei der Neunheit der Götter, war ihr Vergehen, dass Amun, der Allergrößte, so streng mit ihr umging? Warum konnte sie nicht wie jede gewöhnliche Dienerin, die sich einem Mann hingibt, einen Sohn gebären? Warum nicht?

Macht war das Einzige, das sie allen anderen voraushatte. Ein Wink genügte, eine einfache Handbewegung, um über das Schicksal der Menschen zu entscheiden. Sie war Maatkare, der Pharao, vor dem die Menschen im Staub lagen, dem sie die Sandalen küssten in Ehrfurcht vor dem Göttlichen, sie war göttlich. War sie es wirklich?

Göttlichkeit forderte Taten, die Taten eines Gottes, etwas, was die Menschen in Ehrfurcht staunen machte. Die Obelisken im Tempel von Karnak hatten die Menschen ehrfürchtig gemacht. Noch kein Pharao hatte es gewagt, so hohe Steinnadeln in den Himmel zu setzen. Das Gold ihrer Spitzen leuchtete bis zum Horizont aller vier Himmelsrichtungen, und wenn die Neun-Bogen-Völker zur Tributabgabe kamen, knieten sie in der Ferne nieder, weil sie glaubten, Re habe seine Sonnenbarke auf der Erde zurückgelassen.

Der Gedanke, was die Menschen wohl sagen würden, wenn sie nach unendlicher Zeit eines ihrer Denkmäler sehen würden, erregte die Königin, und sie beschloss in ihrem Herzen, Denkmäler zu setzen mit ihrem Namen für die Ewigkeit. Doch wie sollte sie das Gebirge des Cheops in der Wüste übertreffen? Wie sollte sie ein Bauwerk schaffen, höher, schöner und großartiger als die beiden Obelisken im Tempel?

Neferabet, der Schreiber, hatte ihre Worte aufgezeichnet, und Senenmut hatte sie in goldenen Hieroglyphen auf den Sockel geschlagen, und Juja, die Dienerin, las sie ihr jeden Morgen beim Erwachen vor: »So wahr ich lebe, so wahr Re mich liebt und Amun mich lobt, so wahr ich die beiden Kronen des Reiches trage, so wahr Seth und Horus Ober- und Unterägypten in mir vereint haben und ich herrsche wie Horus, der Sohn der Isis, so wahr Re mit der Abendbarke untergeht und mit der Morgenbarke erscheint, so wahr ich ewig lebe wie der Stern des Sothis, so wahr habe ich diese Obelisken mit Gold bedeckt, damit mein Name in Ewigkeit erhalten bleibe. Und alle, die es hören, sollen sagen, wie gleichen ihr die Obelisken, wahrlich, bei ihrem Vater Amun!«

Hatschepsuts Blick fiel auf Senenmut. Nur er konnte ihre ehrgeizigen Pläne verwirklichen. Ihn bewunderte sie, nicht als Mann, als Künstler! Gewiss, sie fühlte wie eine Frau, und es gab Augenblicke, da wurde in ihr das Verlangen wach nach dem starken Obelisken Senenmuts; doch dieses Verlangen wurde immer seltener, und kaum war es befriedigt, da bereute Hatschepsut, sich vor dem Mann so erniedrigt, unter seinen Stößen geweint und gefleht zu haben wie eine Sklavin, wie ein ungehorsames Kind unter der Rute des Erziehers, sie, Maatkare, die Tochter des Amun.

Senenmut sah die Geliebte fragend an. Wo mochten ihre Gedanken sein? Er erriet es nicht, er wusste nur eines, Hatschepsut hatte das Flusspferd längst vergessen. Die Gelegenheit schien günstig.

»Du hast Iset in die Verbannung geschickt?«, fragte Senenmut ohne Umschweife.

»Ja«, antwortete Hatschepsut knapp.

»Warum hast du das getan?«

Die Pharaonin machte eine unwillige Kopfbewegung, als

wollte sie zeigen, dass ihr das Thema lästig war. Und in barschem Ton antwortete sie: »Pharao Thutmes – er lebe ewig – ist tot. Am Hofe ist kein Platz für seine Konkubinen!«

Senenmut erschrak vor dem harten Ton ihrer Stimme. Er zweifelte, ob das noch die Frau war, die er liebte und verehrte. »Es wäre kein Grund gewesen, sie nach Bubastis zu verbannen, wo sie niedrigste Dienste verrichten muss!«

»Niedrigste Dienste?« Die Königin lachte bitter. »Niemand wird sie zwingen, niedrige Dienste zu verrichten. Das wollte ich ihr ersparen.«

Da wurde Senenmut so laut und eindringlich, dass Nehsi den Finger an die Lippen legte und zur Mäßigung mahnte: »Du wirst Iset zurückholen und ihr freie Wahl lassen, wo sie sich niederlassen will. Denn wird dein Spiel mit der Mutter des Pharaos erst bekannt, dann werden die Menschen deine Grausamkeit fürchten, und du wirst Feinde haben im ganzen Land, und man wird sagen, du bist nicht die Tochter des Amun, sondern ein Bastard des Seth, der das Böse auf Erden verteilt.«

Die Worte trafen Hatschepsut tief, und als erwachte sie aus einem bösen Traum, antwortete die Pharaonin: »Aber ich kann Iset nicht zurückholen, weil ...«

»Weil?«, fragte Senenmut fordernd.

Hatschepsut zögerte, dann antwortete sie: »Zwei Sklaven haben Iset nilabwärts gebracht. Aber ihr Ziel war nicht Bubastis im Delta des Flusses, sondern die Stadt Schmunu auf halbem Weg, wo die acht Urgötter zu Hause sind. Dort haben sie Iset auf den Rücken eines wilden Esels gebunden und das Tier in die Wüste getrieben.«

Senenmut erstarrte wie ein Götterbild im Tempel von Karnak. Schien er anfangs noch zu zweifeln, ob die Pharaonin sich einen Scherz erlaubt hatte, so wurden seine Bedenken zur Gewissheit, dass sie die Wahrheit gesprochen hatte, als Hatschepsut mit betonter Gleichgültigkeit zu Pfeil und Bogen griff und Zielübungen machte auf unsichtbare Vögel in der Luft. Der Haushofmeister brachte kein Wort hervor. Die Kälte, mit der die Königin ihre furchtbare Rache an der Dienerin Iset geschildert hatte, ließ ihn erschaudern. War das noch jene Hatschepsut, die Amun umfängt, die in der Barke singend das Schilf durchstreifte, Lotosblumen pflückend und den flinken Fischen nachsehend, die der Bug des Schiffes aufschreckte? Bei Amun, Mut und Chons, wie konnte sich eine Frau so verändern?

»Pst!« Nehsis Stimme erschreckte Senenmut. Er hatte die Barke mit der Ruderstange zum Stillstand gebracht und deutete aufgeregt zum Ende des Schilfgürtels, vor dem sich eine breite Sandbank auftat.

Jetzt erkannte auch Senenmut, dass die beiden großen abgeplatteten Felsen im Wasser keine Steinblöcke waren, sondern die Rücken zweier Nilpferde.

»Näher heran, Nehsi!«, zischte Hatschepsut und stach mit dem Finger in Richtung der Sandbank. Der Schwarze besänftigte die Pharaonin, indem er ihr die aufgestellte flache Hand entgegenstreckte; dann schob er die Barke mit Hilfe der Ruderstange langsam und lautlos an die Flusspferde heran. Schon konnte man die faustgroßen Augenhöcker, die blütenblattartigen Ohren und die wulstigen Nasenlöcher erkennen, aus denen in regelmäßigen Abständen ein leises Pfeifen drang. Die Augen der Kolosse waren geschlossen, als schliefen sie; doch die kleinen unruhigen Ohren veränderten andauernd ihre Richtung. Sie schienen den geringsten Laut in ihrer Umgebung zu registrieren. Wie schwarzer Granit glänzte das speckige Fell im schrägen Licht der Vormittagssonne, und Senenmut zweifelte, ob ein Flusspferd dieser Größe überhaupt mit Pfeil und Bogen zu erlegen sei.

Die Augen der Pharaonin glühten wie die roten Augen des

Seth. Sie *musste* eines der wilden Tiere töten, und würde ihr Pfeil heute die schwache Stelle zwischen den Schulterblättern verfehlen, sie würde es wieder und wieder versuchen, bis sie einen solchen Koloss zur Strecke gebracht hätte.

Das Pfeifen aus den Nasenöffnungen der Flusspferde wurde immer lauter, und der unregelmäßige Rhythmus beunruhigte die Königin. Mehr nach links, deutete Hatschepsut. Der Schwarze nickte stumm. Lautlos drehte sich der Bug des Bootes. Der linke Koloss sollte ihre Beute sein.

Zum ersten Mal erkannte die Pharaonin die Stelle zwischen den Schulterblättern, das Ziel ihres Pfeiles, ein winziger Höcker auf dem breiten runden Nacken. Mit ihren Augen ließ Hatschepsut die Stelle nicht mehr los, beschwor sie mit stechendem Blick: Sie *musste* treffen, sie *würde* treffen. Sie würde die Sehne des Bogens spannen wie Amun, der die Feinde vertreibt, und flink wie der Falke der Lüfte würde der Pfeil schnellen, würde treffen und das Nilpferd töten mit einem einzigen Schlag. Und das Volk würde jubeln, wenn Herolde im ganzen Land verkündeten: Maatkare hat Amun ein Zeugnis gegeben von ihrer strahlenden Kraft.

Aber noch drehte sich der hohe Bug der Barke, noch suchte die Pharaonin nach der besten Position, noch hielt sie Pfeil und Bogen gesenkt und lauerte auf ihre Beute. Eine falsche Bewegung, ein unbeabsichtigter Laut, und die beiden Flusspferde würden auf die Barke losgehen, sie umstürzen und jeden von ihnen mit ihren armdicken Stoßzähnen zermalmen, zerfleischen, noch ehe ihnen jemand zu Hilfe kommen konnte.

Senenmut verspürte Angst. Er kannte die Unberechenbarkeit der Königin, ihre blinde Wut, mit der sie rücksichtslos verwirklichte, was sie sich einmal in den Kopf gesetzt hatte. Aber auch Hatschepsut erkannte die Lebensgefahr, in der sie im Augenblick schwebte; doch größer war die Leidenschaft, die Gier, das

Flusspferd niederzustrecken wie ein Opfertier vor dem Altar des Gottes. Das Flusspferd der Toeris zu besiegen würde für sie ein Sieg sein über das eigene Schicksal. Deshalb wollte sie töten oder getötet werden.

Jetzt stand die Barke, von Nehsi mühsam gehalten, still. Hatschepsut hob den Bogen, Senenmut wagte nicht zu atmen. Endlos weit spannte die Pharaonin die Sehne, als wollte sie den Bogen zerreißen. Unendlich lange visierte sie ihr Ziel an. Woher nahm sie diese Kraft? Jeden Mann, der den Bogen so lange in Spannung hielt, hätte Senenmut in diesem Augenblick bewundert; doch die Königin schien von der Kraft des Month beseelt, hielt aus ohne zu zittern, zog noch ein kurzes Stück auf und ließ endlich den Pfeil schnellen.

Das klatschende Geräusch, mit dem das Geschoss in den Rücken des Nilpferdes eindrang, war gerade noch zu hören; doch dann bäumte sich der gewaltige Körper des Tieres auf, dass die Wellen schäumten, und der Rachen mit den Furcht einflößenden Hauern öffnete sich tief wie die ehernen Tore des Tempels. Ein Gebrüll, als habe die Pharaonin eine ganze Herde erlegt, trat aus dem endlosen Schlund hervor. Noch wusste niemand, ob das Nilpferd tödlich getroffen war. Das zweite, aufgeschreckt von dem Toben des anderen, richtete sich auf, bewegte sich ein paar Schritte umher und suchte dann im offenen Wasser die Flucht.

Der getroffene Koloss aber hatte inzwischen die Barke, aus der das Geschoss abgefeuert worden war, ausgemacht. Er drehte sich stampfend um und kam mit weitgeöffnetem Maul auf das Schifflein zu. Der Pfeil in seinem Rücken schien nicht mehr als ein Dorn im Fleisch. Jetzt erkannte Hatschepsut, dass sie den verwundbaren Punkt verfehlt hatte, und blitzschnell griff sie einen zweiten Pfeil und zog ab. Das Geschoss traf das geöffnete Maul, und ein Sturzbach dunklen Blutes schoss aus dem Rachen hervor und verfärbte das Wasser. Das Nilpferd stieß einen gequälten Laut hervor. Nur die doppelte Körperlänge trennte es noch von der Barke.

Doch nun, da Hatschepsut gemerkt hatte, dass dem Untier beizukommen war, schoss sie einen Pfeil nach dem anderen ab, kalt wie ein Krieger, der sein Leben verteidigt. Ein Geschoss um das andere zerfetzte den aufgerissenen Rachen des Nilpferdes, und das ohrenbetäubende Gebrüll des Tieres wurde zum Gurgeln im eigenen Blut. Jedes Mal, wenn das riesige Maul in das Wasser tauchte, schäumte der Nil in roter Gischt.

Obwohl der Koloss längst von der Barke abgelassen hatte, sich hilflos aus dem Wasser bäumte und zur Seite legte, als wollte er seine Wunden im Wasser kühlen, ließ die Pharaonin nicht von dem Beutetier ab. Mit kühler Beherrschung zielte sie auf die Augen, dass die Augäpfel spritzten wie reife Pfirsiche, die der Bauer vom Baum schüttelt, und sie gab erst auf, nachdem der letzte Pfeil verschossen war.

Senenmut wandte sich angewidert ab. Es roch süßlich nach warmem Blut und rohem Fleisch. Und während die Begleiter in ihrem Boot aufgeregt durcheinanderrufend näher kamen, setzte Hatschepsut einen Fuß auf den Rand des Bootes und hielt den Bogen hoch in die Luft wie ein Triumphator, der seinen Todfeind zur Strecke gebracht hat.

IX

Im achten Jahr ihrer Regierung, als die Zeit der Ernte vorüber war, rief Maatkare, die Tochter der Sonne, Hatschepsut, die Großen des Reiches und jeden zehnten Bürger aus den Dörfern und Städten des Landes zu sich, um einen Lustgarten für Amun und Hathor zu errichten, so hoch wie das Myrrhengebirge. Sie strömten herbei von den Küsten des Nordens und von den Wüsten des Südens, die Steinbrecher und Handwerker, die Eseltreiber und Maler und ungebildete Menschen mit nichts als ihrer Arbeitskraft.

Mit Schnüren und Pfählen und der Hilfe des Schattens hatten die Stundenpriester den Grundriss des Bauwerks exakt auf den Tempel des Amun am anderen Nilufer ausgerichtet. Nun stiegen die Menschen auf Bäume und erklommen die Dächer der Hütten, um einen Blick der Pharaonin zu erhaschen, die in der goldenen Königsbarke über den Nil fuhr und am Ufer eine Sänfte bestieg, welche, eingerahmt von Wedelträgern mit rosafarbenen Straußenfedern, von Höflingen und kahlköpfigen Priestern, den Weg zum Felsengebirge nahm, an dessen Fuß schon Reichsfürst Mentuhotep vor einem halben Jahrtausend einen Grabtempel errichtet hatte. Und wo immer die Sänfte vorübergetragen wurde, wo immer sie hinter den Schleiern der Sänfte die Pharaonin, angetan mit Bart und Atefkrone, erkannten, brachen die Ägypter in Jubel aus und küssten die Erde vor ihr.

Ein Graben umgab das Gelände. Er war mit Wasser gefüllt, damit die Baumeister an allen Seiten von gleichem Niveau ausgehen konnten. An Ort und Stelle überreichte der Oberpriester der Pharaonin ein Seil, der Sandalenträger nahm Hatschepsut die Schuhe ab, und die Königin umschritt mit dem Seil das Gelände wie ein Bauer, der nach der Nilschwemme die unkenntlichen Grenzen seines Ackers einfriedet. Dann überreichten die Priester der Königin große ovale Brote, knusprig gebratene Rinderschenkel, Früchte und Wein und Öl in hochhenkeligen Krügen, auf denen Maatkares Namen eingeprägt waren. Diese Opfergaben legte Hatschepsut in ausgehobene Schächte an den vier Ecken, dazu Werkzeuge, Körbe und Ziegel, um Amun und Hathor gnädig zu stimmen für den Bau ihres Hauses.

Senenmut, der den Plan gefasst hatte, der Königin ein Bauwerk zu errichten, wie es die Welt noch nicht gesehen hatte, stand zuvorderst in der Reihe der buntgeschmückten Würdenträger und nickte beifällig, wenn die Großen des Reiches im Vorübergehen riefen: »Wie vortrefflich ist das Lob, das du der Herrlichkeit Amuns spendest!«

Dabei sah nur er ganz allein vor seinem Auge, wie sich Terrasse über Terrasse türmte, wie Säulen und zierliche Geländer dem Bauwerk jede Schwere nahmen und wie die Königin auf ihrem goldenen pferdebespannten Wagen über schräge breite Rampen bis zum obersten Stockwerk in das Götterheiligtum preschte, wo sie mit Vater Amun und Mutter Hathor allein sein konnte. Und Senenmut sah das Leuchten des Kalksteins, der sich des Morgens unter dem strahlenden Himmel bläulich färbte und rötlich am Abend, wenn das Felsengebirge seinen Schimmer auf die Terrassen warf. All sein Können, seine Kunst und seine Liebe würde er in dieses Bauwerk legen, und noch in tausend Jahren sollten die Menschen sagen: Seht, hier ist die Liebe eines Mannes zu Stein geworden.

Die kunstfertigsten Steinhauer des Landes würden morgen ihre Arbeit beginnen, und jeden Tag würde er neue Pläne vorlegen, bis keiner mehr wusste, wie der Tempel jemals aussehen sollte, nur er, Senenmut. Und er trug die Pläne fertig in seinem Gedächtnis und in seinem Herzen, eine einzige Huldigung an die Geliebte, Hatschepsut.

Mochten die Götter ihn strafen, mochten sie seine Hände lähmen, seine Knie brechen ob des furchtlosen Frevels, er konnte nicht anders, er musste es tun. Sein eigenes Grab, wenn dereinst Osiris ihn zu sich riefe, sollte unter dem Tempel der geliebten Königin sein, und hundertfach würde sein Bild hinter den Türen der Gemächer erscheinen, sichtbar nur für die Herrin dieses Hauses, der es als Einziger erlaubt war, die Türen von innen zu schließen. Mehr noch als das Leben der Götter würde er in endlosen Reliefs und Gemälden das Leben der Pharaonin beschreiben, ihren Mut und ihre Taten, vor allem aber ihre Schönheit, und er, der Größte der Großen des Reiches, würde vor ihr knien wie ein Bittsteller vor dem Gott, wie ein Jüngling, der die Geliebte anfleht, sie möge ihn erhören, ihn allein.

Eine Straße von Sphinxtieren sollte den Weg zum Tempel säumen, aus grünschimmerndem Alabaster, überlebensgroß, wie sie Chefren – er lebe ewig – vor seine Pyramide gesetzt hatte. Und anstelle des Löwenhauptes würden die Tiere Hatschepsuts Kopf tragen, lächelnd, wie er sie liebte, das schwarze Haar unter dem Nemeskopftuch verborgen. Und Brüste würden die Löwen haben, rund wie die ihren, die sie überall sehen ließ. Und die Pranken der Tiere würden zart und feingliedrig sein wie ihre langen schlanken Finger, und die Hüften rund und erregend.

Und auf der obersten Terrasse sollte ein Sonnenhof erstehen zu Ehren ihres Vaters Amun mit Säulen hoch wie der Himmel und ein Fenster der Erscheinung, an das sie träte, wenn das große Fest von Opet, der Tag des Ruderns und das Sed-Fest begangen würden, um den jubelnden Menschen zuzuwinken in ihrer Schönheit. Seht, wie ihr der Tempel gleicht!, sollte die Volksmenge rufen, trägt nicht der Kalkstein die Farbe ihrer Haut? Und die Säulen, sind sie nicht schlank wie ihre Glieder?

Die Pharaonin aber würde bei jedem Schritt, den sie in dieses ihr Haus setzte, an ihn denken, Senenmut, den Größten der Großen des Reiches, der all das geschaffen hatte zu ihrem Ruhme, und sie würde ihm danken in der Tiefe ihres Herzens und erkennen, dass kein anderer ihr so viel gegeben hat.

»Vor deinen Augen ist der Tempel wohl schon vollendet!« Puemres Stimme schreckte Senenmut aus seinem Traum. Er lachte.

»Ein schlechter Baumeister, der das Haus nicht schon erkennt, bevor der Grundstein gelegt ist!«

Senenmut und Puemre, der zweite Prophet des Amun, verstanden sich gut. Hatschepsut hatte den Priester zum Aufseher aller heiligen Bauten im Reich ernannt, und er war es, der die jahrtausendealten Riten und Bräuche architektonisch umsetzte. Opferhallen und Götterkapellen, Standbilder und Altäre, ja selbst die Anbringung der magischen Symbole und Beschwörungsformeln unterlagen strengen Vorschriften. Das Bildnis eines Sterblichen oder gar sein Grab in oder unter dem Tempel war undenkbar, und Senenmut würde all sein Geschick aufbieten müssen, um seine Pläne vor Puemre zu verwirklichen.

Schon morgen, nach dem Ende der feierlichen Grundsteinlegung, wollten sie mit dem Bau beginnen. Zeltstädte waren am Fuße des Felsengebirges errichtet, wo Tausende von Arbeitskräften hausten, in Vorratshäusern stapelten sich Nahrung und Kleidung, und Ochsen trotteten Tag und Nacht im Kreis, um die Schöpfräder der Brunnen anzutreiben, damit die Menschen am Rande der Wüste genug Wasser hatten.

Tags darauf versammelten sich die Großen des Reiches, die Priester, Höflinge und höchsten Beamten in der großen Säulenhalle des Palastes, und Maatkare erschien mit der großen Krone, die Osiris trägt, auf dem Goldthron mit den verschlungenen Pflanzen Ober- und Unterägyptens; und Senenmut stand an ihrer Seite, als die Königin verkündete, Gott Amun, ihr Vater, sei ihr im Tempel von Karnak erschienen und habe ihr aufgetragen, die Pfade zum Myrrhengebirge zu erkunden, den Weg in das sagenumwobene Land Punt, wo schwarze Menschen lebten, in Häusern wie Bienenkörbe, Giraffen und anderes unbekanntes Getier, und wo es Bäume gab, so hoch wie der Himmel, und Kräuter, deren Duft dem Menschen die Sinne raube.

Das Land Punt lag, nur so viel wusste man, irgendwo im fernen Süden, wo die Quellen des Nils sprudelten, die noch kein Mensch gesehen hatte. Tausend Jahre lag die Reise der Söhne des Cheops zurück, die das Land am Ende der Welt erreichten, und seither erzählte der Vater dem Sohn die wundersamsten Geschichten, die er von *seinem* Vater erfahren hatte.

Amun, so erklärte Hatschepsut, habe ihr aufgetragen, in Punt den göttlichen Weihrauch zu suchen und Myrrhenbäume und sie nach Theben zu tragen und im Vorhof des neuerstrahlenden Tempels einzupflanzen. Dafür, habe der Gott prophezeit, werde ihr das Land untertan sein und Tribute senden und wunderbare Dinge.

Erst glaubten die Großen des Reiches, die Pharaonin verfolge ein Hirngespinst, das man ihr möglichst schnell ausreden müsse; doch dann erhob sich Nehsi, der Schwarze, und erklärte, Pharao Maatkare habe ihn dazu ausersehen, hundertzehn Mann auf fünf Schiffen zum Lande Punt zu führen, und wenn der Nil zweimal über die Ufer getreten sei, werde er mit reicher Beute zurück sein. Senenmut aber solle während der Abwesenheit der Königin die Geschäfte führen, wie es dem Größten der Großen zukomme. Die Schiffe lägen im Hafen bereit, mit hohem Bug und hohem Heck und breiten rechteckigen Segeln, um die Besatzung müsse noch gerungen werden.

Da riefen die Großen wild durcheinander, weil die einen fürchteten, kein Begleiter würde je zurückkehren, andere dagegen forderten mit Nachdruck einen Platz auf dem Schiff, weil sie Augenzeuge sein wollten der wundersamen Reise. Doch unter den prüfenden Blicken der Königin erwählte Nehsi nur die besten Fachleute des Landes, und Neferabet, der Schreiber, zeichnete jeden Namen auf eine Rolle von braunem Papyrus.

Die Reise sollte, obwohl Punt irgendwo im Süden lag, zunächst nilabwärts gehen, nach Norden. Im Delta aber würden sie die Schiffe durch die Sümpfe ziehen, durch die trockenen Kanäle der Vorväter und, wo der Wüstenwind ihre Spuren verweht hatte, über den Sand. Dazu würden die Masten gekappt und die Kiele der Boote entfernt, sodass die Rümpfe auf Rollen gezogen werden könnten. Und keiner dürfe sagen, ihm fehle die Kraft, sein eigenes Schiff zu ziehen. Hätten sie aber nach mühevollen Wochen das östliche Meer erreicht, die Boote zusammengesetzt und mit dem Proviant neu beladen, so könnten sie alles Weitere getrost dem Gott Schu überlassen, der sie mit Hilfe der wohlgesonnenen Lüfte nach Punt triebe wie die Blätter der Sykomorenbäume im Herbstmonat Athyr.

Hatschepsut und Senenmut verbrachten die letzten drei Tage und Nächte vor der Abreise wie Mann und Frau, und er liebte ihren Mund und ihren Hals, die Augen und Ohren, das Haar und die Kuppen ihrer Finger, ihre Brüste, ihren Bauch, das Innere ihrer Schenkel und ihre feuerrote Lotosblume, er liebte jede einzelne Zehe und küsste jeden Winkel ihres Körpers, den er nun so lange entbehren würde.

Dabei hatte der Größte der Großen des Reiches nie versucht, der Geliebten die Reise nach Punt auszureden, sie gar zu verbieten. Er wusste genau, was es bedeutete, wenn die Pharaonin sprach, es sei der Wunsch Amuns, ihres Vaters. Dann war es zwecklos, Bedenken zu äußern; denn was Maatkare beschlossen hatte, konnte der Sturm des Himmels nicht ändern und nicht das Feuer des Month. Nein, Senenmut respektierte die Krone und die Last, die damit verbunden war. Schließlich war Hatschepsut keine gewöhnliche Frau.

Dass er unter ihren Verpflichtungen, ihrem Stand zwischen Mensch und Gott, litt, das war ein ganz anderes Problem, *sein* Problem. Wie wünschte er sich ein Weib, das für ihn da war, das seine Wünsche erfüllte, das *mit* ihm lebte, nicht neben ihm. Aber dann blickte er in ihre dunklen Augen, und Paläste und Paradiesgärten taten sich auf, durch die er schwebte wie auf einer Wolke, und er spürte das Unverwechselbare, Unnachahmliche, das Einzigartige, das dieser Frau innewohnte, und die Flüche und Verwünschungen, mit denen er sein Hundeleben bedachte, waren vergessen. Ja, er führte ein Hundeleben, anerkannt zwar und reich belohnt, gleichzeitig aber unerfüllt und bisweilen ein lästiges Anhängsel der Frau, die er liebte.

Und auch in diesem Augenblick, für lange Zeit das letzte Beisammensein, in dem er mit seinem Obelisken in sie drang, als wollte er nie mehr von ihr lassen, hatte Senenmut den Eindruck, als sei Hatschepsut längst ferne im sagenumwobenen Punt, als lasse sie seine Leidenschaft kalt. Und während er auf ihr ritt wie ein asiatischer Bogenschütze, während er sich in ihre Brüste verbiss wie ein Jagdhund in das erlegte Wild, traten Tränen in seine Augen, Tränen der Wut. Warum musste er all seine Liebe ausgerechnet an dieses Weib vergeuden, die Gott Amun als ihren Vater glaubte? Warum konnte er nicht eine Frau seines Standes lieben, warum keine Hure aus der südlichen Vorstadt? Und mit jedem Stoß versuchte Senenmut der Geliebten weh zu tun, sie zu quälen. Die schönsten Huren des Landes würde er antreten lassen, sobald die Königin ihr Schiff bestiegen hätte, fette asiatische Weiber, die im Delta zu Hause sind, schwarze Nubierinnen mit Schlangenarmen und Beinen wie Alabaster, und jene kleinen Mädchen aus den Tempeln, die von den Kahlköpfigen für Gold verkauft wurden – Silber nahmen sie nicht. Nicht die Männer im Reich sollten seine Taten bewundern, sondern die Frauen. Kein Weib sollte verschont bleiben, das sein Gefallen fand. Und wenn sie hässlich waren, aber ihre Haare, ihre Brüste, ihre Schenkel oder der Klang ihrer Stimme an Hatschepsut erinnerten, so würden sie keine Gnade finden vor seinem Obelisken. Er wollte sie nehmen bis zur Erschöpfung, bis er ausgedörrt war wie eine einsame Palme im Sand der Wüste. O Hatschepsut, Geliebte …

»Und wie weit ist es?«, fragte Thutmes, während er das Ruder mit aller Kraft gegen die Strömung presste. »Fünf Tage, sechs oder mehr?«

Amset hob ratlos die Arme: »Mein Stiefvater Ptahhotep hat den Weg bis ins Delta oft in drei Tagen zurückgelegt, wenn er gegen die Asiaten zog; aber das waren andere Schiffe!«

Das Boot der beiden bekam immer mehr Fahrt, je weiter es sich der Mitte des Flusses näherte, und Thutmes rief voll Begeisterung: »Sieh nur, Amset, wie die Strömung uns fortträgt. Hapu, der Nilgott, ist auf unserer Seite!«

»Mögest du recht haben!«, entgegnete Amset, doch in seinem Gesicht spiegelte sich die Angst, das Abenteuer könnte mit einer Katastrophe enden. Tagelang hatten die beiden Jungen beratschlagt, wie Thutmes seine Mutter Iset wiedersehen könnte. Senenmut hatte zwar Hilfe versprochen, doch Amset war von seinem Vater enttäuscht. Da hatte er den wahnwitzigen Plan gefasst, Iset auf eigene Faust zu befreien. Die Gelegenheit schien günstig: Hapuseneb, der gestrenge Oberpriester, war mit Hatschepsut nach Punt gezogen, und Senenmut, der Größte der Großen, verbrachte Tag und Nacht im Gebirge des Westens, wo der neue Tempel aus der Erde wuchs. Und da auch Puemre, der zweite Prophet des Amun, mit dem Tempelbau beschäftigt war, bereitete es den beiden keine Schwierigkeit, die widderköpfige Barke zu entwenden, mit der die Pharaonin an das andere Ufer des Flusses überzusetzen pflegte.

Keiner der beiden Jungen hatte bislang ein Schiff gesteuert. Aber Amset, der Wendigere, meinte, er würde das schon schaffen, wenn sie die Strömung erst einmal davontrüge. Nun aber, wo die Barke zunehmend in Fahrt kam und nur mit größter Mühe geradegehalten werden konnte, wo der eine vorne, der andere hinten ein schweres langes Ruder hielt, kamen ihm immer größere Bedenken. In den Archiven des Tempels, wo sie heimlich die Papyrusrollen mit dem Flusslauf des Nils studiert und ihre Chancen, nach Bubastis zu gelangen, abgewogen hatten, da war ihnen alles noch so einfach erschienen; aber jetzt ...

»In meinen Adern fließt das Blut des Amun!«, rief Thutmes laut, als wollte er sich selbst Mut machen. Doch dann reichte seine Kraft nicht, die Barke in Fahrtrichtung zu halten, und er ließ das lange Ruder los. Sofort drehte sich das Boot quer zur Strömung und begann bedrohlich zu schwanken. Da ließ auch Amset die Ruderstange los und warf sich auf den Wassersack und das Bündel mit Brot und Früchten, das sie als Proviant mitführten, weil es aus dem flachen Boot zu stürzen drohte.

Wie eine Nussschale drehte sich die Barke in der Strömung, und der widderköpfige Bug tanzte auf und ab in wildem Rhythmus. »Wenn wir erst die Biegung des Flusses hinter uns gebracht haben«, meinte Amset, »wird das Wasser wieder ruhiger. Leg dich flach auf den Boden des Schiffes, damit der Schwerpunkt tief ist.« Thutmes gehorchte.

Doch spätestens jetzt, da die Barke außer Kontrolle mit rasender Geschwindigkeit auf das Ufer zutrieb, wünschte Amset, er hätte nie zu dem gefährlichen Unternehmen geraten. Und ihm kamen Bedenken: Selbst wenn sie die Mutter des jungen Thutmes fänden, was sollte mit ihr geschehen? Zurückbringen könnten sie sie nicht. Hatschepsut würde sie wieder davonjagen. Wozu also das Ganze? Und während er das Wasser abwischte, das ihm klatschend ins Gesicht spritzte, begann Amset zu beten, Amun möge seine schützende Hand über sie halten.

Aber die magische Kraft eines unsichtbaren Armes drückte sie näher und näher an das Ufer heran. Schon waren die dunklen Höhlen zu erkennen, die der Strom in die Biegung des Flusses gespült hatte, in denen Steine zu Kugeln und Schiffe zu unförmigen Klumpen gemahlen wurden, bis sie der niedrige Wasserstand irgendwann zur Schemu-Zeit freigab.

»Hast du Angst?«, fragte Amset, der sah, dass Thutmes' Lippen zitterten.

»Ja«, antwortete der junge Pharao kleinlaut und presste seinen Körper auf den Schiffsboden.

»Ich auch«, gestand Amset. »Dabei war es meine Schuld. Ich hätte es wissen müssen.«

»Unsinn. Du trägst genausowenig Schuld wie ich. Wenn irgendjemanden eine Schuld trifft, dann Hatschepsut, die Königin. Sie hat meine Mutter in die Verbannung geschickt. Aber glaube mir, Amset, Maatkare kann nicht ewig regieren.« Thutmes stützte sich auf seine Ellenbogen. »Und eines Tages wird sie vor Osiris stehen, und er wird das Gute und Böse auf die Waage des Lebens legen, und das Böse wird das Gute in die Tiefe ziehen.«

»Du sprichst von Maatkare, dem Pharao!«

»Ich weiß«, entgegnete Thutmes. »Irgendwann einmal werde ich auf dem Horusthron sitzen. Dann werde ich Hatschepsut heimzahlen, was sie mir angetan hat, bei meinem Vater Amun, der im Himmel ist!«

Auch wenn die Barke sich drehte wie eine Sängerin des Amun im Tempel von Karnak, Amset ließ keinen Blick von den

Höhlen am Ufer des Flusses, auf die sie mit immer größerer Geschwindigkeit zutrieben. Es schien sinnlos, die Ruder aufzunehmen und gegenzusteuern, dazu reichte ihre Kraft nicht aus.

Es war nun nur noch eine Frage von Augenblicken, dann würde die Barke in eine der Höhlen getrieben. Sie würde kippen, und sie würden ertrinken wie Maulwürfe, die der Nil im Monat Thot auf den Feldern einschließt.

»Der Wasserschlauch!« Von irgendwoher vernahm Amset die Stimme. Er stürzte sich auf das Leder, zog den Verschluss heraus und entleerte das Wasser. Dann blies er hinein, bis sich der Sack blähte, verschloss ihn wieder und warf ihn Thutmes zu: »Hier, halt dich fest, wenn wir umstürzen!«

Thutmes wollte den Sack nicht und fragte stattdessen, woran *er* sich klammere, wenn das Boot kippte. Doch Amset drängte den jungen Pharao, *er* würde sich am Rumpf des Bootes festhalten.

»Amun halte seine Hand über ...« Mehr brachte Thutmes nicht hervor, denn im selben Augenblick prallte der Widderkopf der Barke gegen den Fels. Die Strömung drückte das Boot mit der Breitseite gegen die Wand, hob es hoch und schleuderte die Jungen heraus. Thutmes hielt den Schlauch fest umklammert; er hörte noch einen kurzen Schrei Amsets, als sei er von einem Geschoss getroffen, dann ging alles um ihn herum im lauten Brüllen des Wassers unter.

Bei der Neunheit der Götter! Er wollte wirklich nicht mit ihr schlafen. Er hatte sie aufgesucht, um ihr mitzuteilen, dass Amset ihm alles erzählt hatte und dass er sich verpflichtet fühlte, für den Jungen zu sorgen. Doch dann war Senenmut vor Ruja getreten, hatte sie umarmt, und von ihr war eine Wärme ausgegangen, die er seit Jahren nicht verspürt hatte. Gewiss, Ruja war nicht jünger geworden; aber die Fältchen, die ihre Augen einrahmten, machten sie nicht weniger begehrenswert, die Rundungen ihrer Schenkel wirkten eher noch aufreizender als früher, und zwischen ihren weichen breiten Brüsten konnte ein Mann Achet, Peret und Schemu vergessen, alle drei Jahreszeiten zusammen.

»Warum in aller Welt«, fragte Senenmut, als er in wohligem Gefühl von ihrem Körper sank, »warum hast du mir nie etwas davon gesagt? Es hätte mich mit Stolz erfüllt, wenn ich erfahren hätte, dass ich der Vater eines so prächtigen Jungen bin.«

Schamhaft wie eine Jungfrau legte Ruja die Arme über ihre Brüste, als wollte sie sie vor dem fremden Mann verbergen; dann antwortete sie: »Ich wollte den Skandal vermeiden. Amset sollte einen richtigen Vater haben, einen, der mit uns lebte, nicht einen, der seine Nächte mit der Königin verbrachte.«

»Ach was!«, knurrte Senenmut unwillig. »Alles wäre ganz anders verlaufen.«

Ruja lachte. »Das kann man hinterher leicht sagen. Ist ein Mann erst den Reizen einer Frau erlegen, ist er blind für alles andere, das um ihn herum vorgeht. Und ist es gar die Herrin beider Länder, die ihn fesselt, dann hat selbst Hathor keine Chance.«

»Du bist gekränkt ...«

»Gekränkt?« Ruja lächelte bitter, und während sie ihr dünnes, enggefaltetes Gewand überzog, fuhr sie fort: »Mein Los war es, die ungeliebte Frau eines ungeliebten Mannes zu sein, weil unsere Eltern es so wollten. Das ist nichts Besonderes und in anderen Familien nicht anders. Tragisch wurde mein Schicksal aber dadurch, dass mir ein Mann begegnete, den ich mehr liebte als alles auf der Welt, der seinen Samen in mich legte und sich einer Frau zuwandte, die ohnegleichen war auf Erden.«

»Verzeih mir, Ruja.« Senenmuts Stimme klang sanft und ehrlich.

»Da gibt es nichts zu verzeihen«, erwiderte Ruja, und jetzt merkte Senenmut, wie verbittert die Frau wirklich war. »Mir fehlte es eben an Schönheit, ich war auch nicht mehr so jung, und mit dem Gold der anderen konnte ich schon gar nicht konkurrieren ...«

»Schweig!«, mahnte Senenmut bestimmend, und nach einer Weile fügte er entschuldigend hinzu: »Ich komme mir vor wie ein mieser Fremdling, der dem Mann die Frau weggenommen, ihr ein Kind aufgehalst und sich aus dem Staub gemacht hat; und es würde mich nicht wundern, wenn auch du diesen Eindruck von mir hättest.«

Ruja setzte sich auf die Kante des Bettes. Sie schüttelte den Kopf. »Du hast keinem Mann etwas weggenommen. Ptahhotep jedenfalls hat mich durch dich nicht verloren; denn er hat mich nie besessen.«

»Warum, beim Amun, hast du ihm erzählt, dass er nicht Amsets Vater war?«

»Im Streit. Ptahhotep war krank vor Eifersucht. Wenn er ins Feld zog, quälte ihn nur der eine Gedanke: Mit wem mochte Ruja gerade ihr Lager teilen?«

»Hatte Ptahhotep Grund zur Eifersucht?«

»Du, Senenmut, warst der einzige Grund zur Eifersucht. Ich schwöre es bei meiner Hand!« Ruja ordnete ihr Haar, und während sie an den Seiten kleine Zöpfchen flocht, erzählte sie: »Eines Tages kam der General zurück von den Völkern des Südens, die im Sand sind. Er stürmte ins Haus mit vorgehaltenem Dolch, forschte jeden Winkel aus und rief, während er bedrohlich mit den Augen rollte, er bringe jeden Mann um, der die Schwelle dieses Hauses betrete, wo ich die Kerle versteckt hielte. Nein, sagte ich, seine Eifersucht sei unbegründet, mein Gewissen sei rein wie die Blüte der Lotosblume. Da begann er noch mehr zu toben, richtete den Dolch gegen mich, er sei es leid, von mir hintergangen zu werden, und wenn ich nicht mit der Wahrheit herausrücke, werde er zuerst mich und das Kind und dann sich selbst töten!«

»Blutrünstiges Scheusal!«, murmelte Senenmut. »Was hast du getan?«

»Was sollte ich tun? Ich glaubte, Ptahhotep habe durch irgendeinen Zufall von unserem Verhältnis erfahren, und gestand alles.«

»Alles?«

»Alles. Ich fürchtete, dass er mir und dem Jungen etwas antun würde. Also sagte ich, dass nicht er, sondern Senenmut Amsets Vater sei.«

Der Größte der Großen saß stumm neben Ruja auf dem Lager und blickte verlegen zu Boden. Und Ruja berichtete langsam und stockend, wie der General noch am selben Tag das Haus verlassen und seither nie mehr betreten habe. »Eifersucht ist nichts weiter als verletzter Stolz«, sagte Ruja nachdenklich, »und Ptahhotep war sehr stolz.«

Vor der Türe wurden Stimmen laut. Zwei offenbar angetrunkene Männer grölten: »Ruja, Kätzchen, Ruja, Kätzchen, besorg es uns, aber mach schnell, Ruja!«

Senenmut war wie gelähmt. Er sah Ruja ins Gesicht. Seine Augen verlangten nach einer Erklärung. Als sie seinen Blicken auswich und beharrlich die Lippen zusammenpresste, fasste Senenmut die Frau an beiden Armen und schüttelte sie wie einen jungen Baum. Doch als das Geschrei draußen immer lauter und immer anzüglicher wurde, ließ er von ihr ab und legte hastig seinen Lendenschurz an.

Leise, als schämte sie sich, sagte Ruja hinter seinem Rücken: »Du wirst mich nun verachten, weil du unter den Edlen der Edelste bist und weil du jede Hure mit Verachtung strafst. Aber Edelmut endet, wo die Not beginnt.«

Doch Senenmut drehte sich nicht einmal mehr um. »Die Mutter meines Sohnes ist eine Hure!«

Vor der Türe traf Senenmut auf die grinsenden Gesichter zweier Steinschneider vom anderen Ufer des Flusses. Die Anwesenheit des Größten der Großen schien sie nicht zu überraschen, und der eine feixte, indem er seinen rechten Daumen in die geballte linke Faust schob. Da holte Senenmut aus und schleuderte dem geilen Gaffer seine Rechte ins Gesicht, sodass sein Grinsen zur Larve erstarrte. Ein zweiter, heftigerer Schlag ans Kinn brachte ihn zum Taumeln, und schließlich fiel er zu Boden wie ein betäubtes Opfertier. Sein Begleiter sah es und ergriff die Flucht. Doch Senenmut holte ihn nach wenigen Schritten ein, stürzte sich wie ein wildes Tier auf den Freier und schlug mit brutaler Gewalt auf ihn ein, bis er regungslos liegenblieb. Er selbst entfernte sich weinend wie ein Kind.

Nach siebzehn Tagen erreichten die Schiffe der Pharaonin das Tal im Delta des Flusses, wo die Hitze das Land zur Wüste verwandelt hatte, und Nehsi gab Befehl, die Segel einzuholen, die Masten umzulegen und die Schiffe aus dem Wasser zu ziehen. Obwohl alle Männer an Bord wussten, was ihnen bevorstand, fragten einige ungläubig, in welche Richtung die Reise gehe, wo das sagenumwobene Land Punt zu suchen sei. Nehsi zeigte nach Osten; doch so weit das Auge reichte, dort türmte sich nur Wüstensand.

Hatschepsut erkannte die Mutlosigkeit ihrer Männer und rief vom Ufer: »Fragt den Priester! Die Götter des Südens und des Nordens sind auf unserer Seite. Mein Vater Amun in Theben, Atum, der Herr von Heliopolis, Month in Theben und Chnum, der Herr der Stromschnellen im Norden, sie alle haben ihre Zustimmung erteilt, sie würden mir den Weg zeigen zum

Weihrauchland, damit ich die Opfertische versorge mit kostbaren Gaben. Seid also nicht mutlos, denn die Götter werden Wasser fließen lassen in der Wüste, und Schu wird unseren Schiffen Leben einhauchen!«

Da banden die Männer armdicke Taue an ihre Schiffe und zogen eines nach dem anderen auf das Ufer. Der Sand knirschte grimmig unter den schweren Schiffsbäuchen, als quälten ihn die Fahrzeuge aus dem fremden Element. Geschälte Baumstämme zu beiden Seiten sorgten dafür, dass die hochbeladenen Schiffe nicht kippten. So legten sie eine Bahn durch den Sand, zogen die Schiffe darüber, und wenn die Stämme ihren Zweck erfüllt hatten, legten sie sie vorne wieder an.

Am ersten Tag kamen sie kaum mehr als ein paar Steinwürfe weit vorwärts, am zweiten Tag verdreifachten sie ihre Wegstrecke, und als sie am dritten Tag ein Stück zurücklegten, das sie dem Horizont des Ostens deutlich näher brachte, da wandte sich die Pharaonin fragend an Nehsi, den Schwarzen.

»Die Hitze nimmt zu, je weiter wir nach Osten kommen. Wie lange werden wir brauchen, um den großen See zu erreichen?«

»So lange wie wir von Theben bis hierher gebraucht haben«, antwortete Nehsi, »die Männer geben ihr Bestes!«

Hatschepsut nickte. »Aber unsere Wasservorräte werden nicht reichen. Was willst du tun?«

»Herrin«, sagte der Schwarze und blickte ernst, »es gibt nur zwei Möglichkeiten: Entweder wir rationieren das Wasser, oder wir erhöhen unsere Geschwindigkeit. Eines von beiden müssen wir tun, und zwar sofort.«

Maatkare rief die Männer zusammen und fragte sie, was ihnen lieber wäre, und die einen sprachen für jenes, die anderen wollten ihre Anstrengungen verdoppeln, und da diese in der Überzahl waren, entschied die Pharaonin, künftig auch während der Nachtstunden weiterzuarbeiten. Auch scheute sie sich nicht, bisweilen selbst Hand anzulegen an eines der schwerbeweglichen Schiffsungetüme, um den Männern ein Beispiel zu geben. So vergingen neun Tage, ohne dass der große See des Ostens in Sichtweite kam, und die Pharaonin ließ Nehsi kommen und fragte ihn, ob seine Planungen wirklich richtig wären.

»Pharao Maatkare«, sprach der Schwarze, »du hast mich zum Kanzler des Nordens gemacht und mich mit zahlreichen Bauten im Süden beauftragt, wo sich der Arm des Flusses in fünf Finger verzweigt. Dies alles geschah, weil du mit meiner Arbeit zufrieden warst, denn nie habe ich dich enttäuscht. Ich habe die Statuen errichtet und deinen Namen in alle Tempelwände geschlagen, damit du in die Geschichte eingehst wie dein Vater Thutmes, er lebe ewig. Und wenn du sagtest, der Name Maatkare solle an der höchsten Stelle des Tempels erscheinen oder an der entferntesten Wegesäule im Delta, dann geschah es nach deinem Befehl. Denn ich bin es, der deine Befehle ausführt wie Thot der Helfer der Toten. Wie kannst du zweifeln, ich würde dich und deine Männer nicht nach Punt führen?«

Nehsi zog einen Papyrus hervor, auf dem die Grenzen des Reiches und darum herum die Neun-Bogen-Völker eingezeichnet waren.

»Hier«, sagte der Schwarze und deutete auf einen Punkt der Schreibrolle, »das ist unser Standort. Und hier ist der große See des Ostens.«

»Aber dann ist es ja gar nicht mehr weit, bis wir Wasser unter den Kielen unserer Schiffe finden!«

Nehsi nickte.

Die zehnte Nacht in der Wüste brach über die Männer herein, und Sothis leuchtete wie nie zuvor, da beendete eine weitausladende Düne das Fortkommen.

Ptahhotep, mit einer Hand voll Soldaten für den Schutz der

Truppe verantwortlich, kam von einem Erkundungsgang zurück. Der Sand, berichtete er, sei hochgetürmt wie ein Felsengebirge und fließe wie Wasser unter jedem Tritt. Unmöglich, auch nur eines der Schiffe über die Düne zu ziehen.

Nehsi erschrak. Karten und Pläne hatten ihm zwar die Tagesreisen von einem Punkt zum anderen verraten, aber Höhenunterschiede führten sie nicht auf. Es galt schnell eine Entscheidung zu treffen, denn jeder Tag, den sie verloren, forderte mehr Wasser. Also befahl Nehsi noch in der Nacht, alle Männer sollten mit Körben und hölzernen Eimern eine Schneise in die Düne graben, zwanzig Ellen tief, um die Schiffe hindurchzuziehen.

Und keiner gönnte sich auch nur ein Auge Schlaf, denn jeder wusste, dass aller Leben daran hing, den großen See des Ostens zu erreichen. Ein Zurück gab es nicht mehr, da, wie Hatschepsut seit Tagen verkündete, das Ziel näher lag als der Ausgangspunkt. Doch als der Morgen graute über dem östlichen Horizont, da hatten sie kaum zehn Ellen abgetragen, denn je tiefer der Graben wuchs, desto mehr Sand stürzte vom Scheitel der Düne herab und machte die geleistete Arbeit zunichte. Und so schaufelten sie einen Tag und eine Nacht, und noch immer war das Hindernis nicht beseitigt.

Erst am dritten Tag, die Wasservorräte gingen zur Neige, durchquerten sie die Düne, und ihre Dankgebete schallten zum Himmel. Da entdeckten sie einen Graben inmitten der Wüste, gerade breit genug, um den Rümpfen der Schiffe Halt zu verleihen, was ihre Arbeit sehr erleichterte.

Maatkare rief den Schwarzen und fragte, ob Gott Amun ein Wunder gewirkt habe und ob der Graben zum großen See des Ostens führe. Nehsi nickte und erklärte, die Vorvorderen hätten versucht, einen Kanal vom großen See des Ostens zum Nildelta zu graben, um damit das Meer des Nordens mit dem Meer des Ostens zu verbinden. Doch dann hätten die Magier die Sterne befragt, gezählt und gemessen, und sie seien zu dem Ergebnis gekommen, dass der Wasserspiegel des östlichen Meeres dreißig Ellen höher liege als der des Nordens. Und weil sie befürchteten, das Wasser des Ostens würde sich in das nördliche Meer ergießen und das Land mit sich fortspülen, hätten sie die Arbeit eingestellt.

Da pries Hatschepsut ihren Vater Amun, weil er ihr schon wohlgesonnen gewesen sei, als sie noch im Ei war. Und alle, die es hörten, sagten: »Wahrlich, Amun, der im Himmel ist, hat alle Ebenen und Gebirge in deine Hände gelegt!«

Nur einer schaute finster drein, und es schien, als sei das Fortkommen der Schiffe ein Dorn in seinem Auge. Des Nachts fand er keinen Schlaf, ging unruhig vor den Schiffen auf und ab und legte bisweilen ein Ohr auf den Sand, als lauschte er dem Pulsschlag des Seth in der Wüste.

General Ptahhotep verfolgte das Schauspiel mit Argwohn, legte ebenfalls sein Ohr in den Wüstensand und wartete, was geschehen würde. Und plötzlich vernahm er Hufgeklapper, als näherten sich fremde Reiter den Schiffen, und er weckte die Männer, die unter freiem Himmel schliefen, und ließ sie die Barken besteigen und zu den Waffen greifen.

»Reiter, hier inmitten der Wüste?«, argwöhnte Hatschepsut, »und noch dazu während der Nacht!«

Doch Ptahhotep zeigte wortlos nach Westen, wo sich eine Schar Reiter vom nächtlichen Horizont abhob. »Verschanzt euch hinter den Schiffswänden«, rief er leise den Männern zu, »ergreift Pfeil und Bogen, aber schießt erst, wenn ich das Zeichen gebe und mit dem Schwert gegen mein Schild schlage. Dann ziele jeder auf den, der ihm am nächsten ist.«

Nehsi, ein Meister des Speerwurfs, drehte sein Wurfgeschoss unruhig zwischen den Fäusten und forderte die Pharaonin auf, sich flach auf die Planken zu legen, wo sie am sichersten sei. Doch Hatschepsut lehnte ab. Es zieme sich nicht, dass der Pharao seine Männer auffordere, die Schiffe zu verteidigen, während er selbst keinen Finger rühre. Im Übrigen könne es sich bei den fremden Reitern um eine Gesandtschaft handeln, die mit wichtiger Nachricht unterwegs sei. Sollten sie die Herrin der beiden Länder auf dem Boden liegend antreffen?

Nehsi knurrte unwillig wie ein Löwe im Palast, der vom Wärter gereizt wird: »Eine vielköpfige Gesandtschaft, Herrin, viel zu zahlreich für friedliche Absichten.«

Inzwischen hatten die fremden Reiter, es mochten fünf Dutzend sein, den Lauf ihrer Pferde gebremst. Sie folgten exakt der Schleifspur, die die Schiffe im Sand der Wüste hinterlassen hatten. Erst ein paar Steinwürfe entfernt zogen sie einen weiten Bogen und kamen nun auf die Breitseite der Schiffe zu. Trügerische Ruhe wiegte die Fremden in die Gewissheit, die Expedition im Schlaf zu überraschen. Nun hegte auch Hatschepsut keinen Zweifel mehr, ob ihr die fremden Reiter wohlgesonnen seien.

Da leuchteten in der Dunkelheit fünf Flammen auf, und auf ein unhörbares Kommando hin flogen fünf brennende Pfeile auf die Schiffe. Nun schlug Ptahhotep mit dem Schwert gegen seinen Schild – das Zeichen zum Gegenangriff.

Die fremden Reiter hatten gehofft, die Schiffe der Pharaonin in Brand zu schießen und eine Panik unter der Besatzung auszulösen. Doch nun geschah das Gegenteil: Die Männer um Hatschepsut löschten die brennenden Pfeile und empfingen die Angreifer mit einem Hagel ihrer Geschosse, dass die Pferde scheuten und andere getroffen zu Boden stürzten. Und während die Reiter kaum eine Chance hatten, die hinter den Schiffswänden verschanzten Ägypter zu treffen, boten sie selbst den Pfeilen der Verteidiger ein ungeschütztes Ziel.

»Amun und Month sind bei uns!«, rief die Pharaonin, und

ihre laute Stimme übertönte das nächtliche Kampfgeschrei. Mit kühler Beherrschung spannte sie ihren Bogen und sandte einen Pfeil nach dem anderen gegen die Feinde. Schon lagen die ersten Reiter am Boden, da hatte noch keines der feindlichen Geschosse getroffen. Der Anführer war vom Pferd gesprungen und lief auf das mittlere der Schiffe zu, in dem sich die Pharaonin befand. Nehsi sah es, schleuderte seinen Speer gegen den Angreifer und traf ihn in den Bauch, sodass er brüllend vor Schmerz niedersank.

Hatschepsut bückte sich hastig, um einen neuen Pfeil aufzunehmen, da schwirrte ein Pfeil über sie hinweg und blieb in einem der aufgetürmten Proviantsäcke stecken. Beim Month mit dem Falkenhaupt, nicht von vorne, wo die Feinde standen, kam das Geschoss geflogen, sondern rechterhand von der Seite! Und noch ehe sie den Blick wandte, hatte sie einen Pfeil in ihren Bogen gespannt. Dann aber drehte sie sich blitzschnell um, die Waffe im Anschlag. Der Mann im Nachbarschiff hielt noch den leeren Bogen auf sie gerichtet, als Hatschepsut abzog.

Nur schemenhaft konnte die Pharaonin erkennen, dass der Unbekannte die Hände vor sein Gesicht riss, in das ihr Pfeil getroffen hatte, dann sank er lautlos zu Boden, und Hatschepsut wandte sich wieder den feindlichen Reitern zu. Die traf die Gegenwehr so unerwartet, dass einige in der Dunkelheit die Flucht ergriffen, andere die Waffen zu Boden warfen zum Zeichen, dass sie sich ergaben. Die Pharaonin aber schonte keinen, und ihre Pfeile trafen jeden, der sich ihr näherte.

Bis zum Morgengrauen wagte sich niemand aus den Schiffen hervor. Erst als Re seine Strahlenarme blutrot über den östlichen Horizont schickte und die Männer um Hatschepsut die blutigen Körper von Mensch und Tier vor sich liegen sahen, da stiegen sie aus den Schiffen, ihres Sieges gewiss. Es war ein grauenvoller Anblick. Blut verfärbte den Sand. In manchen der leblosen Körper steckte ein ganzes Bündel Pfeile. Herrenlose Pferde schnupperten an den Wunden der toten Reiter.

»Und wie hoch sind unsere eigenen Verluste?«, erkundigte sich die Pharaonin bei Ptahhotep.

»Hapuseneb, der Oberpriester, wurde von einem Pfeil getroffen«, antwortete der General, »seltsamerweise von einem unserer eigenen.«

»Ich weiß«, sagte Hatschepsut kühl, sodass Ptahhotep sie fragend ansah. »Fangt die Pferde ein, und bringt seine Leiche zurück nach Memphis und meldet Puemre, dem zweiten Propheten, dass nun *seine* Stunde gekommen sei!«

Erst glaubten sie, dass der Junge tot sei; doch dann erkannten die Hirten des Fruchtlandes das Zucken um seine Lippen, und sie hoben ihn auf und trugen ihn in das hohe Ufergras, wo sie das schmutzverklebte Haar aus seinem Gesicht strichen. Nicht selten trieb der Nil in der großen Biegung des Flusses einen Schiffbrüchigen an, der seine Unerfahrenheit mit dem Leben bezahlte; denn die Strömung war stark, und jede Barke zerschellte, die nicht die innere Biegung befuhr.

»Er öffnet die Augen, sieh nur!«, rief der eine der Hirten, warf seinen Stab in das Gras und begann die Arme des Jungen zu bewegen, als wollte er Leben in ihn hineinpumpen.

»So hör schon auf«, meinte der andere, »lass ihn doch erst einmal zu sich kommen.« Erwartungsvoll knieten die beiden vor dem angeschwemmten Körper.

Der Junge sah sie mit großen fragenden Augen an, und es schien, als versuchten seine Lippen mühsam ein paar Wörter zu formen; aber der Versuch misslang.

»Ob er uns verstehen kann?«, meinte der Jüngere, und der Ältere hob hilflos die Schultern: »Hapu war gnädig mit ihm. Ich habe schon viele hier liegen sehen mit zerschundenen Gliedern, ein fürchterlicher Anblick. Ihm scheint nichts weiter geschehen zu sein.«

Und während sie so redeten, formten die Lippen des Jungen zunächst kaum verständlich, dann aber immer deutlicher ein Wort: »Amset, Amset, Amset!«

»Ah«, sagte der Ältere, »er heißt Amset«, und nickte dem Jungen mit freundlichem Gesicht zu. »Du hast Glück gehabt, Amset, Gott Amun hat dir ein neues Leben geschenkt!«

Der Junge bewegte den Kopf hin und her, und die beiden Hirten sahen sich fragend an, was dies zu bedeuten habe. »Amset«, wiederholte er immer wieder, »Amset!«

Schließlich holte der eine einen Krug mit Wasser und goss ihn über Gesicht und Körper des Jungen, um ihn vom Schmutz zu befreien. »Amset!«, sagte der Junge flehentlich, und der Hirte erwiderte: »Ist ja gut, Amset!« Und als der Junge heftig den Kopf schüttelte, meinte er: »Wie – du heißt gar nicht Amset?« Wieder schüttelte der Junge den Kopf.

»Er heißt gar nicht Amset!«, stellte der Ältere verwundert fest und blickte ratlos um sich. »War Amset mit dir in einem Boot?«

Kopfnicken. Da rannten die beiden Hirten zum Ufer hinab, um zu sehen, ob nicht ein Zweiter angeschwemmt sei, und obwohl sie jeden Winkel durchkämmten und das Ufergestrüpp durchsuchten, blieben sie erfolglos. Enttäuscht kehrten sie zurück, und als der Junge in ihren Gesichtern den Misserfolg ablas, begann er zu weinen, und der Ältere nahm ihn in seine Arme und drückte ihn an sich wie ein Kind.

»Nicht jedem sind die Götter so gnädig!«, meinte er schließlich. »Wie heißt du, Junge, und wo kommst du her?«

»Ich bin Thutmes«, stammelte der Junge, von Weinkrämpfen geschüttelt, und schüchtern fügte er hinzu, »der Sohn des Re, der Herr von Theben.«

Die Hirten sahen sich an. Der Junge scherzte! »Sprich!«, sagte der Ältere. »Warum willst du uns deine Herkunft verschweigen?«

Da griff Thutmes an den Hals und suchte nach dem goldenen Amulett mit seinem Namen, befreite es vom Schmutz und hielt es den Hirten wortlos hin.

Die Hirten konnten nicht lesen; aber so viel erkannten sie: Der Ring mit den heiligen Schriftzeichen war der Name eines Pharaos, und sie knieten nieder und stießen vor Thutmes die Köpfe in den Sand und priesen Gott Hapu, dass er den jungen König an das Ufer des Flusses getragen hatte.

Thutmes nahm einen Schluck aus dem Krug und goss den Rest über seinen verschmierten Körper. Einer der Hirten reichte ihm ein Stück Fladenbrot, und der Junge aß gierig. »Ihr müsst Amset suchen«, flehte Thutmes, »er ist mein Freund, und ich bin schuld an diesem Unglück!«

»Herr«, antwortete der Ältere, »Amun hat dir ein neues Leben geschenkt. Denn eine Barke, die in der Biegung des Flusses kentert, ist verloren mit der gesamten Besatzung. Wie viele wart ihr?«

»Amset und ich. – Ja«, sagte Thutmes, als er die ungläubigen Gesichter der Hirten sah, »wir haben das Boot entwendet, um nach Bubastis zu fahren.«

»Nach Bubastis im Delta des Flusses?«

»Ja«, erwiderte Thutmes, »meine Mutter Iset hält sich dort auf, die kleine Königin. Ihr müsst Amset finden!«

»Wir werden tun, was du befiehlst, Herr; aber Amun müsste ein zweites Wunder wirken, damit wir ihn lebend fänden. Und tot wird sein Anblick nicht erfreulich sein.«

Da schlug Thutmes die Hände vors Gesicht und begann erneut zu schluchzen, und die Hirten ließen ihn in seinem Schmerz allein und durchkämmten zum zweiten Mal das Ufer; doch alle Mühe war vergebens.

Nur mühsam konnte Senenmut sich auf den Beinen halten. Er hatte getrunken und schwankte die Straße der Töpfer in der Vorstadt entlang. Am Brunnen, wo die Frauen mit Eimern und Schläuchen das Wasser holten, bog er in die südliche Straße ab. Nackte schmutzige Kinder tollten in Scharen herum, und in den offenen Fensterhöhlen musterten neugierige Gesichter den Vornehmen, der sich in diese Gegend verirrt zu haben schien.

Er wusste genau, wo das Haus seiner Eltern lag, die flache Hütte, die nur aus einem einzigen Raum bestand, in dem noch dazu ein Dutzend Enten, zwei Katzen und ein ausgemergelter Hund aus und ein gingen, sodass Hatnefer, seine Mutter, ihn, als er noch ein Säugling war, in einem Weidenkorb an die Decke hängte, den einzigen Ort, der sicher schien. Sie waren rechtschaffene Leute gewesen, seine Eltern, aber arm wie der größte Teil der Bevölkerung der Hauptstadt Theben, und als sie starben, hätte man sie vielleicht irgendwo in der Wüste verscharrt, wie das üblich war bei kleinen Leuten, denen das Jenseits verschlossen blieb; aber Senenmut hatte ihnen ein Grab gebaut in der Gegend, wo die Beamten des Hofes ihre letzte Ruhe fanden – das gehörte sich so für den Haushofmeister der Königin.

Und dann auf einmal stand er vor der armseligen Hütte, grau in grau und staubig von den ungebrannten Nilschlammziegeln, aus denen hier alle Häuser gebaut waren. Der Versuch, neben dem Haus eine Palme zu pflanzen und so die Umgebung etwas freundlicher zu gestalten, war gescheitert. Trocken und ausgedorrt bot der abgestorbene Stamm einen eher noch trostloseren Anblick, und sicher wäre er längst dem Beil zum Opfer gefallen, hätten die neuen Bewohner des Hauses nicht seinen Nutzen zum Trocknen der Wäsche erkannt.

Was war es, das den Größten der Großen des Reiches in diese von allen Göttern verlassene Gegend trieb? War es der Triumph über das eigene Schicksal, das hier begonnen und nun die höchsten Stufen des Erfolges erklommen hatte? Oder war es die Suche nach dem verlorenen Glück, das ihm hier, als ihm der Duft des Fladenbrotes in die Nase stieg, das seine Mutter vor der Haustüre buk, näher war als jetzt? Senenmut wusste es selbst nicht, und die Trunksucht, der er sich täglich mehr hingab, schien der einzige Ausweg.

Hätte ihm damals, als er auf Entenjagd ging, ein Seher prophezeit, dass dieser eine verirrte Pfeil aus seinem Bogen sein Leben verändern, ihn zu Ansehen und Reichtum bringen würde, er hätte ihn über dem Knie zerbrochen und die Splitter unter bloßen Füßen zertrampelt, weil es als Frevel erschien, die Götter so zu fordern. Und nun straften ihn die Götter, indem sie das falsche Glück in sein Herz legten.

Die Menschen, die ihn sahen, machten einen weiten Bogen um Senenmut, wenn sie ihn erkannten; denn seine Macht war gefürchtet. Andere tuschelten oder führten Lästerreden aus der Ferne über den Trunkenbold.

Senenmut stieß einen unverständlichen Fluch hervor, spuckte in hohem Bogen in den Staub und wandte sich von dem Haus seiner Eltern ab. Ein paar Schritte weiter stand wie eh und je die alte verwahrloste Schenke. Die mannshohen Tonkrüge zu beiden Seiten des Eingangs ließen noch immer den Wein aus tiefen Spundlöchern fließen, das linke den roten, das rechte den weißen, und die Mumienmacher, Steinträger, Gelegenheitsarbeiter und Prostituierten kauerten vor dem Eingang auf der Straße und klammerten sich weinselig an eine Schale der mühsam verdienten Labsal.

»Roten, eine Schale voll bis zum Rand!«, rief Senenmut, als er sich der Spelunke näherte, und warf dem herauseilenden Wirt einen Kupferbarren zu, den dieser schnell in einem Ledersäckchen, das an seinem Bauch baumelte, verschwinden ließ.

Der Alte dienerte, da er den Haushofmeister erkannt hatte, und stieß die Säufer beiseite, um Senenmut Zugang zu verschaffen: »Im Haus herrscht schattige Kühle, Herr, dort kannst du dich bequem niederlassen!«

Senenmut stieß den Wirt zurück, sodass der Wein in der dargebotenen Schale überschwappte, und entgegnete mit schwerer Zunge: »Hier ist mein Platz, Alter, hier unter den Leuten! Ich bin doch einer von ihnen, oder?« Dabei blickte er Zustimmung suchend in die Runde; doch die Zecher reagierten nicht, ein jeder hielt sich misstrauisch zurück und beäugte den Eindringling wie einen feindlichen Spion.

»Kennt ihr mich denn nicht? Habt ihr mich denn alle ganz vergessen?«, rief Senenmut mit weinerlicher Stimme, und als er den Argwohn und die Ablehnung in ihren Gesichtern sah, schüttete er den roten Wein in sich hinein und schleuderte die Schale auf den Boden, sodass sie zerbrach.

»Ich kenne dich wohl, Herr«, versuchte der Wirt den angetrunkenen Gast zu besänftigen, »ich erinnere mich gut, wie du jeden Morgen die Enten zum Tümpel triebst und sie abends nach Hause führtest – wenn ich mir die Bemerkung erlauben darf ...«

»Seht ihr«, rief Senenmut beglückt und fasste den Alten am Ohr, »er kann bestätigen, dass ich von hier stamme. Sag ihnen, ob ich ein schlechter Mensch bin, sag es!«

Der Wirt tänzelte auf den Zehen, weil sein Ohr unter dem Griff des Haushofmeisters schmerzte, aber er wagte nicht zu klagen. Und mit verzerrtem Gesicht antwortete der Alte: »Jeder Mann im Reich kennt deine Güte, Herr, die so groß ist wie deine Taten. Mir armem Weinschenk steht es nicht an, die guten Werke zu loben, die du vollbracht hast.«

Darauf ließ Senenmut den Alten los und drehte sich im Kreis, und mit erhobenen Armen grölte er: »Man meldet mir den Aufgang des Sothis und das Steigen des Nils, man meldet mir jeden Tropfen Regen, der vom Himmel fällt, und wenn ich es befehle, werden Berge aufgeschüttet und Seen in die Wüste gegraben.«

Der Tanz des Haushofmeisters gefiel den übrigen Zechern, und sie klatschten in die Hände und peitschten ihn zu immer schnelleren Drehungen an, und Senenmut stampfte auf den Boden und rief: »Meine Güte ist groß wie der Ozean, und ihr alle sollt sie spüren. Wein soll fließen für alle Gäste!«

»Ja, Wein für alle!« Da sprangen die übrigen Zecher auf, reichten dem Weinschenk ihre leeren Schalen, tanzten um den torkelnden Haushofmeister herum und soffen und lärmten und priesen Senenmuts Güte, bis einer nach dem anderen trunken zu Boden sank.

Faul wie fette Krokodile lagen sie im Staub der Straße, sangen obszöne Lieder, pöbelten Frauen an, die des Weges kamen, und luden sie ein, mit ihnen zu trinken. Zwei Boten der Palastwache hatten Mühe, zu dem betrunkenen Haushofmeister vorzudringen. Erst unter Einsatz ihrer Lanzen gelang es ihnen, die Zecher zu verjagen.

»Kann der Größte der Großen nicht einmal in Ruhe seinen Wein trinken?«, knurrte Senenmut, als er die Wächter erkannte.

Die entschuldigten sich mit tiefen Verneigungen. »Herr«, stammelte der eine, »der junge Pharao ist verschwunden, zusammen mit Amset!«

»Amset?« Der Haushofmeister blickte starr vor sich hin, als versuchte er, sich die Meldung der Wächter zu vergegenwärtigen. »Amset?«, wiederholte er ungläubig.

»Ja, Herr!«, meinte der Wächter geduldig. Er sah, wie Senenmut Mühe hatte, sich gerade zu halten. »Thutmes und Amset sind verschwunden. Im Hafen fehlt eine Barke. Man muss das Schlimmste befürchten.«

»Amset?« Senenmut brachte nichts anderes hervor als dieses eine Wort. Aber in seinem vernebelten Gehirn wuchs allmählich das Bewusstsein, dass mit den Jungen irgendetwas Furchtbares geschehen sein musste.

Da packten die Wächter den Größten der Großen, legten seine schlaffen Arme über ihre Schultern und führten ihn weg. Senenmut aber wiederholte immer nur das eine Wort: »Amset, Amset ...«

X

Die Schreiber schnitten Kerben in die Masten der Schiffe, jeden Tag eine Kerbe neben die andere, und alle dreißig Tage begannen sie einen neuen Ring. Sieben Ringe waren es nun schon. Es war Sommer, als sie Theben verließen, nun kündigte sich Peret an, die Zeit der Saat. Wo, bei der Neunheit der Götter, lag dieses wundersame Land Punt? Die alten Chroniken berichteten, dort, wo der Elefantenfluss sich breit und behäbig in den Ozean des Ostens ergieße; aber seit sie nach ihrem Zug durch die Wüste das östliche Meer erreicht hatten, seit sie Woche um Woche nach Süden gesegelt waren, hatte sich an der Küste nie die Mündung eines Flusses gezeigt, nur Wüste, Sand und Felsgestein.

An der Meerenge der beiden Kontinente, da glaubten sie, das Ziel erreicht zu haben, doch kaum hatten sie sie passiert, hohe abweisende Berge zur Linken, weite trostlose Ebenen zur Rechten, da tat sich vor ihnen ein neues Meer auf, und das Land geriet vorübergehend aus ihren Augen. Ptahhotep äußerte Bedenken, ob nicht die Sonne von zweihundert Tagen ihre Sinne getrübt habe wie der Ochse das Wasser, wenn er zum Tümpel kommt. Doch die Pharaonin vertraute Nehsi, dem Schwarzen; denn alle seine Angaben, die er den Chroniken der Vorfahren entnahm, waren bisher richtig gewesen. Fünf Tage und vier Nächte, meinte er, müsse Schu noch ihre Segel blähen, dann würde im Osten ein Land in das Meer ragen, Punt.

Die vierte Nacht war vorüber, und alle Ägypter standen auf Deck ihrer Schiffe, den Blick nach Osten gerichtet, wo Re in Strahlen aufging und ihre Häupter vergoldete. Da rief ein Seemann von der Spitze des Mastes: »Land!«, und alle blickten in die Richtung, in die der Arm des Steuermannes zeigte. Und flach wie das Blatt einer Lotosblume lag das Land auf dem Ozean, und ihre Herzen waren froh und jubelten.

Hatschepsut aber legte das kurze Gewand des Pharaos an, die blaue Krone mit dem roten Uräus und die goldenen Sandalen mit den Namen der Neun-Bogen-Völker, und befahl, sowohl Geschenke bereitzuhalten als auch Waffen. Doch als sich die Flotte der Mündung des großen Flusses näherte, als Dattel- und Dumpalmen, so hoch wie der Himmel, und Hütten wie Bienenkörbe auf Pfählen auftauchten und Affen und Meerkatzen am Ufer kreischten und kleine rothäutige Menschen ihnen zuwinkten, da ließen alle die Waffen sinken und ergriffen Halsketten und goldene Armreifen, kunstvoll verzierte Äxte und Dolche mit leuchtenden Steinen besetzt, und sie bewunderten das Land vor ihren Augen.

»Dies«, sprach Nehsi, »ist das Land der Hathor, der Herrin von Punt. Dir, Pharao, Leben, Glück und Gesundheit!« Und mit einer ausholenden Handbewegung legte der Schwarze Maatkare das Weihrauchland zu Füßen.

Hatschepsuts Augen leuchteten beim Anblick des märchenhaften Zaubers, der sich am Ufer des Elefantenflusses auftat. Satre, die Amme, hatte ihr, als sie noch die Seitenlocke der Kindheit trug, oft von dieser Märchenwelt erzählt, von den bunten Bäumen, die riesige exotische Früchte tragen, von Tieren mit Hälsen, so hoch wie eine Säule, und glänzenden Fischen, die fliegen konnten wie Vögel, und Menschen, die auch im Alter Kinder blieben.

Furchtlos stiegen die Zwerge aus ihren hochbeinigen Hütten. Jeder Argwohn vor den großen Menschen aus dem Norden schien ihnen fremd. Und während Matrosen die Segel einholten und der flache Strand von den Kielen der Schiffe aufgewühlt wurde, sprang Nehsi von Bord und watete winkend ans Ufer. Ptahhotep und seine Soldaten folgten unbewaffnet, dahinter Hatschepsut.

Die roten Zwerge am Ufer empfingen sie lächelnd. Aufgeregt plappernd und gestikulierend, umringten sie die Ägypter in einem großen Halbkreis, und auf einmal öffnete sich der Kreis, und herein trat Perehu, der König von Punt, mit seiner dicken Frau Eti. Welch ein Anblick! Perehu trug einen Spitzbart und maß nicht mehr als vier Ellen, ein Kind im Nilland war größer, und Eti, seine Frau, war noch kleiner; doch lebte sie in außergewöhnlicher Leibesfülle, die sie fast breiter erscheinen ließ als hoch, und aus ihrem runden aufgeblasenen Kopf lächelten lustige Äuglein, blitzend wie Edelsteine. Und weil sie Schwierigkeiten hatte, sich auf den Füßen fortzubewegen – die goldenen Ringe an ihren Fußfesseln taten ein Übriges –, zog Eti stets einen kleinen Esel hinter sich her, und ein Diener folgte, der ein kleines Podest bereithielt, wenn die dicke Königin ihr Grautier besteigen wollte.

Perehu und Eti traten der Pharaonin aus dem Norden mit gesenkten Häuptern gegenüber, und der kleine König sprach, dass sein handlanger Spitzbart zitterte wie ein Papyrusrohr: »Wie seid ihr in unser Land gekommen, das keiner kennt? Kamt ihr vom Himmel oder weit über das Meer, oder fuhren eure Schiffe durch die unendlichen Wüsten?«

Die Sprache des Zwergenkönigs klang fremd, doch ein jeder verstand sie. Hatschepsut lachte: »Über Land und Meer sind wir gekommen, weil die Götter uns die Kunst des Fliegens verheimlichen. Unsere Heimat ist Ägypten. Vor mehr als zweihundert Tagen brachen wir dort auf, wie Gott Amun es befohlen hatte. Jetzt sind wir hier und bringen Geschenke zum Zeichen unserer Freundschaft.« Und aus dem Hintergrund traten Diener hervor, breiteten Schilfmatten in den Sand und türmten die glitzernden Geschenke auf, sodass der kleine König und seine dicke Frau vor Freude hüpften wie Kinder beim Fest des Ruderns.

Zögernd zuerst näherten sie sich den kunstvollen Dolchen und Äxten, prüften anerkennend ihr Gewicht und ließen sie ängstlich fallen wie heiße Steine. Erst das aufmunternde Kopfnicken der Ägypter machte sie mutig, und Eti begann sich Halsketten und Armreifen anzulegen.

Da ließ sich auch der schmächtige kleine König nicht lumpen, und auf seinen energischen Wink hin schleppten Hunderte Zwerge die Schätze des Landes herbei, Stoßzähne von Elefanten, seidige Pantherfelle, grünschwarze Schminke aus dem Fett seltener Tiere, Techepes-Holz und Chesit-Äste, Terebinthenharz, Weihrauch und Myrrhe. Und Affen und Meerkatzen wurden herbeigezerrt, zwei leibhaftige schwarze Panther, und, mit unzähligen Tauen gebändigt, ein Elefant und eine Giraffe. Und nun war das Staunen aufseiten der Ägypter, und sie betasteten zögernd die nie gesehenen Tiere.

»Ägypten«, sagte Perehu, der rote Zwergenkönig, »wo ist das? Dort, wo die weißen Berge sind, hinter dem Ozean?«

»Unser Land«, antwortete die Pharaonin, »liegt zu beiden Seiten des Nils, dessen Quellen noch keiner gesehen hat, weil sie im Himmel sind, unter dem weichen Lager der Götter. Wo das Reich seine größte Breite hat, sind es zwei Monate Weges von Ost nach West, und der größte Teil ist Sand. Die wahre Länge hat noch niemand erforscht, weil, da auch die Nubier, die im Süden unsere Grenze bilden, unter unserem Schutze leben, ein Jahr nicht reichen würde, das Land von der Mündung des Flusses bis zu seinen südlichen Grenzen zu durchmessen.«

Da staunten die roten Zwerge von Punt mit offenen Mündern, weil ihr Land so klein war, dass man von einer Grenze zur anderen schauen konnte, und der Elefantenfluss so träge, dass es gleichgültig war, ob die Schiffer flussaufwärts oder dem

Meere zu segelten. In seinem Flussbett aber vermischte sich das Salz des Meeres mit dem Süßwasser des Landes, und Ebbe und Flut wirkten weit hinein in das Land, wo der Ozean nicht mehr gesehen werden konnte.

Und während die Ägypter Brot, Bier, Wein und Früchte aus ihrer Heimat aus den Schiffen luden, um sie den Leuten von Punt anzubieten, berichtete Hatschepsut, dass auch der Nil seinen Wasserstand verändere, allerdings nicht tagtäglich, sondern einmal im Jahr zur Achet-Zeit. Dann steige sein Spiegel über fünfzehn Ellen, überschwemme Wiesen und Felder wochenlang und hinterlasse seinen fruchtbaren Schlamm, bevor er sich in sein altes Bett zurückziehe.

Bestürzt schlug König Perehu die Hände zusammen, und seine dicke Frau schüttelte wild den Kopf, weil sie nicht glauben konnte, dass der Schlamm des Flusses Ägypten ernähre, dass sie ihre Schweine in das Schwemmland brachten, damit sie die Saat einträten, und dass mit Hilfe der Schweine ihr Getreide gedroschen würde, weil sie die Tiere über die Ähren trieben, um den Weizen vom Stroh zu trennen.

Inzwischen kauten beide das Brot, und sie fanden Gefallen an dem Geschmack. Und als sie den schweren ägyptischen Wein aus den Gärten des Deltas kosteten, vernebelten sich ihre Sinne schnell, und die Besucher aus dem Norden erschienen noch größer als in Wirklichkeit, und Perehu und Eti warfen sich vor Hatschepsut zu Boden und legten die Hände flach auf den Sand. »Heil dir«, rief der kleine König, »heil dir, Ägyptens Herrscher, weiblicher Sonnengott, Herrin des Himmels, du strahlst wie die Sonne, dein Ruf dringt über den Ozean!« Die Leute von Punt aber hörten die ehrerbietigen Worte ihres Königs und warfen sich nieder wie er und küssten die Erde und verharrten lange in dieser Haltung.

Als sie ihre Augen erhoben, da hatte die Pharaonin auf einem goldenen Thron Platz genommen, der ihr von einem der Schiffe gebracht worden war, und die Diener bauten ein Zelt aus weißen Planen, so groß, wie es die rothäutigen Menschen von Punt noch nie gesehen hatten, und vor den Eingang setzten sie eine überlebensgroße Statue des widderköpfigen Gottes Amun. Weihrauchwolken stiegen zum Himmel, und die Ägypter dankten dem Gott, der sie hierhergeführt hatte.

Längst hatte Re seine Strahlenarme zurückgezogen, und der ibisköpfige Thot führte die Mondsichel über den nächtlichen Horizont, da tanzten die roten Zwerge Hand in Hand mit den Freunden aus dem Norden im warmen Sand. Und aus den Palmen, deren schwere Zweige sich bis zum Meer niederneigten, aus den undurchdringlichen Wäldern am Fluss schallten wilde Schreie von Affen und Papageien, und Zikaden, so groß wie eine Wüstenmaus, rieben in höchster Erregung die Schenkel, dass ihr hoher, durchdringender Ton in den Ohren schmerzte wie ein glühender Sporn im Fleisch.

Hatschepsut saß einsam auf ihrem Thron und beobachtete das exotische Schauspiel, während sie das Sechem-Szepter zwischen den Fingern drehte. Sie fühlte sich groß und erhaben, weil sie wusste, dass seit Mentuhoteps Zeiten kein Ägypter dieses Land gesehen hatte. Sesostris nicht und nicht Amenemhet, die so große Taten vollbracht haben.

Freundlich lächelnd trat König Perehu neben die Pharaonin. Zwar habe er Söhne und Töchter, die er Hatschepsut anbieten könne für die Nacht, doch seien sie noch zu jung, als dass Maatkare Freude haben könnte. Er selbst ziehe die großen schlanken Mädchen aus Kusch vor, deren Haut schwarz sei wie Ebenholz und ihre Glieder schmal wie Elfenbein. Ob sie stramme Jungen oder schlanke Mädchen bevorzuge?

Hatschepsut wurde von der Frage des Zwergenkönigs so überrascht, dass sie zunächst keine Antwort fand. Natürlich, wie sollte

Perehu wissen, welchem Geschlecht sie zuneigte, wo sie, wie jeder sehen konnte, doch eine Frau war, sich aber wie ein Mann gebärdete?

Und noch ehe Maatkare etwas erwidern konnte, sagte Perehu mit verständnisvollem Kopfnicken: »Ich verstehe, Königin des Nordens, ich verstehe.« Und unter Bücklingen entfernte er sich.

Ptahhotep hatte das Gespräch aus der Ferne beobachtet. Jetzt trat er vor die Pharaonin und fragte, was der Zwerg von ihr wolle.

»Er ist sehr zuvorkommend, General«, erwiderte Hatschepsut, »ich möchte nicht, dass du dich lustig machst über ihn!«

Ptahhotep hörte aus dem Tonfall, dass die Pharaonin es ernst meinte, und er entgegnete: »Verzeih, Herrin, ich habe es nicht so gemeint. Ich fühle mich nur für deinen Schutz verantwortlich.«

»Pah!«, lachte die Königin. »Nun, da wir von Zwergen umgeben sind, die uns freundlich zulächeln und uns mit reichen Geschenken verwöhnen! Es wäre mir lieber gewesen, du hättest mich beschützt, als Hapuseneb die feindlichen Reiter gegen mich sandte. Doch da war *ich* es, die dem tödlichen Pfeil des Priesters zuvorkam!«

»Niemand konnte ahnen, dass der Oberpriester ein Verräter war, ich nicht und du nicht, Maatkare.«

»Ich wusste, dass der Gezeichnete mein Feind war, seit er vor meinen Augen den Sohn der Iset zum Pharao erwählte!«

»Gott Amun hat durch das Orakel gesprochen, Herrin!«

»O nein, Ptahhotep, mein Vater Amun, der im Himmel ist, würde nie ein Kind, dem die Weisheit des Lebens fehlt, zum Horus machen. Die Priester manipulieren das Orakel, solange ich denken kann, und ich selbst habe mich auch schon des nickenden Götterbildes bedient.«

»Herrin!«, entrüstete sich der General. »Die Götter allein lenken unser Geschick.«

»Die Götter?« Hatschepsut lächelte bitter. »Du kennst Senenmut, den Größten der Großen des Reiches!«

»Nur zu gut, Maatkare.«

»Hätte ich damals, als ein Pfeil aus seinem Bogen meine Sklavin traf, nicht die Orakelpriester bestochen, Senenmut wäre verurteilt und hingerichtet worden, weil er keinen Zeugen benennen konnte, der beeidet hätte, dass der Pfeil nicht in Wirklichkeit *mir* galt. So aber sprach das Orakel, wie es mein Wunsch war, und Senenmut blieb über jeden Zweifel erhaben.«

Der General schwieg, und Hatschepsut zweifelte, ob sie nicht zu viel gesagt hatte. Aber die ungewöhnliche Atmosphäre am Wasser des östlichen Meeres, Monate entfernt von den vertrauten Ufern des Nils, mochte dazu beigetragen haben. »Vergiss, was ich dir gesagt habe«, meinte die Pharaonin.

Ptahhotep nickte nachdenklich und richtete seinen Blick zum nächtlichen Himmel, wo Mut, die Herrin der Gestirne, mit Händen und Füßen die beiden Horizonte berührte.

Auch die Pharaonin betrachtete die unzähligen Sterne, die wie weiße Tropfen am Himmel hingen, und mehr beiläufig sagte sie: »Ihr seid nicht gerade Freunde, du und der Größte der Großen.«

Und ohne den Blick von den Sternen zu lassen, erwiderte der General: »Ist es ein Wunder? Nicht nur, dass er sich an Ruja, meiner Frau, vergriff, er ist auch der Vater ihres Sohnes.«

»Amset?«, sagte Hatschepsut knapp.

Ptahhotep nickte.

Langsam, ganz allmählich, kam der Pharaonin die ganze Tragweite dieser Aussage zu Bewusstsein. Nicht die Tatsache, dass Senenmut mit Ruja geschlafen hatte, lag wie ein Stein auf ihrer Brust, nein, Senenmut hatte Ruja einen Sohn in den Leib gelegt, ihr selbst aber eine Tochter gezeugt. Ihr, die sich nichts sehnlicher gewünscht hatte als einen Horus für den Thron! »Amset ist Senenmuts Sohn?«, wiederholte die Königin.

»Sieh dir doch die beiden einmal an«, entgegnete der General, »dann erübrigt sich jede weitere Frage. Sieben Jahre hat Ruja das Geheimnis für sich behalten; dann, eines Tages, gestand sie es im Streit.«

»Du hast sie deshalb verstoßen?«

»Ja.«

»Lass mich allein!«, sagte Hatschepsut forsch, und der General verneigte sich und ging.

Maatkare aber starrte in die rotleuchtenden Fackeln, die vor ihr im Sand steckten, und sie rang nach Luft. Spinnenlange, unsichtbare Finger drückten ihren Hals zu, und sie würgte und versuchte mit heftigen Bewegungen des Kopfes, sich aus dem furchtbaren Griff zu befreien. Es schien, als müsste sie ersticken, als gebe es keine Luft zum Atmen, als gehorchten die Sinne nicht mehr ihrem Willen. Mit weitaufgerissenen Augen blickte sie in das abstoßende Gesicht eines Würgers, der im Begriff war, ihr den Verstand zu rauben. Nein, die Schmach würde sie nicht überleben. Tuscheln würden die Menschen, mit Fingern auf sie zeigen, lachen würden sie und zweifeln, dass Gott Amun ihr Vater ist. Manche würden sie vielleicht bedauern, Mitleid haben mit Maatkare, dem Pharao, Mitleid mit dem Pharao!

»Senenmut!«, flüsterte Hatschepsut in Todesangst; denn die Fratze des Würgers nahm langsam die Züge des Haushofmeisters an. »Senenmut!«, schoss es durch Hatschepsuts Gehirn, und mit ihren Händen schlug sie wild auf den Kopf des Mannes, dem sie sich einst dargeboten hatte. Und drohend stellte ihr Senenmut seinen armdicken Obelisken entgegen, und Hatschepsut wand sich vergebens, um ihm zu entkommen.

Aber gnadenlos wie der Speer eines Kriegers drang der wild Schnaubende in sie ein, als wollte er sie zerreißen, und sie schrie vor Schmerz, doch je mehr sie sich wehrte, desto mehr brachte er sie in seine Gewalt, presste sie nieder, hilflos, angewidert von der rohen Gewalt. Da wimmerte die Königin wie ein kleines Kind, ihr Körper zitterte wie die Blüten der Tamarisken vor dem Tempel in Karnak, und von den Sternen hallte das hämische Gelächter ihres Gatten Thutmes.

Die Stimme des Zwergenkönigs Perehu holte die Pharaonin in die Wirklichkeit zurück. »Hier bringe ich dir Walaminja für die Nacht«, sagte er freundlich und führte ein dunkelhäutiges Mädchen, gut zwei Köpfe größer als er, herbei. Er schien das Staunen in Hatschepsuts Augen zu bemerken, denn erklärend fügte er hinzu: »Sie stammt nicht von hier, sondern aus dem Land Kusch; in Punt wachsen so schöne Mädchen nicht.« Dann stellte er Walaminja vor der Königin auf wie eine kostbare Statue aus Alabaster, nickte kurz und verschwand, ohne eine Antwort abzuwarten.

Trunken von der seltsamen Erscheinung, sah Hatschepsut das schwarze Mädchen an, das den Kopf zur Seite legte und mit samtweicher Stimme sagte: »Walaminja.« Wie schön Walaminja war! Kein Kleid verhüllte ihren edlen Körperwuchs. Das Einzige, was Walaminja am Leibe trug, war eine mattschimmernde Perlenkette um die Taille. Lange schlanke Arme und Beine, dazwischen die festen Granatäpfel ihrer Brüste, ein Nabel, als hätte man einen Feuerstab ins Gestein getrieben, all das verlieh ihr das Aussehen der Göttin Hathor, die über die Wände des Tempels von Karnak schritt.

Obwohl Hatschepsut sich wie ein Mann kleidete, obwohl sie einen künstlichen Bart trug und ihre Brüste leugnete, hatte sie sich bisher nie zu Frauen hingezogen gefühlt. Doch nun, nach diesem furchtbaren Erlebnis, unter dem südlichen Sternenhimmel an den Ufern des Elefantenflusses, im Angesicht dieses wunderschönen Mädchens, verspürte sie den nie gekannten Drang, dieses märchenhafte Geschöpf zu streicheln und zu liebkosen wie ein schüchterner Liebhaber, der seiner Geliebten in der ersten Nacht gegenübertritt.

Wo war auf einmal die Leidenschaft, mit der sie sich dem Geliebten hingegeben hatte, mit der sie ihn verführt, ja vergewaltigt hatte, der Drang, seinen Obelisken in sich zu spüren? – Fortgeflogen wie ein Kranichzug! Senenmut, der nun für alle Männer stand, hatte sie betrogen. Aber nicht nur das. Er hatte einer anderen gegeben, was er ihr verwehrt hatte! Vielleicht war sie aber auch gar keine richtige Frau, vielleicht war Horus, das Männliche, in ihr viel stärker?

Die Entschlossenheit und Härte, mit der Maatkare allen Menschen gegenübertrat, sie schien auf einmal verflogen. Zaghaft reichte Hatschepsut dem schwarzen Mädchen die offene Hand, die Linke, die vom Herzen kommt, und Walaminja legte ihre schmalen Finger auf die Handfläche der Königin, und die Bewegung war wie ein sanftes Streicheln.

Wie eine dunkle Perle im rosigen Fleisch der Muschel lag nun die schwarze Hand auf der weißen, und jede spürte die pulsierende Wärme der anderen. Hatschepsut aber wusste nicht wie ihr geschah: Keines Mannes Hand war je so viel Zärtlichkeit entströmt, nie hatte sie diese behutsame Art von Zuneigung verspürt, diese Selbstlosigkeit. Und vorsichtig, als wären Walaminjas Finger aus zartgeformtem Glas, zog Hatschepsut das Mädchen an sich – nicht, um es zu besitzen, nur, um es näher bei sich zu haben.

Bei der Liebestrunkenheit der Göttin Hathor, wie mochte sich dieser seidig glänzende Körper anfühlen? Weich wie Wachs, glatt wie Alabaster, warm wie das Fell einer Katze? Ob Walaminja ebenso fühlte wie sie? Ob auch sie feucht wurde zwischen ihren Schenkeln? Ob sie genauso begierig war, die Hand der anderen dort, an dieser Stelle, zu spüren? Walaminja!

Hatschepsut, die noch immer auf dem goldenen Thronsessel

saß, öffnete die Beine, und das schöne schwarze Mädchen trat wie selbstverständlich in den verbotenen Raum, es kniete nieder, legte die Arme auf Hatschepsuts Schenkel und den Kopf gegen ihren Bauch. Und als würde sie von einem kraftvollen Hauch des Gottes Schu in die Lüfte geschleudert, wuchs in der Königin die Leidenschaft zu lieben und geliebt zu werden. Und sie flüsterte:

»Walaminja!«

»Ja«, antwortete das dunkle Mädchen leise, ohne das Ohr vom Bauch der fremden Königin zu lassen.

»Ich liebe dich, Walaminja. Ich liebe die Wärme deiner samtweichen Haut. Ich liebe deine kleinen festen Apfelbrüste, die ich zwischen den Schenkeln spüre. Ich liebe deine schlanken Finger und deine langen Beine. Ich liebe alles an dir, Walaminja. Kannst du das verstehen?«

Nach diesen Worten entstand eine lange Pause, und Hatschepsut befürchtete schon, das schöne schwarze Mädchen würde eine Antwort geben, die alles zerstörte, würde vielleicht sagen: Befiehl, Pharao, was ich tun soll! Doch dann, nach endlosem Bangen, erwiderte Walaminja, und sie sah ihr dabei fest in die Augen: »Ich habe in meinem Leben noch nie einen Mann geliebt, Königin der Ägypter, deshalb kann ich dich verstehen. Bei uns im Lande Kusch ist die Liebe unter Frauen nichts Außergewöhnliches. Die Männer lieben nur den Krieg und die Ferne.«

Da strich Hatschepsut dem Mädchen so zärtlich über den Rücken, dass es jeden einzelnen Finger spüren konnte, und ein seltenes Glücksgefühl machte sich breit. Die Königin aber fragte: »Bei der Neunheit der Götter, wie kommst du hierher aus dem fernen Kusch?«

Walaminja genoss das Streicheln wie eine schnurrende Katze, und ohne aufzusehen, antwortete sie: »König Perehu hat mich von meinem Vater gekauft.«

Hatschepsut sah das dunkle Mädchen fragend an.

»O nein, nicht was du denkst!«, entgegnete Walaminja. »Der kleine König würde mir nie nahetreten. Ihm genügt es, mich jeden Tag mit gierigen Augen zu betrachten, den Rest besorgt er bei seiner dicken Frau. Mir ist es nie besser ergangen als hier im Lande Punt!«

Und während beide sich mit den Augen liebkosten, während jede die andere streichelte, ohne sie zu berühren, sagte Hatschepsut leise, aber bestimmt: »Du musst mit mir gehen, Walaminja. Du sollst leben in einem Reich, das den Göttern zur Freude ist, wo Milch und Honig fließen und die Menschen jauchzen beim Anblick des Pharaos.«

Das schöne schwarze Mädchen lächelte verschämt, schlug die Augen nieder und antwortete: »Perehu, der kleine König, hat drei Körbe Gold für mich bezahlt, die meinem Vater ein sorgenfreies Leben bescheren. Perehu würde es nie zulassen, dass ich Punt verlasse!«

Walaminjas Bedenken versetzten die Pharaonin in Zorn, und ihre Augen blitzten wie ein blankes Schwert in der Morgensonne. »Ich bin Maatkare, der Pharao!«, rief sie so empört, dass das Mädchen erschreckt zusammenzuckte. »Die Neun-Bogen-Völker sind demütig unter meinen Sandalen, und Perehu wird mir die Füße küssen, wenn ich es befehle. Entweder er gibt mir dich zum Geschenk, oder ich werde einen Krieg um dich führen, der Punt dem Erdboden gleichmacht!«

»Gewiss«, erwiderte das schöne schwarze Mädchen, und seine Gefühle schwankten zwischen Furcht vor der Härte der Pharaonin und Stolz über die Entschlossenheit, mit der Hatschepsut bereit war, um sie zu kämpfen.

»Wie schön du bist!«, hörte Walaminja die Pharaonin sagen, und es klang wie eine Entschuldigung für die überaus harten Worte. Und vorsichtig wie der Schreiber den Papyrus glättet, strich Hatschepsut mit der flachen Hand über die Arme des Mädchens. »Du kommst aus einem fernen Land«, begann sie aufs Neue, »du kennst nicht die Macht des Pharaos im Nilreich. Der Pharao ist das Gesetz, ich bin das Gesetz. Der Pharao ist die Macht, ich bin die Macht. Der Pharao ist Gott, ich bin Gott. Verstehst du das, Walaminja?«

Weil sie es nicht verstand, weil sie es überhaupt nicht begreifen wollte, nickte Walaminja heftig. Nicht der Königin, der Pharaonin, der Herrscherin galt ihre Bewunderung, einzig allein die Frau, von der so viel Zärtlichkeit ausging, erregte ihre Aufmerksamkeit. Aber würde Perehu je freiwillig auf sie verzichten?

Ihre Lippen begannen zu zittern. Ob aus Furcht vor dem bevorstehenden Konflikt oder vor Erregung, das Mädchen wusste es nicht. Es gab sich hin, ließ sich treiben wie ein Blatt im großen Fluss, und trunken vor Sinnlichkeit schlang es seine Arme um die Pharaonin.

Schiffe fuhren nilabwärts, und Suchtrupps durchkämmten die Ufer des Flusses zwischen Theben und dem Delta, ohne auch nur eine Spur von Thutmes und seinem Freund Amset zu finden. Senenmut, der Größte der Großen des Reiches, hatte eine Belohnung ausgesetzt, die dem Entdecker an jedem Tag seines Lebens Speise und Trank von der Tafel des Pharaos versprach. Herolde sollten die Nachricht flussabwärts bringen, in allen Dörfern und Städten verkünden, damit ein jeder sich an der Suche beteilige.

Der junge Thutmes indes hatte bei den Hirten Aufnahme gefunden. Er weigerte sich, nach Theben zurückzukehren, und wollte, sobald er sich etwas erholt hatte, sich weiter nach Bubastis durchschlagen, wo er seine Mutter Iset vermutete. So lange teilte er eine schilfgedeckte Hütte mit den Hirten, die nicht wagten, sich dem Wunsch des thebanischen Prinzen zu widersetzen.

Doch eines Abends hörte Thutmes, der sich zum Schlafen in die Hütte zurückgezogen hatte, wie die Hirten über ihn redeten.

»Sie suchen nilauf, nilab nach ihm. Kein Strauch, kein Fels am Ufer bleibt ihnen verborgen. Und wenn sie ihn in unserem Hause entdecken, wird uns der Wesir vor Gericht stellen, weil wir uns seinen Anordnungen widersetzt haben.«

»Aber der Junge ist der Pharao! Der Pharao ist das Gesetz!«

»Er ist der *Sohn* des Pharaos! Jedes Kind weiß, dass nicht *er* regiert, sondern Maatkare Hatschepsut, die Pharaonin!«

»Was, bei allen Göttern von Heliopolis, sollen wir tun?«

»Die Herolde versprechen Speise und Trank von der Tafel des Pharaos auf Lebenszeit ...«

Da trat Thutmes vor die Türe, warf sich vor den Hirten am Feuer auf die Erde nieder und flehte: »Verratet mich nicht! So wahr ich Thutmes bin, der Sohn des Re, der Herr von Theben, verratet mich nicht! Gewiss hält Maatkare, die Königin, alle Macht in Händen, aber der Tag wird kommen, da ich, der Sohn des großen Thutmes – er lebe ewig –, das Reich regieren werde, als Herr der beiden Länder. Dann werde ich mich eurer erinnern wie ein Kind, das seinen Eltern Dank schuldet.«

Die Hirten sahen einander ratlos an. Der ältere hob Thutmes auf und sprach: »Herr, dein Wort ist uns Befehl. Denn aus dir spricht die Stimme des Gottes, nicht aus den Großen des Reiches, die um deine Gunst buhlen. Sprich, was verlangst du von uns?«

»Ich verlange nichts«, entgegnete Thutmes, »aber ich bitte einen von euch, mich auf dem Weg zum Delta zu begleiten, wo sich meine Mutter Iset im Tempel von Bubastis aufhält. Es wird nicht zu seinem Schaden sein; denn habe ich erst einmal meine

Mutter gefunden, dann werde ich zusammen mit ihr um mein Recht kämpfen, und die Götter werden auf meiner Seite sein.«

Keiner der Hirten sagte ein Wort; doch sie verständigten sich mit den Augen wie Männer der Wüste, denen das Schweigen Sprache genug ist. Der ältere, er hieß Anii, erhob sich vom Feuer, trat vor den jungen Thutmes hin und fiel auf die Knie. »O Sohn des Horus«, sprach er demütig, »erkenne mich als deinen Diener. Wohin du auch gehst, ich werde dich treu begleiten.« Dabei hob er die Arme und hielt Thutmes die offenen Handflächen entgegen.

Am folgenden Tag machten sich die beiden auf den Weg in Richtung Norden. Eine Barke hatten sie nicht, und das Risiko, ein Frachtschiff zu besteigen und erkannt zu werden, erschien zu groß, also nahmen Thutmes und Anii den Landweg nilabwärts. Thutmes trug alte zerlumpte Hirtenkleider, und wer den beiden begegnete, hielt sie für wandernde Hirten auf der Suche nach Arbeit. Davon gab es viele.

Sie zogen zur Peret-Zeit, wenn die Saat eingebracht war, flussab und trieben sich auf den Viehmärkten herum, wo Großgrundbesitzer und reiche Bauern ihre Arbeitskräfte für den Sommer anwarben. Dort wurde lautstark gefeilscht und gehandelt, und hinter vorgehaltener Hand machten Nachrichten und Gerüchte die Runde, und natürlich gab es unter den wandernden Viehhirten nur ein Thema, den verschollenen Kronprinzen und die ausgesetzte Prämie.

In der Hauptstadt des Sykomorengaues, wo das Fruchtland zu beiden Seiten des Flusses breiter ist als anderswo und der Bedarf an Hirten deshalb größer, warteten Hunderte auf einen Herrn. Und Anii meinte, nach fünf Tagemärschen, die ihre Vorräte nahezu aufgezehrt hatten, müssten sie sich zumindest für ein paar Tage verdingen, wollten sie nicht hungers sterben. Thutmes stimmte zu.

Da hockten die beiden nun im Staub und biederten sich an wie schwerverkäufliche Ware. Der Gestank von Rindern, Schafen und Ziegen raubte ihnen den Atem. Die senkrechte Sonne gerbte die Haut. Anii sah Thutmes von der Seite an, wie er diese Demütigung wohl ertrüge; aber Thutmes lächelte. Gewiss, sein Umgang waren bisher die Urkunden der Ahnen, die Bücher der Weisheit und die heiligen Schriftzeichen gewesen und nicht das Vieh; doch der Kronprinz sah darin keine Schmach, hier seine Arbeitskraft anzubieten wie ein Tagelöhner. Im Gegenteil, er empfand Stolz, inmitten der Ärmsten der Armen zu sein.

Thutmes hatte das Königsamulett eingenäht in die Falten seines Lendenschurzes, und auch jetzt fürchtete er, hier auf dem Markt im Sykomorengau könnte ihn irgendjemand erkennen. Deshalb hockte er mit angewinkelten Beinen im Sand, den Kopf auf die Ellenbogen gelehnt, um so den Blicken der Bauern auszuweichen.

»Keine Angst«, sagte der alte Anii und legte dem Jungen eine Hand auf die Schulter, »hier erkennt dich niemand. Kein Mensch auf diesem Markt weiß, wie der Sohn des Pharaos – er lebe ewig – überhaupt aussieht. Woher auch? Theben ist weit.«

Thutmes nickte, als wollte er die Worte des Alten bekräftigen. Da trat ein stattlicher Mann vor die beiden hin. Er trug einen Stab, der ihn als Dorfschulzen auswies, und eine vornehme enganliegende gelbe Lederkappe. Ein Diener begleitete ihn. »Wie heißt du?«, fragte der Dorfschulze und deutete mit dem Stab auf den Alten.

»Anii nannte mich mein Vater, weil auch er so hieß.«

»Und er da?« Er deutete auf Thutmes. »Auch Anii, weil ich so heiße und sein Vater bin.«

»Ihr sucht beide Arbeit?«

»Ja Herr, für ein paar Wochen, bis die Arbeit auf unserem eigenen Acker an der Biegung des Flusses überhand nimmt.«

»Du verstehst mit Rindern umzugehen, Alter?«

»Gewiss.«

»Und er da mit Ziegen?«

»Gewiss«, erwiderte Anii, noch ehe Thutmes antworten konnte.

»Gut. Ihr bekommt gerechten Lohn. Mein Diener wird euch nach Hause bringen.«

Wortlos trotteten Anii und Thutmes hinter dem Diener her zum Ufer des Flusses. Dort bestiegen sie eine Barke, um zur anderen Seite überzusetzen.

Wie ein Ibisnest lag das Landgut des Dorfschulzen im satten Grün des Fruchtlandes. Um das hohe Herrschaftshaus scharte sich eine Reihe unscheinbarer Hütten für Diener und Personal, die vom Wohlstand des Hausherrn kündeten, und der Begleiter wies dem alten Hirten und seinem Sohn ein Lager zu. Im Morgengrauen sollten sie ihre Herden auf die Weiden treiben.

Anii und Thutmes aßen gierig von dem Fladenbrot, das man ihnen darbot, sie hatten Hunger. Und abends vor dem Feuer gab der Alte dem jungen Pharao Anweisungen, wie er sich im Umgang mit den anderen Hirten zu verhalten habe. Am folgenden Tag wollten sie sich wieder vor dem Feuer treffen und das weitere Vorgehen beschließen.

Ihre leise Unterhaltung ging im Lärm um das Lagerfeuer unter. Die raubeinigen Hirten um sie herum schienen nur *ein* Thema zu kennen, die hohe Belohnung, die der Größte der Großen des Reiches auf Thutmes, den jungen Pharao, und seinen Freund Amset ausgesetzt hatte, Speise und Trank von der Tafel des Pharaos für das ganze Leben.

Thutmes weinte, weil er an Amset denken musste, der im Nil den Tod gefunden hatte.

»Hast wohl Heimweh, he?«, meinte ein Hirte und puffte dem Jungen in die Seite. Der wischte hastig die Tränen vom Gesicht, und Anii nickte zustimmend: »Ja, er ist zum ersten Mal von zuhause fort, weißt du!«

Thutmes lag lange wach auf seiner Schilfmatte. Aber nicht das Grölen der Hirten hinderte ihn am Einschlafen, sondern seine peinigenden Gedanken. Nach der Lehre der Priester, die ihn in der Weisheit des Lebens unterwiesen hatten, war Amset dem ewigen Vergessen preisgegeben. Denn statt der sieben heiligen Öle, die den Leichnam vor der Vergänglichkeit bewahrten, würde sein Leib von den roten Fischen des Nil gefressen werden, und niemand würde seinen Mund öffnen mit dem Haken des Min und dem Vorderschenkel des Kalbes, und sein Ka und Ba würden nie mehr eins sein mit den Göttern im Großen Haus.

Über diesen Gedanken schlief Thutmes endlich ein, und er träumte, der Krokodilgott Suchos habe Amsets Leiche mit seinem gefährlichen Rachen aufgefangen und in den weißen Ufersand gelegt, und Isis und Nephthys hätten den toten Amset gefunden und die eine habe mit dem Lebensschlüssel seine Nase und die andere mit dem Salböl seine Brust berührt, und seine gebrochenen Glieder hätten sich verknüpft und das geschundene Fleisch zusammengefügt, und Amset sei gefeit gewesen vor den Mächten der Finsternis und des Vergessens. So kehrte das Glück zurück in sein Herz, und Thutmes ruhte wie Chons, der Mondgott, während des Tages.

Geweckt wurde er von vielhundertfachem Blöken, vom Brüllen des hungrigen Viehs, vom Kreischen und Schnattern des Geflügels, und Anii an seiner Seite legte Thutmes die Hand auf den Unterarm und sagte so laut, dass es auch die anderen hören konnten: »Steh auf, mein Sohn, Re Harachte hat einen neuen Tag gemacht, die Arbeit wartet!«

Der oberste Stallaufseher des Dorfschulzen, von der gedrungenen Statur ein getreues Abbild seines Herrn, teilte Thutmes eine Ziegenherde mit zwei Dutzend Tieren zu und einen Weideplatz nahe dem Flussufer, mit rot-grünen Stäben gekennzeichnet. Wenn der Schatten der Stäbe auf das Doppelte ihrer Länge angewachsen sei, sollte er seine Herde zum Stall zurücktreiben, wo die Melker warteten. Anii hingegen zog mit den Rindern zum nahen Gebirgstal.

Und während Thutmes die Ziegen hütete, schweifte sein Blick über das weite Niltal, das dunkle Grün des Ufers und das helle Grün des Flusses. Wie konnte das träge dahinströmende Gewässer sich so plötzlich in ein reißendes Tier verwandeln? Wie konnte der lebenspendende, vielbrüstige Nilgott Hapu Leben zerstören? Millionen Jahre würden nicht reichen, dies vergessen zu machen.

Folgsam, wie ihm aufgetragen war, hielt Thutmes die Ziegen zusammen, und als die Schatten der Grenzpfähle lang geworden waren, trieb er die Herde zum Landgut des Schulzen zurück. Schon von weitem sah er die einsame Frau mit der Gerte, die eine einzige Gans vor sich hertrieb. Jedes Landgut hatte seine heilige Gans, die Gott Amun liebte und als Glücksbringer galt. Meist wurden ein Sklave oder die Kinder eines Sklaven mit der Fütterung und Betreuung des heiligen Federviehs beauftragt.

Die Hirtin strebte ebenfalls dem heimischen Stall zu, und Thutmes rief, sie solle warten, damit sie das letzte Stück gemeinsam gingen. Aber als sie den Ruf Thutmes' vernahm, begann sie zu laufen, und um schneller voranzukommen, schlug sie auf die Gans ein, als fürchtete sie sich vor dem Ziegenhirten.

»He da!«, rief Thutmes. »Hirtin der Gans, lauf doch nicht weg.« Und als sein Rufen ungehört blieb, lief Thutmes hinter der Hirtin her und holte sie ein.

»Warum fürchtest du mich?«, rief Thutmes und legte der flüchtenden Hirtin von hinten eine Hand auf die Schulter. Er wollte noch sagen, er sei der junge Anii und ein Hirte wie sie, aber dazu kam er nicht; denn gehetzt wie eine Antilope in den Wüsten am Oberlauf de Nils versuchte sich die Gänsehirtin von der Hand des Verfolgers zu befreien, und dabei warf sie den Kopf zur Seite, dass Thutmes ihr Gesicht sah. Und dieser Anblick traf den Jungen wie der Blitzschlag des Amun zur Zeit der Saat.

»Mutter!«, sagte Thutmes bebend. »Mutter, du?«

Die Hirtin versuchte sich loszureißen, schlug dabei grundlos auf die vor ihr watschelnde Gans ein und fauchte böse: »Lass mich los, Fremder, lass mich!«

Da trat Thutmes vor die Hirtin hin, fasste sie an den Oberarmen und sagte mit flehender Stimme: »Mutter, ich bin es, Thutmes, dein Sohn Thutmes!«

Die Frau sah an dem Jungen vorbei und versuchte sich aus der Umklammerung zu befreien: »Lass mich, Fremder!«

»Aber ich bin doch Thutmes, dein Sohn«, begann der Junge von neuem, »erkennst du mich denn nicht, Mutter?«

»Ich hüte die Gans des Amun«, antwortete die Hirtin scheinbar teilnahmslos.

»Du bist Iset, meine Mutter!«

»Iset? – Ich hüte die Gans des Amun.«

Thutmes lockerte seinen Griff, und im nächsten Augenblick rannte die Gänsehirtin davon. Der Junge folgte ihr ratlos.

In der Nähe des Hofes kam ihnen der oberste Hüter des Schulzen entgegen. »Seth möge dich strafen mit dem stechenden Blick seiner Augen, wenn du deine Herde im Stich lässt!«, rief er schon von weitem, und Thutmes blieb stehen, um nach den Ziegen zu sehen.

Der Junge stammelte ein Wort der Entschuldigung, zeigte

auf die Gänsehirtin, und gerade, als es aus ihm hervorbrechen wollte, diese Frau da sei Iset, seine Mutter, und er sei Thutmes, der junge Pharao, nach dem im ganzen Reich gesucht werde, da trat der oberste Hüter an Thutmes heran und sagte leise, damit es die Gänsehirtin nicht hören konnte: »Lass das Weib in Ruhe! Es hat den Verstand verloren und redet nur wirres Zeug.«

»Den Verstand verloren?«, fragte Thutmes ungläubig, und er spürte, wie eine eiserne Kralle seinen Brustkorb umschloss.

»Ja, wir fanden sie halb tot, auf den Rücken eines Esels gebunden, am Rande der Wüste. Gott Amun, der im Himmel ist, mag wissen, wie lange sie so zugebracht hat.«

»Auf einen Eselsrücken gebunden?«

»Ja, Ehebrecherinnen werden so behandelt. Dabei scheint sie das Gedächtnis verloren zu haben. Sie weiß weder, woher sie kommt, noch, wie sie heißt, armes Geschöpf; aber was man ihr aufträgt, führt sie aus. Lass sie in Ruhe, und kümmere dich um deine Ziegen.«

Während der oberste Hüter redete, hatte Re, der das Licht entzündet in den Augen der Menschen, einen Schleier vor die Pupillen des jungen Thutmes gezogen, sodass ihm die Sinne schwanden und er lautlos zu Boden sank.

»Chnum mit dem Widdergehörn stehe ihm bei!«, rief der oberste Hüter und schlug die Hände über dem Kopf zusammen. Dann trug er den Jungen zum Hof zurück und legte ihn auf die Matte seiner Hütte.

Das Lärmen der Hirten kam näher, und langsam fand Thutmes in das Bewusstsein zurück, und als er die Augen öffnete, erkannte er über seinem Kopf das besorgte Gesicht Aniis. »Iset! Meine Mutter!«, brachte Thutmes nur mühsam hervor.

Der alte Anii nickte und machte eine beschwichtigende Handbewegung, dann schob er die anderen Viehtreiber, die das Erwachen des Jungen mit aufgeregtem Geschrei begrüßt hatten, aus der Hütte. »Er ruft nach seiner Mutter, versteht ihr, es ist das erste Mal, dass er von zu Hause fort ist!«

Die Hirten verstanden und entfernten sich.

Als sie endlich allein waren, richtete Thutmes sich auf und sprach leise: »Anii, ich bin meiner Mutter Iset begegnet, sie tut hier auf dem Gut Dienst als Gänsehirtin!«

Anii hielt erschreckt inne, so als habe er gar nicht zugehört und nun auf einmal etwas ganz Ungeheuerliches wahrgenommen. »Vorausgesetzt, du bist bei klarem Verstand, wiederhole deine Worte!«

»Du hast recht gehört, Anii, meine Mutter Iset ist hier auf dem Hof. Sie hütet die heilige Gans des Amun; aber ...«

»Aber?«

»Sie hat den Verstand verloren. Sie erkennt mich nicht, mich, ihren Sohn Thutmes.«

Anii kam ganz nah an Thutmes heran und blickte dem Jungen prüfend in die Augen. »Re hat einen Schleier über dein Augenlicht gelegt ...«, begann er nach einer Weile.

Aber Thutmes unterbrach ihn: »Anii, glaube mir, ich bin bei klarem Verstand! Es war die Aufregung, die mir für kurze Zeit die Sinne raubte,« und er sah den Alten mit flehenden Augen an.

Der erkannte die Ernsthaftigkeit von Thutmes' Worten und sprach: »Herr, was hast du getan, dass du all das nach dem Willen der Götter erdulden musst. Sprich, was soll nun geschehen?«

»Ich muss mit meiner Mutter Iset sprechen. Der Klang meiner Stimme wird sie an die Vergangenheit erinnern, und ihr Verstand wird zurückkehren wie der Ka zu den Göttern, und ich will Uto mit dem Löwenhaupt, die die Krone Unterägyptens trägt, ein Opfer geloben von tausend Rindern, wenn sie mich als den erkennt, den sie mit Schmerzen geboren hat.«

Anii erhob sich.

»Was hast du vor?«, erkundigte sich Thutmes. »Ich werde den Dorfschulzen aufsuchen und berichten, dass der junge Pharao und seine Mutter Iset unter seinem Dach leben.«

»Bei der Neunheit der Götter«, unterbrach Thutmes, »alles darfst du tun, nur das nicht! Die Königin wollte meine Mutter töten. Sie hasst sie wie Seth den Osiris. Und so wie Seth, der Herr der Wüste, sich des fruchtbringenden Osiris entledigte, indem er ihn in den Nil warf, so trieb Hatschepsut meine Mutter Iset auf einem Esel in die Wüste, damit sie elend zugrunde gehe. Aber Mut mit der Geierhaube, die Mutter der Sonne, stand ihr bei.«

»Sie muss Furchtbares durchgemacht haben«, sagte Anii tonlos. »Es grenzt an ein Wunder, dass sie noch am Leben ist.«

Da legte Thutmes die Ellenbogen parallel auf den Boden, presste seine Stirne in den Staub der Erde und betete voll Inbrunst: »O mein Vater Amun, der du auf wundersame Weise die Geschicke der Menschen lenkst, du bist groß, und unbegreiflich sind deine Gedanken.«

»Aber du bist Pharao und ausersehen zum Herren der beiden Länder«, begann Anii von neuem. »Du kannst nicht hierbleiben und die Ziegen des Dorfschulzen hüten. Das ist nicht der Wille der Götter.«

»Wenn es der Wille der Götter war, der Mutter des Pharaos den Verstand zu rauben, dann können sie nicht dagegen sein, dass Thutmes, der Pharao, die Ziegen des Schulzen auf die Weiden treibt, anstatt sein Volk zu regieren.«

»Herr«, wandte der Alte ein und hob flehend die Hände zum Himmel, »in dir fließt das Blut des Re, und niemand kann dir den Thron streitig machen außer Menschen, die mit Seth, dem Herrn alles Bösen im Bunde stehen. Aber wie Osiris Seth mit den roten Augen besiegt hat, so wird stets das Gute über das Böse siegen, Recht über Unrecht und Thutmes über Hatschepsut.«

Der Junge nahm Aniis Hand, eine mit tiefen Falten und Furchen überzogene Hand, und küsste sie. Anii erschrak.

»Das ist nicht recht«, sagte er hastig und zog seine Hand zurück, als hätte er ein glühendes Holzscheit berührt. »Du, Herr, bist das Auge des Horus, und du wirst leben in Millionen Jahren, doch ich bin nur ein Sandkorn der Wüste, eines aus der unendlichen Vielzahl, das der Wind irgendwann einmal ins Meer treibt oder in den großen Strom, in dem es für immer verschwindet, ohne dass es jemand bemerken würde. Ich bin ein alter Mann, und du treibst deinen Spaß mit mir, wenn du mir die Hand küsst!«

»O nein, Anii«, entgegnete Thutmes, »ich bin weit entfernt, mich lustig zu machen. Du bist gut zu mir wie ein Vater. Und selbst als du meinen Namen noch nicht kanntest, hast du dich um mich gekümmert wie um einen Sohn. Sollte es Re, dem Weltenlenker, je gefallen, mich auf den Thron der beiden Länder zu heben, so sei versichert, wirst du, Anii, an meiner Seite sein.«

»Thutmes' Worte rührten den Alten so sehr, dass Tränen in seine Augen traten. Aber noch ehe er eine Antwort fand, lenkte ihn wildes Geschrei vor der Hütte ab, und der oberste Hüter trat in Begleitung des Dorfschulzen ein. Thutmes und Anii sprangen auf. Ohne ein Wort zu sagen, hielt der oberste Hüter dem jungen Thutmes das pharaonische Zeichen vor sein Gesicht. Thutmes, überrascht, verblüfft, sprachlos, tastete, ohne seinen Blick von den goldgetriebenen Hieroglyphen zu lassen, an seinen Lendenschurz. Hier, an dieser Stelle, hatte er das Amulett eingenäht. Es war verschwunden. Kein Zweifel, der oberste Hüter musste es während seiner Ohnmacht entdeckt und entfernt haben. Amun, Mut und Chons mögen helfen!

Nach einem endlos scheinenden Augenblick des Schweigens fragte der Dorfschulze barsch, während der oberste Hüter das pharaonische Zeichen noch näher vor Thutmes' Augen hielt: »Woher hast du den Namensring des Pharaos?«

Hilfesuchend wandte Thutmes seinen Blick dem alten Anii zu, aber Aniis Miene blieb starr und ausdruckslos. Da fasste der Junge sich ein Herz, und mit bebender Stimme antwortete er: »Das Amulett gehört mir. Denn ich bin Thutmes, der Sohn des Horus, euer Pharao ...«

Als der Mond, von Schakalen begleitet und angebetet von den heiligen Pavianen, seine schneidende Sichel zweimal gewendet hatte, war für die Pharaonin die Zeit gekommen, das Land Punt zu verlassen. Und so gab Hatschepsut Nehsi den Befehl, die Schiffe zu rüsten. Voll Freude kamen die roten Bewohner von Punt aus dem Dickicht der Wälder und brachten zum Abschied die Schätze des Landes, Stämme und edle Hölzer, Elfenbein und Körbe mit Weihrauchharz und duftende Bäume mitsamt den Wurzeln, die sie in Netzen trugen. Die Schiffe vom Nil tauchten tief in die Flut, dass Nehsi Einhalt gebieten musste, die Barken nicht zu überladen; denn zweimal würde ihre Reise die Zeit der Saat durcheilen, wo der Ozean in hohen Wogen kocht.

Hatschepsut hätte alles zurückgelassen, nur Walaminja nicht, die schöne Spielgefährtin des Zwergenkönigs Perehu. Aber, Perehu hing an Walaminja wie ein Vater an seinem Kind, und er bot der Pharaonin alle Schätze seines Reiches und schöngebaute Sklavenmädchen, so viele sie wolle, aber Hatschepsut bestand auf diesem einen Gastgeschenk. Ihre Augen funkelten zornig, und mit unnachgiebigen Worten gab die Pharaonin zu verstehen, wenn Perehu ihr das Mädchen nicht zum Geschenk mache, dann werde Ptahhotep einen Krieg um sie führen und Walaminja mit Gewalt in das Nilreich bringen.

Da wurde der Zwergenkönig Perehu von Tränen des Zornes übermannt, weil er seine ausweglose Situation erkannte.

»Dein Wille, Königin der Ägypter, ist unbeugbar wie der schwarze Stamm des Ebenholzbaumes. Ich bin ein kleiner König und habe deinem Wunsch nichts entgegenzusetzen. So nimm denn Walaminja, meine schwarze Perle, fort. Aber gewähre mir noch einen letzten Wunsch!«

»Und der wäre?«

»Lass Walaminja noch einen Tag und eine Nacht an meiner Seite sein ...«

Auf Hatschepsuts Stirne schwoll eine blaue Ader, dick wie ein Wurm, denn sie empfand Perehus Wunsch als Zumutung. Aber noch bevor sie aufspringen und dem Zwergenkönig eine wütende Antwort erteilen konnte, hatte ihr Walaminja eine Hand auf den Arm gelegt und meinte besänftigend: »Lass es geschehen. Du verlierst nichts dabei.«

Aus Walaminjas Worten klang so viel Zärtlichkeit und Vertrauen, dass die Pharaonin sich von einem Augenblick auf den anderen umstimmen ließ.

»Im Nilland«, erwiderte Hatschepsut, »ist es nicht Brauch, den letzten Wunsch eines Delinquenten zu erfüllen, seit ein Vatermörder, der auf ewig hinter Mauern verurteilt war, um süße Datteln bat. Er spuckte die Kerne an die Gefängnismauer, aus den Kernen wuchs eine Palme, und an ihrem Stamm kletterte jener nach ein paar Jahren in die Freiheit. Aber du, Perehu, hast kein Verbrechen begangen, ja ich verstehe deinen Wunsch sogar. So soll es geschehen!«

Der Zwergenkönig küsste Hatschepsuts Hände und entfernte sich mit der schwarzen Perle.

Inzwischen waren die Schiffe der Ägypter so voll beladen, dass ihre breiten Bäuche tief in das Wasser tauchten. Meerkatzen kreischten in geflochtenen Käfigen, und aus großen Körben schallte das Kläffen winziger Hunde, Leoparden lagen mit gefesselten Beinen herum, und in der Takelage turnten zahme Affen.

»Wir sollten die Tiere zurücklassen«, argwöhnte Nehsi. »Ich fürchte die Stürme im östlichen Ozean, die im Monat Mechir hohe Wogen peitschen. Je schwerer unsere Schiffe beladen sind, desto größer ist die Gefahr.«

»Man wird uns nicht glauben«, erwiderte Hatschepsut, »wenn wir zu Hause an den Ufern des Nils von den Wundern dieses Landes berichten. Man wird sagen, Pharao Maatkare ist ein großer Pharao, der große Taten vollbracht hat, doch die Wunder im fernen Land wird niemand für wahr halten, der sie nicht mit eigenen Augen gesehen hat. Deshalb soll von all dem Wundersamen *ein* Exemplar vorhanden sein, wenn unsere Schiffe in Theben festmachen.«

Nehsi, der seine Herrin kannte, als sie noch die Seitenlocke der Kinder trug, Nehsi wusste, dass alle Einwände ungehört bleiben würden, weil Hatschepsuts Willen stärker war als der Stier, der den Pflug durch das staubige Erdreich zieht. Also gehorchten die Ägypter und luden die Schiffe voll bis unter die Segel mit puntischen Schätzen, und selbst die Nacht konnte ihre Arbeit nicht unterbrechen.

In dieser Nacht aber, in der Perehu, der Zwergenkönig, bei Walaminja, der schwarzen Perle, zum ersten und letzten Mal sein Glück fand, eilte ein Läufer durch die hohen Wälder von Punt zu einer Felsenhöhle, umgeben von einem Pferch mit reißenden wilden Tieren. In dieser Höhle bewahrte Perehu die großen Schätze seines Reiches auf, Gold scheffelweise, Perlen so groß wie das Ei des Grammetvogels und leuchtende Steine in den Farben des Regenbogens.

Verschlossen in einer Kassette aus Gold lag ein goldener Ring, verziert mit einem Blutdiamanten, so schön und geheimnisvoll wie die Purpurschnecke einer schönen Frau. Diesen Ring, hatte Perehu aufgetragen, solle der Läufer auf schnellstem Wege herbeischaffen, damit er ihn der Königin aus dem Land am Nil zum Abschied überreiche. Und als sich das Gold des Morgenhimmels mit dem Türkis des weiten Ozeans vermengte und eins wurde wie das Opferblut eines Kalbes mit dem Nilsand beim Fest des Ruderns, da erschien König Perehu am Meeresgestade, begleitet von seiner dicken Frau Eti und seinen Höflingen, um Walaminja zurückzubringen, wie er versprochen hatte.

Und Perehu überreichte Hatschepsut das goldene Kästchen mit dem seltenen Ring und sprach: »Pharao Maatkare, dem die Götter des Westens so nahe sind wie die Götter des Ostens, des Südens und des Nordens, nimm diesen Ring aus der Hand eines kleinen Königs eines kleinen Reiches am südlichen Ende der Welt, und bewahre ihn als Andenken an diese abenteuerliche Reise in unendliche Fernen.«

Hatschepsut nahm den Ring mit Dank entgegen, aber wichtiger als dieses Schmuckstück war ihr die Wiederkehr des schwarzen Mädchens, das sie in die Arme schloss wie der Jüngling die Geliebte. Dann takelten die Seeleute ihre Schiffe auf, und ein heißer Wind fuhr knatternd in die Segel. »Nach Norden, nach Norden«, sangen die Ägypter, »wo die Neunheit der Götter wohnt.« Und Punt und die Menschen des Landes verschwanden langsam am Horizont.

Erst jetzt bemerkte die Pharaonin, welch kostbaren Ring ihr König Perehu geschenkt hatte. Er war groß wie ein Kieselstein, und das Leuchten in seinem Innern glich flüssigem Gold.

Hatschepsut schickte sich an, Walaminja den Ring überzustreifen, doch die zog ihre Hand erschreckt zurück, als habe sie die Flamme einer Öllampe berührt.

»Was hast du?«, erkundigte sich Hatschepsut verwundert.

»Der Ring ist wunderschön, lass sehen, wie er deine schlanken Finger verschönt!«

Aber Walaminja ließ sich nicht darauf ein, und erst auf nachdrückliches Befragen verriet das schöne schwarze Mädchen den wahren Grund: »In dem Land, aus dem ich komme, nennt man einen leuchtenden Stein wie diesen: Blutdiamant. Sie sind seltener als das weiße Kalb einer schwarzen Kuh; und an jedem von ihnen haftet ein uralter Fluch. Ich kannte Perehu lange genug, und seine Verschlagenheit war mir nicht fremd.«

Da lachte die Pharaonin, als habe Walaminja etwas Dummes gesagt: »Mein schönes Kind, in Kusch, dem Land deiner Väter, mögen die Menschen derlei Flüche fürchten, doch ich, Maatkare, Herrin der beiden Länder, beuge mich nicht einmal vor dem Willen der Götter, denn ich bin selbst ein Gott, und jeder muss vor mir im Staube kriechen.«

Während sie so redete, hatte Hatschepsut den Ring mit dem Blutdiamanten an den linken Zeigefinger gesteckt. Sie hatte Krummstab und Geißel über der Brust gekreuzt, und wie immer, wenn sie diese heilige Handlung vornahm, sanken alle Menschen vor ihr auf die Knie und pressten Arme und Stirne auf den Boden.

Die Ruderknechte ließen ihre Ruder im Stich, Soldaten und Schreiber legten Waffen und Binsen beiseite und verehrten Maatkare als Herrin des Nordens und des Südens mit den Worten: »Weihrauch und Myrrhen auf all deine Glieder, Herrin des Himmels, weiblicher Horus. Du leuchtest wie die Sterne . . .«

Walaminja, der die Gebräuche des Nillandes fremd waren wie den Ägyptern die Götter der Hirtenkönige, Walaminja sah die Pharaonin an. Sie zögerte, ob sie es den anderen gleichtun und sich niederwerfen sollte; doch dann erkannte sie das zornige Funkeln in Hatschepsuts Augen. Es forderte Gehorsam und Unterwürfigkeit und schien zu sagen: Auch du wirst vor mir niedersinken, wenn ich es befehle, und ihre Augen befahlen es.

Und so fiel das stolze schwarze Mädchen auf die Knie, wie es das noch nie getan hatte, nicht vor Perehu, dem Zwergenkönig, und vor dem Herrn von Kusch nicht, weil es bei ihnen nicht Brauch war. Sein Mund berührte die modrigen Binsen des Schiffes, und Wut überfiel Walaminja ob dieser Demütigung, und ihr kamen Zweifel, ob man einen Menschen liebte, dem man das abverlangte.

Endlos erschien die Zeit, die sie so verbrachte, bis die Pharaonin Krummstab und Geißel achtlos beiseitelegte und damit das Zeichen gab, sich zu erheben. Du siehst, schienen Hatschepsuts Augen zu sagen, dass alle Menschen vor mir im Staub liegen, wenn ich es will – auch du.

Die Sonne sank am westlichen Horizont, und der Wind von Süden blähte die roten Segel zum Zerplatzen, und die Schiffe ächzten und schwankten, sodass Nehsi vom hohen Bug her rief, die Steuerleute, von denen je zwei die langen Ruderstangen bedienten, sollten Kurs auf die nahe Küste nehmen.

»Nach Norden, nach Norden!«, unterbrach Hatschepsut das Kommando des Schiffsführers. »Wenn wir vor jedem Lufthauch fliehen, wird die Zeit der Saat noch dreimal ohne uns sein. Haltet den Kurs!«

»Herrin«, rief Nehsi gegen die brausende Gischt, »wenn wir nicht fliehen vor diesem Sturm, wird vielleicht keiner von uns jemals wieder die Zeit der Saat erleben.«

»Was seid ihr doch für armselige Ruderknechte«, erwiderte die Pharaonin mit gespielter Gelassenheit, »ist nicht Maatkare, die Herrin des Himmels, bei euch?«

Da änderte Nehsi das Kommando und rief: »Nach Norden, nach Norden!«, und die Ruderknechte gehorchten.

Walaminja, die ängstlich auf dem Boden kauerte und zu Hatschepsut aufsah wie ein Kind, beobachtete das unruhige Flackern in den Augen der Königin, und ihre Furcht wuchs. Die Tiere, die in ihren Käfigen hin und her geschleudert wurden, brüllten und krächzten aufgeregt durcheinander, und ein furchtbarer Schlag, der wie eine gewaltige Faust aus den Tiefen des Ozeans kam und die Barke der Pharaonin traf, raubte Walaminja für Augenblicke die Besinnung. Als sie wieder zu sich kam und sich mühsam orientierte, was geschehen war, da lag Hatschepsut neben ihr auf den festgeflochtenen Binsen, hustete stinkendes, salziges Wasser, und, kaum fähig zu sprechen, schrie sie immer und immer wieder: »Nach Norden, nach Norden!«

Nehsi gelang es unter großen Anstrengungen, sich zu dem Mast vorzuarbeiten, wo die Königin auf dem Boden lag. Sich mit der Rechten an der Takelage festklammernd, streckte er Hatschepsut die Linke entgegen, damit sie Halt fände auf der trudelnden Barke, die jeden Augenblick umzuschlagen drohte. Als die Pharaonin es ablehnte, Nehsis sichere Hand zu ergreifen, fasste Walaminja zu. In Todesangst klammerte sie sich an den starken Schiffsführer wie ein Kleinkind, das im Badetrog am Arm der Mutter zittert.

Als Hatschepsut jedoch sah, dass Nehsi dem schwarzen Mädchen Hilfe gewährte, als sie Walaminjas Todesangst erkannte, da richtete sie sich auf den schwankenden Binsen auf, holte mächtig aus und schlug die haltsuchende Hand Walaminjas aus der des Schiffsführers Nehsi. Walaminja schrie auf vor Schmerz und ließ sich auf den Boden fallen, und im selben Augenblick schlug ein Brecher über die tanzende Barke. Walaminja wurde hochgehoben leicht wie der rote Wüstensand, den der Sturm im Monat Pharmuti aufnimmt und über dem Fruchtland ablädt. Nehsi vernahm einen zaghaften Schrei – dann war das schöne schwarze

Mädchen verschwunden, als hätte es der gierige Ozean mit Schaum vor dem Maul verschluckt.

Nehsi sah die Pharaonin fassungslos an. Er erwartete, Hatschepsut würde in Zetern und Klagen, vielleicht in wildes Geschrei ausbrechen; aber nichts dergleichen geschah. Die Königin starrte zu Boden. Jetzt erkannte auch Nehsi, was geschehen war. Die schäumende Woge hatte nicht nur Walaminja mit sich fortgerissen, im hohen Wellengang waren auch Krummstab und Geißel des Pharaos über Bord gegangen, die uralten Insignien pharaonischer Macht.

Bei der Neunheit der Götter! Seit Ahmose hatte *ein* Pharao sie dem anderen hinterlassen, und selbst wenn ein Pharao wie Maatkare Hatschepsut Krummstab und Geißel nicht ererbt, sondern an sich gerissen hatte, so waren es doch jene Zeichen der Macht, vor denen das Volk seit Jahrzehnten im Staub lag, weil sie von Ahmose, dem Urvater, stammten wie Schu aus der Nase des Atum.

Das Brüllen des Meeres verhinderte jeden Wortwechsel. Und während Nehsi die Pharaonin mit eisernem Griff festhielt, dämmerte Hatschepsut in tiefer Verzweiflung vor sich hin. Erst als der Sturm sich gelegt hatte, formte ihr Bewusstsein ein klares Bild von dem, was geschehen war.

Der heiße Wüstenwind fegte rote Sandwolken über das Land, und sein Klagen in den Säulen des Tempels klang wie der Gesang der Amun-Sängerinnen beim Fest des Westens. Furchtsam wie junge Vögel suchten die Maurer und Steinschneider, die Bildhauer und Maler Schutz unter Dächern und hinter Mauervorsprüngen. An arbeiten war nicht zu denken.

Da übertönte Senenmuts Stimme das Heulen des Windes, sodass die Arbeiter aus ihren Verstecken hervorkamen und ängstlich zum Himmel blickten, wo die Stimme zu hören war.

Der Größte der Großen des Reiches tanzte auf der obersten Terrasse des Tempels wie ein Gespenst in bizarren Bewegungen, warf die Beine in die Luft, drehte sich um sich selbst und breitete die Arme aus wie ein Kind, das im ersten Regen des Monats Mechir badet.

»Wollt ihr wohl an eure Arbeit gehen!«, rief er immer wieder. »Oder glaubt ihr, Gott Amun wird selbst zu Hammer und Meißel greifen? Ich will euch Beine machen.«

Die Männer gehorchten widerwillig, weil ihre Augen tränten, aber keiner von den vielen hundert Arbeitern, die den Totentempel der Pharaonin hochzogen, wagte Widerspruch. Sie liebten Senenmut, aber sie fürchteten seine Macht, die ihn über alle Beamten im Reich erhaben machte, und seine Faust, mit der er zuschlug, wann immer ihm der Suff jede Zurückhaltung nahm. Und wie er da so über das Dach des Tempels tanzte, konnte kaum Zweifel bestehen, dass er mehr als genug dem roten Wein aus dem Delta zugesprochen hatte.

Vom Ufer des Flusses bewegte sich ein kleiner Zug in Richtung auf den Tempel zu; Puemre, der Oberpriester, von Dienern geleitet, die ihre Köpfe zu Boden neigten, um dem Sandsturm zu entgehen.

»Misch dich nicht ein in meine Arbeit!«, rief Senenmut dem Priester schon von weitem zu, weil es in der Vergangenheit oft Streit gegeben hatte zwischen den beiden. Einen Tempel wie diesen hatte in tausend Jahren kein Pharao errichtet, hoch wie der Himmel und in drei Terrassen übereinander. Keines der uralten heiligen Gesetze schrieb vor, wie die Wohnstätten der Götter auszusehen hatten, aber im Laufe der Zeit hatten sich bestimmte kultische Handlungen eingebürgert, die ganz bestimmte Räumlichkeiten erforderten. Und darüber war es zwischen dem genialen Baumeister und dem der Tradition verhafteten Oberpriester oft genug zu Auseinandersetzungen gekommen.

Mit zusammengekniffenen Augen – der Flugsand brannte wie Feuer auf der Haut – erklomm Puemre die oberste Terrasse. Oben angelangt, war Senenmut verschwunden. Der Priester rief gegen den Wind, dass Sand zwischen seinen Zähnen knirschte, Senenmut solle doch vernünftig sein, er habe ihm etwas Wichtiges mitzuteilen, aber der betrunkene Baumeister blieb wie vom steinernen Boden verschluckt. Erst als Puemre rief, es gehe um Amset, da stand Senenmut plötzlich vor ihm, lautlos aus dem Boden gewachsen wie ein schwankender Getreidehalm.

»Man hat Thutmes, den Pharao, gefunden!«, sagte der Oberpriester tonlos.

»Thutmes, Thutmes, das ganze Land ist in Sorge um Thutmes! Von Amset, meinem Sohn, spricht niemand.«

»Amset ist zusammen mit Thutmes fortgegangen. Sie haben eine Barke genommen, um nach Bubastis zu fahren, wo der junge Pharao seine Mutter Iset glaubte; aber in der großen Biegung des Flusses ist das Schiff gekentert. Hirten fanden den jungen Thutmes, von Amset fehlt jede Spur ...«

Senenmut stieß den Priester beiseite und rief wie toll: »Man muss alle Hirten und Bauern zur Biegung des Flusses schicken und jede Elle Boden absuchen, man muss Amset finden!«

Puemre hielt den Rasenden fest und schüttelte ihn: »So höre mich an, Größter der Großen des Reiches! Dein Leid trifft auch mein Herz; aber jede neuerliche Suche nach deinem Jungen wäre sinnlos. Das Unglück geschah im Monat Tybi, heute schreibt man den siebten Tag des Mechir. Seither haben Hunderte von Hirten nach Amset gesucht, doch Hapu, der Flussgott mit den vielen Brüsten, hat Amset zu sich in die Tiefe gezogen, wo die Fische sind.«

Da weinte der Größte der Großen des Reiches laut wie ein Kind, dass es von den Wänden hallte, fiel auf die Knie und rief mit tränenerstickter Stimme: »O Amun von Karnak, ich habe dir Tempel und Obelisken errichtet, vor denen sich die anderen Götter neigen. Warum ladest du diese Strafe auf mein Haupt!« Bei diesen Worten griff er in den Sand und streute feinen Staub auf seinen Schädel zum Zeichen der Trauer.

Der Oberpriester trat hinzu und hob Senenmut auf, aber der Größte der Großen wehrte ihn ab und klagte: »Meine Bauten zwischen den Stromschnellen und dem Delta des Flusses haben mehr zum Ruhme der Götter beigetragen als die frommen Gebete deiner Priester. Aber während dein weißer Rauch zum Himmel steigt, fegt über meine Werke der Sandsturm.«

»Auch auf meinem Altar«, unterbrach Puemre, »qualmte schon der schwarze Rauch des Verbrechens. Das ist kein Grund, die Götter zu verfluchen.«

Doch die Worte des Oberpriesters konnten Senenmut nicht besänftigen: »Ich habe zahllose Tempel zur Ehre der Götter errichtet. Dies soll mein letzter gewesen sein!«

Da wurde der Oberpriester von Wut gepackt, und er rief: »Vielleicht, damit du dich in Zukunft nur noch dem Wein hingibst wie eine Hure aus der Vorstadt.«

Senenmut nickte heftig, und unter Tränen, und ohne auf Puemres Rede einzugehen, fuhr er fort: »Das Haus des Amun ist vollendet bis auf jene Halle zum Gedenken an Hatschepsuts Reise nach Punt. Ich habe eine Säulenhalle nach Süden gebaut und eine nach Norden, ich habe über hundert Säulen errichtet mit dem vierfachen Kopf der Göttin Hathor, ich habe eine Kapelle für Anubis in den Berg getrieben und eine für Hathor mit dem Kuhgehörn, und die Wohnung des Gottes ist tief im Gestein, und einmal im Jahr, wenn Tag und Nacht gleich sind, wird sein Gesicht von den Strahlenarmen des Re berührt werden. Vollende du, wenn Hatschepsut zurückkehrt, die Halle von Punt. Die Schreiber, die Bildhauer sollen den Erzählungen der Pharaonin lauschen und jedes ihrer Worte auf den Wänden verewigen, damit noch in tausend Jahren von Maatkare, der Pharaonin, gesprochen werde.«

Der Oberpriester wollte protestieren, wollte sagen, wenn die Wirkung des Deltaweines erst nachgelassen habe, sähe alles anders aus, aber dann erkannte er, dass jeder Einwand zwecklos wäre, und er schwieg betroffen. Senenmut aber ging gemessenen Schrittes, sich kräftig gegen den Wind stemmend, die Rampe zur mittleren Terrasse hinab und verschwand in der Säulenhalle. Aus einem Versteck holte er einen Ledersack mit Wein und ließ einen kräftigen roten Strahl in den weitgeöffneten Mund plätschern, ohne sich zu verschlucken. Den Rest des Weines klemmte er unter den Arm, dann lugte er vorsichtig durch die Säulen, ob Puemre sich bereits entfernt hatte, um schließlich mit geflügelten Schritten die Rampe emporzuspringen zur obersten Terrasse, von wo er gekommen war.

Mit der sinkenden Sonne ließ die Gewalt des Sturmes nach, und Senenmut setzte sich auf die Schwelle, die zum Innersten des Heiligtums führte. Wohin er auch sah, ihm blickte Hatschepsut entgegen, von den Säulen, von den Wänden, ja sogar an der Decke prangte ihr Name: Maatkare, König von Ober- und Unterägypten, Tochter der Sonne, geliebt von Amun, mit Leben beschenkt für immer.

Kniend, schreitend, sitzend, sah man Statuen aus grünschimmerndem Granit, rötlichem Marmor und weißem Alabaster. Senenmut hatte jeden Steinschlag überwacht, jeden Schriftzug an der Wand, und kein Vermesser konnte ihn täuschen, weil er jede Handspanne des Bauwerkes selbst nachgeprüft hatte.

Der Tempel am westlichen Ufer schien zum Symbol seines eigenen Lebens geworden. Hatte er nicht aus dem Nichts ein Werk geschaffen, das nie seinesgleichen gesehen hatte? Hatte er nicht alle Liebeskraft, deren er fähig war, in den Entwurf dieses Bauwerkes gelegt, dem Stein jede Schwere genommen und den gewaltigen Bau behandelt wie eine Geliebte, zärtlich, begeistert, anbetend?

Doch dann, im zwölften Jahr ihrer Regierung, hatte sich alles gewandelt. Ihre Liebe zu ihm, seine Liebe zu ihr, und der Tempel am Fuße des westlichen Gebirges hatte immer merkwürdigere Formen angenommen, schiefe Umrisse, asymmetrische Anbauten, störende Details. Puemre, von Hatschepsut zum Aufseher aller Bauten des Reiches erwählt, hatte dafür den Wein verantwortlich gemacht, den sein Freund Senenmut in immer größeren Mengen in sich hineinschüttete, aber in Wirklichkeit war es nicht der Wein, sondern sein Verhältnis zu Hatschepsut, das sein Ba, seine Seele, in Unordnung brachte. Und Puemre meinte, dass dieser Tempel, trotz aller Schwächen, zu einem Kunstwerk von nie erreichter Schönheit wuchs, sei Senenmuts überragendem Genie zu verdanken.

Die Schatten der Säulen wurden länger, und als die Arbeiter sich in ihre Unterkünfte zurückgezogen hatten und Ruhe in das Felsengebirge einzog, da erhob sich Senenmut und schlich hinab zur unteren Terrasse, deren Mittelpunkt zwei vieleckige Teiche bildeten. Der Größte der Großen des Reiches beugte sich über das Wasser und betrachtete sein Spiegelbild wie seinen Ka, den Schutzgeist, der ihn ein Leben lang begleitet hatte. Er lächelte, weil auch sein Ka lächelte, und es hätte ihn nicht gewundert, wenn der Ka in diesem Augenblick ein paar Worte an ihn gerichtet hätte. Aber das Spiegelbild schwieg, und Senenmut erhob sich.

In alle Richtungen blickend, verließ er den Tempel durch einen Seitenausgang und ging ein paar Schritte nach Osten, dem Fluss zu. Am Fuße eines unscheinbaren Hügels, der aus Bauschutt und Geröll aufgeschüttet worden war, wuchtete Senenmut eine Steinplatte beiseite, hinter der sich ein unterirdischer Gang auftat. Es bereitete große Mühe, bis der Größte der Großen des Reiches mit Hilfe eines Feuerstabes, den er zwischen den

Händen drehte, ein Flämmchen entzündet hatte, um eine Öllampe zu entfachen. Dann aber zwängte er sich durch die Öffnung, schob die Platte davor und glitt lautlos in einen endlos scheinenden Gang, der schnurgerade nach Westen führte, unter den Tempel.

Senenmut hatte dieses Geheimnis gehütet wie seinen Augapfel; denn nannte man ihn auch Größter der Großen des Reiches, so war er doch ein gewöhnlicher Sterblicher, dem keine Ruhestätte im Tempel zustand. Und hätte der Aufseher aller Bauten des Reiches davon gewusst, er hätte den Bau sofort einstellen lassen. Senenmuts Absicht war es jedoch, der Frau, die er liebte, wenigstens im Tode nahe zu sein.

Der Gang führte schräg nach unten zu einer Vorratskammer, die völlig leer stand, und von dort nach dreißig Schritten in einen Raum, in dessen Mitte ein Sarkophag aufgestellt war. Hier schien alles vorbereitet: Mauersteine lagen aufgeschichtet, Hammer und Eisen waren bereit. Die Steine passten nahtlos aufeinander, und Senenmut fügte sie sorgsam in die Türöffnung, so wie der alte Ineni es ihn einst gelehrt hatte.

Je höher die Mauer wuchs, desto langsamer verrichtete Senenmut seine Arbeit; denn mit jeder Steinreihe, die er aufeinandertürmte, wuchs das Bewusstsein, dass es kein Zurück mehr gab, und der Stein, der die letzte Lücke füllte, würde in das Mauerwerk einrasten wie ein Schloss, das nicht mehr zu öffnen ist für alle Zeit.

Das Öllämpchen flackerte, und einen Augenblick zögerte Senenmut, doch dann wuchtete er den letzten Stein in die Maueröffnung.

Senenmuts Verschwinden löste Ratlosigkeit aus unter den Großen des Reiches. Die Grabarbeiter schwiegen; denn sie liebten ihren Herrn. Und weil man keine Spur fand, ging das Gerücht, die Götter hätten den genialen Baumeister zu sich gerufen, damit er nicht den Menschen schönere Häuser errichte als die, welche im Himmel sind.

Die Nachricht aus dem Sykomorengau, der junge Pharao sei auf wundersame Weise gerettet worden, wurde von Läufern bis in die entferntesten Gegenden des Landes getragen, und das Volk jubelte, und die Priester schwangen die Götter-Stäbe zum Zeichen des Dankes. Puemre, der Erste Prophet des Amun, scharte im Tempel von Karnak die Priester des Landes um sich, um zu beratschlagen, wer nach Senenmuts Verschwinden das Reich regieren solle.

Der kahlköpfige Junmutef, der einst Hatschepsuts Krönungsspruch vorgetragen hatte, erhob sich und sprach: »Wozu suchen wir einen Regenten, ist nicht die Errettung des jungen Pharaos Hinweis genug auf den Willen der Götter?«

Puemre, der Erste Prophet, erwiderte: »Thutmes ist jung, beinahe ein Kind noch, zu jung, um Ober- und Unterägypten zu regieren. Dies war doch der Grund, warum Hatschepsut Maatkare Krummstab und Geißel in die eigenen Hände nahm.«

»Seither ist der Nil zehnmal über die Ufer getreten«, erwiderte Junmutef, und zaghaft fügte er hinzu: »Glaubt überhaupt noch jemand an die Rückkehr der Pharaonin?«

Da erhob sich im Tempel ein wildes Geschrei wie am Tage des Tributes vor dem Königspalast. Die einen sahen allein in der Frage eine Herausforderung an die Götter, viele aber gaben zu bedenken, dass Hatschepsut in ein fernes Land gezogen sei, weit hinter dem großen Ozean, und dass niemand den Weg dorthin kenne in tausend Gefahren. Junmutef aber ereiferte sich: »Ein Pharao im Lande Punt nützt dem Nilland so wenig wie der Frosch aus den Sümpfen einem Storch in der östlichen Wüste. Thutmes ist ein Jüngling, kein Kind mehr, und wir selbst haben ihn zum Pharao gekrönt. Er soll seines Amtes walten.«

Der älteste der Vorlesepriester las in abgegriffenen Schriftrollen und verkündete, es stehe geschrieben, der Pharao dürfe das Nilland nur zur Verfolgung der Feinde verlassen, Maatkare aber sei nicht in den Krieg gezogen, um Ägyptens Feinde niederzuwerfen, also habe sie die heiligen Gesetze des Landes missachtet.

»Es lebe Thutmes«, hallte es von den hinteren Reihen, »es lebe der junge Pharao!«

Zwei Tage und zwei Nächte redeten die Kahlköpfe im abgeschlossenen Tempel ohne Speise und Trank, wie es Brauch war bei großen Entscheidungen. Dann öffneten sich die Tore, und Puemre trat vor das wartende Volk und verkündete, nach Amuns heiligem Willen solle fortan Thutmes die beiden Lander regieren, sein Ka lebe ewig. Er solle Hatschepsuts Tochter Nofrure zur Frau nehmen, damit das Blut des Re weitervererbt werde. Die Hieroglyphen mit seinem Namen sollten an allen Tempeln des Landes angebracht und die Götterbilder geschmückt werden.

Die Menschen jubelten über die Worte des Oberpriesters, und Puemre bestieg die Barke ›Amun leuchtet‹ und fuhr nilabwärts in die Hauptstadt des Sykomorengaues. Nun, da die Hirten und alle Bewohner des Landes sein Geheimnis kannten, hatte Thutmes auch verraten, dass die Hirtin der heiligen Gans seine Mutter Iset war, von den Häschern der Pharaonin in die Wüste getrieben wie eine Ehebrecherin. Und die, welche davon erfuhren, weinten, als sie es hörten. Sie klagten Seth an mit den roten Augen, den Herrn alles Bösen, weil er der Mutter des künftigen Pharaos den Verstand geraubt hatte. Sie weinten, wenn sie hörten, wie Thutmes versuchte, der Mutter die Erinnerung an die Vergangenheit wiederzugeben, indem er ein um das andere Mal seinen Namen wiederholte und seine Hand auf ihre Brust legte und den ihren nannte. Aber die Mutter des jungen Pharao blickte nur stumpf und wiederholte die Namen ohne jede Regung, weil sie ohne Bedeutung waren für sie.

Die Rückreise auf der Barke ›Amun leuchtet‹ glich einem Triumphzug. Die Menschen am Ufer des Nils fielen zu Boden und küssten den Sand, wenn das weiße Segel der Barke am Horizont auftauchte. Ihre Liebe gehörte dem jungen Pharao, der so schweres Leid erduldet hatte. Und die Priester verkündeten an allen Orten, Maat mit der Straußenfeder auf dem Haupt habe über das Böse gesiegt, und beim Totengericht werde Hatschepsuts Herz kein Gewicht haben und die Feder der Maat werde es auf der Waage der Gerechtigkeit in die Tiefe ziehen.

Die Hoffnung des jungen Pharaos, Thebens gewohnte Umgebung, die Herrlichkeit der Tempel und Paläste würden Isets Erinnerung zurückrufen, erwies sich als trügerisch. Ihre Augen schienen blind für das Leuchten der Hauptstadt, ihre Ohren taub für den Jubel des Volkes zu sein. Wo die heilige Gans des Amun sei, fragte Iset nur, sie wolle sie auf die Weide führen. Da brachen Tränen aus Thutmes' Augen, heftig wie ein Sturzbach, der die Dammkrone im Fruchtland unterspült hat, und er rief in nicht enden wollender Trauer: »Möge die Neunheit der Götter jene Frau mit ewigem Vergessen strafen, die diese Gräueltat vollbracht hat!« Und die Priester und Großen des Reiches weinten mit ihm.

Im Schmerz vergingen die Tage, ohne dass Thutmes' Mutter Iset das Gedächtnis wiederfand, und der Pharao fasste den Entschluss, den Palast von Theben zu verlassen, wo er auf Schritt und Tritt an die Vergangenheit erinnert wurde, und sich in Memphis niederzulassen, wo schon die Vorvorderen regiert hatten. Aber noch ehe er seine Pläne verwirklichen konnte, brachten Läufer aus dem Delta die Nachricht, im Sand der östlichen Wüste seien jene fünf Schiffe aufgetaucht, mit denen die Pharaonin vor einem halben Tausend Tagen nach Punt gezogen war – Amun möge uns schützen.

Panik machte sich breit unter den Priestern, und einige setzten über den Nil, um in den Weiten der Libyschen Wüste Unterschlupf zu finden, so sehr fürchteten sie Maatkares Zorn. Der junge Thutmes aber trat vor das Volk, stark wie Month mit dem Falkenhaupt, und nahm den Menschen jede Furcht, weil Maat, die Göttin des Rechtes und der Gesetzmäßigkeit, auf seiner Seite sei. Und Weser kam hinzu, der gerechte Wesir, und Amenhotep, den Thutmes zum Haushofmeister und Nachfolger Senenmuts bestimmt hatte, und Puemre, der Erste Prophet des Amun, und alle drei versicherten ihre Treue.

Am dritten Tag des Monats Pachons verfinsterte sich der Himmel. Tiefe dunkle Wolken hingen über dem gelbleuchtenden Niltal. Die Luft stand still, und nicht einmal das Lispeln der Palmenblätter war zu vernehmen. In den Zweigen schwiegen die Vögel, und die Zikaden unterbrachen ihr millionenfaches Zirpen, als warteten sie auf den Einsatz des Obersten Sängers.

In dieser Stille tauchten an der Biegung des Flusses die Barken der Pharaonin auf, in strenger Ordnung ausgerichtet, mit schlaffen Segeln. Die Ruderer peitschten mühsam den Fluss, ihren Gesang hatten sie lange schon eingestellt. Im Bug des ersten Schiffes stand Hatschepsut in stolzer Haltung. Die Menschen, die sonst beim Anblick der königlichen Barke zu Boden fielen wie die schwarzen Bäume des Nordens unter der Axt, sie standen stumm und starrten ausdruckslos auf die heimkehrende Flotte. Dies war nicht mehr ihre Pharaonin, die Tochter des großen Thutmes, er lebe ewig. Mochte sie die hohe Krone der beiden Länder tragen, mochte ein stolzer Bart ihr Kinn zieren und der enggefaltete Lendenschurz ihre Hüften umspannen, der König von Ober- und Unterägypten war dies nicht!

Hatschepsut hatte die ablehnende Haltung ihres Volkes längst bemerkt. Sie spürte, dass etwas vorgefallen sein musste, das ihre Autorität geraubt, ihr Ansehen zerstört, ihre Macht zerschlagen hatte. Nicht einmal die Häupter senkten die Menschen vor ihrer Majestät! Und als die Schiffe festmachten am Kai von Theben, da rührte sich keine Hand. Und Puemre trat Hatschepsut als Einziger entgegen und sprach: »Herrin, als du auszogst, waren die Herzen aller auf deiner Seite, und alle Ebenen und Gebirge waren dein, weil Amun dich liebte wie seine Tochter. Aber Seth mit den roten Augen hat Böses in dein Herz gelegt, zum Stolz des Ibis gesellte sich die Hinterlist der Katze, zur Güte der Gans die Verschlagenheit der Schlange. Und wie die Schlange den Perseabaum bedroht, hast du Iset, der Mutter des jungen Pharaos, nach dem Leben getrachtet. Du gabst den Befehl, sie auf einen Esel zu binden und in die Wüste zu treiben wie eine Ehebrecherin; dabei war ihr Gewissen rein. Nun hat sich dein Volk abgewendet, weil es in Thutmes den wahren Pharao erkennt.«

»Ich will Senenmut sprechen!«, forderte Hatschepsut, ohne auf Puemres Rede einzugehen.

»Senenmut?« Der Erste Prophet des Amun schüttelte den Kopf. »Als Senenmut vom Tod seines Sohnes Amset erfuhr, da verschwand er ohne ein Wort des Abschieds. Die einen sagen, er sei in den Nil gesprungen, um Amset nahe zu sein. Andere behaupten, die Götter hätten ihn zu sich gerufen, um sich seiner Kunst zu bedienen. So schön ist der Tempel, den er zu deiner Ehre errichtet hat.«

Da schwoll die blaue Ader auf Hatschepsuts Stirne zum dicken Wurm, das Feuer ihrer Augen flackerte bedrohlich, und ihre Hände ballten sich zu rotschimmernden Fäusten. »Werft die Tiere ins Wasser, die wir aus Punt hierhergebracht haben, hackt die Bäume entzwei, und schlagt die Schätze in tausend Stücke!«, rief sie kreischend. Aber nun versagte ihr sogar die eigene Mannschaft den Gehorsam.

Da erkannte die Pharaonin, dass ihre Zeit vorbei war. Und Hatschepsut erblickte den Ring mit dem Blutdiamanten, den ihr Perehu, der Zwergenkönig, zum Geschenk gemacht hatte, und sie riss ihn vom Finger und warf ihn in den Nil. Dann ging sie fort, tagelang nilaufwärts, bis die Kräfte sie verließen.

Puemre aber erfüllte Senenmuts letzten Wunsch und ließ an den Wänden des Tempels die Reise nach Punt aufzeichnen, so wie es Nehsi, der Schwarze, berichtete. Dort kann man noch heute Sklaven sehen, welche die Weihrauchbäume zu den vollbeladenen Schiffen tragen. Auch Perehu, der Zwergenkönig, und seine dicke Frau Eti erscheinen an den Wänden. Ein Bild Hatschepsuts jedoch sucht man vergebens.

Der junge Thutmes ging als Pharao Thutmosis III. in die Geschichte ein. In siebzehn Feldzügen dehnte er das ägyptische Weltreich bis nach Syrien, Babylonien und Nubien aus. Namen und Bildnisse der Pharaonin Hatschepsut in Tempeln und auf Obelisken ließ er vernichten. Obwohl für die Königin zu Lebzeiten zwei Gräber angelegt worden waren, wurde sie in keinem von beiden bestattet. Um die Jahrhundertwende entdeckte ein französischer Archäologe in einem Pharaonengrab ein Dutzend Mumien, darunter die einer Frau. Ihre langen braunen Haare reichten bis zur Taille. Das stolze Profil ihres Gesichtes gleicht dem jener wenigen Statuen, die von Hatschepsut erhalten sind.

Der berühmteste Roman des finnischen Erfolgsautors

Mika Waltari
SINUHE DER ÄGYPTER
Roman
800 Seiten
ISBN 978-3-404-15811-9

Theben, Babylon, Kreta: Dies sind die Stationen im Leben des Arztes Sinuhe. Verstrickt in die politischen Wirren seiner Zeit, verliert er alles, was ihm lieb und teuer ist. In der Einsamkeit der Verbannung, erfüllt von der Sehnsucht nach seiner Heimatstadt Theben, beschwört Sinuhe die Erinnerung an sein bewegtes Leben.

Mit diesem Roman gelang es dem Finnen Mika Waltari 1950, die ganze Farbenpracht und Sinnlichkeit des östlichen Mittelmeers zur Zeit der Phararonen einzufangen.

Bastei Lübbe Taschenbuch